Dagmar H. Mueller

Die Chaosschwestern ganz geheim!

Dagmar H. Mueller

Die Chaosschwestern ganz geheim!

Mit Illustrationen von
Franziska Harvey

cbj

Dieses Buch ist auch als E-Book erhältlich.

*Für Wilma und Harald Wengler, die jeden Schritt
meines Schreiblebens unterstützt haben.
Für Ating, in sonnig-verklärter Erinnerung an »The Brats«
(aka »Yours Sincerely«) und chipsgefüllte Stunden im Übungsraum.
Und für Antje, die unser aller Leben in geregelte Bahnen lenkt und
trotzdem jederzeit auf den Tischen tanzen kann.*

D. H. M.

MIX
Papier aus verantwortungsvollen Quellen
FSC® C014496

Verlagsgruppe Random House FSC® N001967

1. Auflage 2017

Umschlagbild und Innenillustrationen: Franziska Harvey
Umschlaggestaltung: Basic-Book-Design, Karl Müller-Bussdorf
cl · Herstellung: UK
Satz: Uhl + Massopust, Aalen
Druck: GGP Media GmbH, Pößneck
ISBN 978-3-570-15720-6
Printed in Germany

www.chaosschwestern.de
www.cbj-verlag.de

Malea

Martini

11 Jahre

ist ...

... Weltbürgerin (das zeigt doch wohl schon der hawaiianische Name!).

... Tiefseeforscherin (später).

... eine knallharte, gerissene, mit allen Wassern der Weltmeere gewaschene Spionin (so etwa wie James Bond, nur weiblich natürlich).

... keine Welle hoch genug. Als echte Surferin schreckt sie auch auf dem Land vor kaum einer Herausforderung zurück.

Kenny

Martini

7 Jahre

ist …

… Sternenguckerin (abends durchs Dachfenster).

… Ponybesitzerin (im Traum).

… große Schwester (eines Tages, wenn sie Mama endlich überredet hat, noch ein weiteres Kind zu bekommen. So lange ist sie leider nur »eine« Schwester. Aber ist doch völlig egal, ob die anderen älter oder jünger sind. »Klein« ist sie jedenfalls nicht.).

… gut drauf (»Lasst mich bloß in Ruhe!«).

… auf jeden Fall groß genug, um jederzeit mitzumachen, mitzureden und mit aufzubleiben.

Livi

Martini

13 Jahre

ist …

… irgendwie fehl am Platz in dieser Familie (nach Aussage von ihr selber) und kann den Gedanken nicht ganz aufgeben, als Baby im Krankenhaus vertauscht worden zu sein, nur leider sprechen alle familiären Fakten gegen diese Hoffnung versprechende Theorie.

… langweilig (nach Aussage von Malea).

… gaaanz toll (nach Aussage von Kenny, weil Livi oft mit ihr malt, bastelt oder ihr vorliest).

… eben eine von unzählig vielen Schwestern (nach Aussage von Tessa).

Tessa

Martini

15 Jahre

ist …

… schön (das ist nun mal so, dafür kann Tessa ja nichts).

… interessiert an fast allem (besonders am anderen Geschlecht, schließlich muss sie sich aufs Leben vorbereiten, und zu Hause hat sie nur wenig Anregung in der Beziehung – zumindest, was das andere Geschlecht angeht).

… wirklich nicht dumm.
(Wenn die Lehrer das endlich mal einsehen würden!)

… jeden Tag schwer beschäftigt (da gibt es ständig neue Telefonnummern zu sortieren, Make-up-Produkte zu vergleichen und Mails an Dodo, Tessas beste Freundin, zu schicken).

Malea

Wenn man Geheimagentin und Surferin und Hundebesitzerin und Weltbürgerin ist, dann ist das ziemlich viel auf einmal. Aber man kann natürlich nicht einfach aufhören, Geheimagentin und Surferin und Hundebesitzerin und Weltbürgerin zu sein. Man kann auch nicht einfach aufhören, geniale Ideen zu haben oder andere und die Welt ein Stück zu retten. Und, ja, manchmal hat man dann wellenbrecherviel zu tun …

Ich bin Malea Martini. Ich bin fast zwölf Jahre …« »STOP!«, unterbricht mich Frau Heinzig mitten im Satz. »Du bist *elf* Jahre alt, oder? Wenn du *fast* sagst, bedeutet das nur, dass du dir sehr *wünschst,* schon zwölf Jahre alt zu sein. Du willst bei deiner Vorstellung aber neutral bleiben.«

Die Klasse kichert.

Haha, sehr komisch! Ich funkele ganz besonders Lasse und Miri böse an. Sollen *die* doch mal hier vorne stehen und sich zum Affen machen! (Außerdem BIN ich fast zwölf!)

Und überhaupt – Lasse und Miriam sollen bloß aufpassen! Frau Heinzig hat gesagt, der, der sich vorne vor der ganzen Klasse vorstellt, darf den Nächsten bestimmen, der das Vorstellen üben muss. Und ich kriege gerade eine meerkristallklare Ahnung, wer das sein könnte!

Lasse kann anscheinend Gedanken lesen, denn genau in diesem Moment hört er auf mit der blöden Kicherei.

»Bitte weiter, Malea!«, lächelt Frau Heinzig ihr Lottofeelächeln. »Fang am besten noch mal ganz von vorne an.«

Ich schlucke meine Wut runter, reiße mich zusammen (ehrlich – das ist sooo dämlich, hier zu stehen! Ich meine, jeder in der Klasse kennt mich doch seit hundert Jahren!), spule im Kopf zurück auf Anfang und beginne noch mal.

»Ich bin Malea Martini. Ich bin … mmmpf … elf Jahre alt. Ich gehe in die sechste Klasse der Bettina-von-Arnim-Schule. Ich habe eine Mutter, einen Vater, eine Rema – das ist unsere Renate-Oma –, nette Nachbarn und einen Hund, der Hugo heißt.«

Ich kann ein leises Stöhnen nicht unterdrücken und gucke zu Frau Heinzig. Muss ich noch mehr …?

Frau Heinzig lächelt beinhart und nickt aufmunternd.

Mist!

»Okay, ich habe auch noch drei Schwestern – eine ist jünger, die beiden anderen sind älter – und außerdem …« Ich stocke. Was soll ich denn nun noch sagen? »… und außerdem finde ich es voll blöd, dass wir jetzt so'n Zeug machen!«

Die Klasse wiehert wieder los.

Frau Heinzig zieht die Augenbrauen hoch, doch das Lächeln bleibt. (Frau Heinzig lächelt IMMER. Weswegen sie auch den Spitznamen Lottofee hat.)

Dabei ist das doch echt wahr. Bald sind Sommerferien und die Noten stehen sowieso schon fest. Und bloß weil wir nicht jeden Tag Klassenausflüge machen dürfen, müssen wir jetzt die Stunden mit Dummschrott füllen. Auch wenn unsere Klassenlehrerin meint, das könnten wir später im Leben gut gebrauchen. Wieso soll ich mich meinen eigenen Freunden vorstellen?

»Weiter, Malea!«, ruft Frau Heinzig. »Dass du eine Mutter und einen Vater hast, ist selbstverständlich. Das brauchst du bei deiner Vorstellung nicht extra zu erwähnen. Erzähl lieber noch etwas von dir, das individueller ist.«

»Indi-vidi-was?«

Ich fürchte, nach diesem Zungenbrecherwort glotze ich unsere Lehrerin gerade etwas fischaugenglubschig an, denn meine netten Klassenfreunde (Na, wartet!) grölen schon wieder los.

»In-di-vi-du-ell ist etwas, was nicht jeder hat«, erklärt Frau Heinzig. »Bitte weiter!«

Was nicht jeder hat? Da kann ich ja ALLES aufzählen. Ist doch jeder indi-vindi-... – ist ja auch egal –, ist doch keiner gleich auf der Welt, oder?

Gerade als ich meinen Mund wieder aufmache, ruft Tanja, die blöde Nuss, in die Klasse: »Carla hat aber KEINEN Vater!«

Empört dreht sich Carla zu Tanja um. »Das stimmt nicht!«

»Natürlich stimmt das nicht!«, gibt ihr Frau Heinzig sofort recht. »JEDER hat einen Vater UND eine Mutter.« Sie guckt Tanja sehr streng an. »Nur manchmal ist ein Elternteil tot, oder ein Elternteil lebt ganz woanders, oder die Eltern sind geschieden und das Kind hat zwei

Zuhause, oder es lebt bei Pflegeeltern. Das ist individuell sehr unterschiedlich.«

»Indi-vidi…«, murmele ich leise vor mich hin. Das muss ich mir unbedingt merken! Scheint ein cooles Wort zu sein, was man anderen total klasse an den Kopf schmeißen kann. »Indi-vidi…«

Tanja guckt trotzig, als würde sie Frau Heinzig kein Wort glauben. »Aber Carlas Vater gibt's überhaupt nicht!«

»DEN GIBT'S DOCH!«, brüllt Carla und springt mit geballten Fäusten auf. »DU BLÖDE KUH, DU HAST JA KEINE AHNUNG, OB ES…«

»RUHE!«, brüllt Frau Heinzig. »RUUUUHE! Und du, Carla, setzt dich auch wieder hin!«

Gehorsam lässt sich Carla zurück auf ihren Sitz sinken. Doch jeder im Raum kann sehen, dass sie Tanja am liebsten an die Gurgel gehen würde.

Kann ich gut verstehen. Wie fies ist das denn, jemanden damit aufzuziehen, dass er seinen Vater nicht kennt!

Gregory von nebenan bei uns in der Kastanienallee, der kannte seinen Vater Gerold schließlich auch praktisch sein ganzes Leben lang nicht. Weil Gerold nämlich sehr weit weg in England lebte und Gregorys Mutter keinen Kontakt mehr zu ihm hatte. Das war natürlich schade für Gregory, aber auf der anderen Seite kann man ja schlecht den Geschmack von englischen Walderdbeeren vermissen, wenn man noch nie welche gegessen hat und deswegen überhaupt keine Ahnung hat, wie die schmecken. Aaalso, was ich damit sagen will, ist, dass Gregory auch ohne seinen Vater sehr glücklich war. (Oder, ähm, glücklich hätte sein können, wenn seine Mutter nicht auch dauernd weg gewesen wäre – aber das ist eine andere Geschichte.)

Carla hat auf jeden Fall eine ganz tolle Mutter. Und Tanja ist einfach stinkdoof.

Na ja, Gregory hatte natürlich Riesenglück, als Gerold plötzlich auftauchte und sich als der ungefähr meerwasserbeste Vater entpuppte, den man sich nur wünschen kann. Dass Gerold auch noch unser neuer Schuldirektor wurde, war dann der komplette Meeresknaller! (Jetzt haben wir einen wirklich tollen Schuldirektor!)

»Du weißt ja nicht mal, wie dein Vater heißt!«, zischt Tanja, die blöde Schlange, zu Carla rüber.

»SCHLUSS JETZT!«, ruft Frau Heinzig, die Lächelfee, und lächelt tatsächlich mal *nicht.*

»Weiß ich WOHL!«, ruft Carla böse und springt schon wieder auf.

»Wie heißt er denn? Wie heißt er denn?«, zickt Tanja weiter und zieht eine echt ätzende Grimasse.

Oh, diese algenstinkige Planschkuh möchte man am liebsten mit einer einzigen Spaghettinudel so lange auspeitschen, bis sie auf dem Boden liegt und um Gnade fleht!

Ich fürchte, in jeder Klasse gibt es mindestens einen Nervklotz, den man eigentlich jeden Morgen vor der Schule einmal gründlich verkloppen sollte, damit er den Rest des Tages Ruhe gibt. Was ich – ähm, zugegeben – schon ein paar Mal gemacht habe. Mich mit Tanja gekloppt nämlich.

Das letzte Mal hat uns leider unser Musiklehrer Herr Nolte dabei erwischt. Nachdem er Tanja und mich getrennt hatte und uns mit ausgestreckten Armen davon abhielt, uns trotzdem noch gegenseitig zu treten, hielt er uns eine ausgiebige Strafpredigt.

In wütendem Ton schnaubte Herr Nolte uns an, dass es

sich für heranwachsende junge Damen nicht gehöre, sich zu prügeln. Darauf hab ich ihm aber sehr freundlich erklärt, dass ich durchaus nicht die Absicht habe, jemals eine Dame zu werden, sondern dass ich eine heranwachsende Geheimagentin sei. Und die prügeln sich sehr wohl.

HA! Da hat Herr Nolte aber dämlich geguckt!

Tanja allerdings auch. Tanja versucht nämlich immer, einen auf superschick und so 'n Meermist zu machen. Sie trägt sogar schon Schuhe mit Absatz! Nicht ganz so meterhohe wie die von meiner Schminkschwester Tessa, aber flach ist auch was anderes. (Hab ich aber gar nix gegen. Mit diesen affigen Tretern verliert sie viel leichter das Gleichgewicht, wenn Miri, Lasse oder ich ihr ein Bein stellen. Höhöhö!)

Von hier vorne vor der Tafel hat man übrigens einen agentenscharfen Überblick. Ich kann die gesamte Klasse hervorragend sehen. Kein Wunder, dass den Lehrern vorne nichts entgeht!

»NA? Was ist denn nun? Kennst du den Namen von deinem Vater oder kennst du ihn nicht?« Tanja, die blöde Natter, zickt immer noch.

Ja, will denn Frau Heinzig einfach nur weiter daneben stehen?

»Ich KENNE ihn!«, brüllt Carla böse.

»SCHLUSS JETZT!«, versucht es Frau Heinzig auch mal lauter.

Leider ist sie nicht besonders gut im Training. Denn hinter Carlas wesentlich stärkerer Stimme hört man unsere arme Lottofee-Lehrerin kaum.

»Er heißt JAN!«, schreit Carla – die Augen wild aufgerissen wie eine Tigermama, die ihre Jungen verteidigt. »Jan Brandt! Und – und – und er lebt in Australien!«

Okay, Australien ist natürlich echt weit weg. Verständlich, dass Carla ihren Vater deswegen noch nie gesehen hat.

Tanja, die ihren Mund gerade wieder aufgerissen hatte, klappt ihn zu und guckt Carla mit misstrauisch zusammengekniffenen Augen an. »Ach, wirklich?«

»Ja! WIRKLICH!« Carla atmet tief aus, als hätte sie gerade einen Kampf gewonnen.

Und das hat sie ja auch. Mensch, bin ich froh, dass sie es dieser dämlichen Kuh gegeben hat! Und dass sie den Namen ihres Vaters wirklich kannte.

»Cool!«, sage ich vorne – beinahe, als wäre *ich* die Lehrerin. Weil ich Carla natürlich beistehen will. »Jan Brandt ist ein klasse Name!«

Da nicken die meisten im Zimmer heftig. Carla mögen fast alle total gern.

Dankbar sieht sie mich an. Und ich lächele zufrieden zurück.

Siehst du, Frau Heinzig? SO macht man das! Fast ein bisschen stolz gucke ich zu unserer Klassenlehrerin rüber, die neben den Topfpflanzen am Fensterbrett steht.

Frau Heinzig atmet ebenfalls hörbar aus. »Na schön! Dann ist das ja nun geklärt.« Danach atmet sie leider wieder ein. »Machen wir also weiter!« Sie sieht nach vorne. »Malea?« Und lächelt wieder. (Hilfe!) »Wo waren wir?«

»Bei Maleas Schwestern!«, ruft Camilla und guckt mich so erwartungsvoll an, als würde ich ein Märchen vorlesen, das an der spannendsten Stelle unterbrochen wurde. »Erzähl weiter von deinen Schwestern!«

Frau Heinzig lacht und schüttelt den Kopf. »Nein, nein, Camilla! Malea *erzählt* uns hier nichts. Sie *stellt sich vor*!« Sie macht eine kleine Pause. Vermutlich damit wir

Zeit haben, den Unterschied zu begreifen. »Beim Vorstellen hält man alles sehr knapp und liefert nur die wichtigsten Informationen. Also, bitte, Malea! Noch ein paar Informationen zu deiner Person!«

Ich fühle mich wie ein Auto in tiefem Nebel und gucke vermutlich auch so. Was für *Informationen* will sie denn nun?

»Sie will wissen, wie groß du bist und wie viel du wiegst!«, raunt mir John aus der ersten Reihe zu.

»Das geht ja wohl keinen was an!«, raunze ich zurück und gucke an mir runter.

Ich sehe prima aus. Aber das brauche ich ja wohl bei einer Vorstellung nicht extra zu erwähnen. Außerdem kann ich mich nicht erinnern, wann Iris mich das letzte Mal gemessen hat oder wann ich auf einer Waage stand.

Frau Heinzig lacht. »Nein, nein, natürlich brauchst du uns nicht zu sagen, was du wiegst oder wie groß du bist. Aber du könntest deine Hobbys aufzählen und deine Lieblingsfächer in der Schule«, schlägt sie vor.

Ich seufze erbärmlich. Das kann ja noch Jahre dauern!

»Okay«, nicke ich ergeben, »also, meine Hobbys sind Surfen und …«

Ich überlege. Spionieren, wollte ich eigentlich sagen. Schließlich ist mein tägliches Geheimagententraining das, was ich am liebsten mache. Aber ein Hobby ist das natürlich nicht! Ich trainiere ja für meinen späteren Beruf!

Dann fällt mir unser kleiner Hugo ein, den wir gerade ein paar Wochen haben und mit dem ich zweimal die Woche nachmittags zum Welpentraining in eine Hundeschule gehe. »Und Hunde.«

»Sehr schön, Malea!«, lobt Frau Heinzig endlich.

»Bravo! Das hast du fürs erste Mal wirklich sehr gut gemacht! Und jetzt darfst du den Nächsten aussuchen, der sich vorstellt. Und DU übernimmst dann das Korrigieren, ich werde nur still zuhören.«

Was, ich? Au ja!

Ich sehe, wie Lasse erschrocken versucht, sich auf seinem Stuhl zu verkriechen, und grinse schon. Hihi – selbst schuld! Was lachst du auch eine arme Freundin aus, die hilflos vor der Klasse steht! Doch dann fällt mein Blick auf die fiese Tanja. Na warte, der werd ich's geben!

»Ich wähle Tanja«, verkünde ich sehr laut und sehr deutlich.

So deutlich, dass Tanja, die gerade damit beschäftigt war, bunte Herzchen auf ihr Schulheft zu malen, fast vom Hocker kippt. »ICH soll nach vorne?«

Carla und die meisten anderen in der Klasse grinsen schadenfroh.

Und Frau Heinzig, unsere weltbeste Lottofee, lächelt, wie nur Frau Heinzig lächeln kann.

»Ja, du, Tanja!«, bestätigt unsere Lehrerin. »Oder haben wir noch mehr Tanjas in der Klasse?«

Malea

»Köche in köstlich kunstvollen Klamotten kochen köstlich kunstvolle Kartoffelklöße in köstlich kunstvollen Kartoffelkloßkochtöpfen.« Dreimal hintereinander ganz schnell sagen! Haben wir in der Schule gelernt.

Höhö, ich bin immer noch bestens gelaunt, als ich nach der Schule in die Kastanienallee einbiege und an den hohen Hecken vorbei zu unserem Haus schlendere. Wie genial von Frau Heinzig, mir auch das Korrigieren von Tanjas Vorstellung zu überlassen! Hochzufrieden kicke ich ein paar Steinchen vor mich hin.

Ja, ja, Tanja kann mir dankbar sein! Ich habe wirklich keine Mühe gescheut, mit ihr das Vorstellen vor einer Gruppe von Menschen so ausführlich wie möglich zu üben. Mehr geht nicht. Über eine halbe Stunde lang – nämlich den gesamten Rest der Schulstunde – habe ich ihr gegönnt. Immer wieder habe ich sie ermuntert, doch noch etwas mehr von sich zu erzählen, und natürlich hab ich sie unzählige Male ihre Sätze wiederholen lassen. Schließlich ist es bestimmt unheimlich wichtig später im Leben, dass man die Betonung in einem Satz wie »Im Garten zuhause haben wir frische Kartoffeln« optimal hinkriegt. Sicherheitshalber habe ich sie genau diesen Satz fünfundzwanzig Mal wiederholen lassen und das Wort Kartoffel noch zwanzig Mal extra. (Es ist erstaunlich, wie unterschiedlich man ein Wort betonen kann!)

Ich fürchte zwar, ich werde Tanjas kartoffeligen Garten den Rest meines Lebens nicht mehr vergessen können. Aber Sophie, Lasse, Miriam, Carla und die meisten anderen in der Klasse lagen vor Kichern fast unter den Pulten. Erstaunlich, wie komisch das Wort *Kartoffel* wird, wenn man jemand anderen damit eine halbe Stunde lang kitzelt. Kar-tooo-fl. Karrrr-toffellll. Höhöhö! Nach der Stunde kamen sogar ein paar zu mir, schlugen mir auf die Schulter und sagten, sie hätten schon lange nicht mehr so unterhaltsamen Unterricht wie den mit Kartoffel-Tanja gehabt und ich solle später bitte unbedingt Lehrerin werden.

Das werde ich natürlich nicht. Als Geheimagentin bin ich nämlich NOCH besser!

HUPS! Gregory!

Wo kommt der denn so plötzlich her? Fast bin ich in ihn reingerannt!

»Hallo Gregory!«, grüße ich und füge im gleichen Atemzug hinzu: »Wo ist Livi?«

Schließlich sieht man die beiden seit Mattes und Katrin Dornkaters Hochzeit bloß im Doppelpack. Tessa und ihre Freundin Dodo nennen sie nur noch Livory. (*LIVi* und Greg*ORY*.)

»Wo sind denn Livory«, fragt Tessa zum Beispiel, wenn Livis Platz beim Abendessen leer ist. »Essen die heute drüben?«

Denn dass die beiden unzertrennlich sind, ist inzwischen allen meerwasserklar. Wo Livi ist, kann Gregory nicht weit sein. Und entweder Gregory isst mit bei uns, wie früher fast jeden Tag – ich meine, bevor sein Vater Gerold, genannt Goldi, auftauchte und sich wieder mit Gregorys Mutter Sibylle versöhnte –, oder Livi geht zum Essen zu Goldi und Sibylle nebenan in Gregorys Haus, was früher nie vorkam. Es ist also ziemlich ungewöhnlich, Gregory allein irgendwo rumstehen zu sehen. Außerdem sieht Gregorys Gesicht ernst aus. Fast besorgt.

»Ist was passiert?«, frage ich alarmiert.

In meiner Familie muss man mit allem rechnen. Bombenalarm, einstürzende Häuser oder Abstürze von Dächern sind da noch Kleinigkeiten. Ein knackiges Gipsbein (vor allem an unserem Vater Cornelius), das bei jedem Schritt fröhlich im Raum klackert, ist für uns ein mindestens so normales Geräusch wie Schlagzeugwirbel zum Frühstück. Obwohl es selten Cornelius ist, der in solcher Hühnerfrühe morgens probt. Das ist dann eher meine kleine Frühaufsteherschwester Kenny. Die spielt inzwischen fast so gut wie Cornelius. (Dem Meereshimmel sei Dank, dass unsere Schlafzimmer im ersten Stock liegen und der Probenraum für Cornelius' Band Rainbow im Keller ist! Ich *schlafe* nämlich morgens lieber!)

Gregory dreht sich zu mir und zuckt mit den Schultern. »Keine Ahnung! Livi ist bloß reingegangen, um ihre Schultasche in ihr Zimmer zu bringen, und dann wollten wir los, um für die Schülerzeitung noch ein paar Fotos zu machen.« Er zieht eine angemuffelte Grimasse und nickt zu unserem Haus rüber. »Aber irgendwas ist da drin los.«

»Ach, ja?« Interessiert fährt mein geschulter Agentenblick über unsere alte rosarote Villa.

Hm, von außen kann ich nichts Auffälliges sehen.

Sogar das Dach, auf das Mimi sich ab und zu vor Hugo rettet, ist hühner-, hunde- und auch katzenleer.

Mimi heißt die alte Katze von Frau Büntig, die bei uns lebt. Also die Katze lebt bei uns, nicht Frau Büntig. Die wohnt nämlich jetzt in der Lauschigen Eiche, wohin sie Mimi leider nicht mitnehmen durfte.

»Sie hat nur einmal kurz rausgerufen, dass *Tessa* nicht da ist«, sagt Gregory.

»Wer hat gerufen?«

»Na, *Livi!*«, antwortet Gregory, als hätte ich nicht mehr alle Fische im Teich, so eine dumme Frage überhaupt zu stellen.

Meerwasserklar, Livory! Wie blöd von mir anzunehmen, dass ihr auch mit anderen Leuten als euch selber reden könntet!

Allerdings freue ich mich natürlich total für meine Miesmuschelschwester und für Gregory. Die beiden strahlen seit ein paar Wochen so glücklich, wie ich sie noch nie vorher gesehen hab. Deswegen sage ich bei komischen Bemerkungen nichts und lasse Livory einfach Livory sein.

Stattdessen nicke ich. »Klar. Tessa war doch seit Donnerstag auf Wochenendklassenreise.«

War eine richtige Erholung, sie am Wochenende mal nicht hier zu haben. Sie hat ja am Samstag Geburtstag und feiert ihn im Garten. Mit all den hunderttausend megawichtigen Vorbereitungen zu dieser Party hat sie uns alle schon ganz gehirnmatschig gemacht. Jedes kleinste Fitzelchen ist Tessa wunderwichtig. Die Farben der Dekos und Blumen auf den Holztischen im Garten müssen perfekt zu Tessas Kleid passen. Nur kann sie sich dummerweise nicht entscheiden, welches Kleid – also welche Farbe – sie tragen will. Das hat Iris etwas genervt, weil sie nämlich die ganze Tischdeko, Tücher und so, besorgt und wegen Tessas Unentschiedenheit jetzt in der Warteschleife hängt.

Außerdem will Tessa für SOS, also für die Schulband, bei der sie singt, unbedingt eine Bühne haben, obwohl Cornelius' Band Rainbow auf Matte und Katrin Dornkaters Hochzeit auch einfach auf dem Rasen gespielt haben. Aber weil man nur einmal im Leben sechzehn wird (O-Ton Cornelius), hat Cornelius versprochen, eine Bühne zu bauen. Als er stolz mit von Bekannten geschenkten Holzplatten ankam, flippte meine perfekter als perfekt Schwester allerdings schon wieder aus. Das Holz war zu dunkel.

»Das sieht totaaaal spießig aus!«, heulte sie.

Ich weiß nicht genau, was spießig ist, aber besonders glücklich machte Cornelius diese Reaktion nicht.

»Wenn es nur die Farbe ist«, hab ich da freundlich angeboten, »dann streiche ich dir das Holz an. Wie willst du es denn?«

Weiß wollte sie es.

»Okay«, hab ich gesagt, »das ist mein Geburtstagsgeschenk für dich. Ich kaufe weiße Farbe und male dir deine Bühne.«

Da hat Tessa mal einen Moment gelächelt. »Danke, Malea! Das ist lieb von dir!«

Cornelius hat übrigens auch ziemlich erleichtert ausgesehen.

Leider hat sie dann aber hinzugefügt: »Das heißt aber nicht, dass du und Kenny eingeladen seid. Das ist keine Party für Kinder.«

Für *Kinder*? Ich bin nächsten Monat zwölf! Und –

hallo? – außerdem wohne ich hier! Ich meine, wie unfair ist das denn?

Doch das hat Tessa nicht beeindruckt. Und Cornelius und Iris, die mir ja wohl hätten beistehen müssen, haben nur mit den Schultern gezuckt und gemeint, dass es Tessas Party ist und dass sie einladen – und ausladen – kann, wen sie will. Und dieser fiesen Schwester mache ich auch noch so ein tolles Geschenk!

»Tessa kommt doch erst heute zurück«, erinnere ich Gregory noch mal.

»Das weiß ich.« Gregory klingt allmählich ungeduldig, na gut, sagen wir gereizt. »Deswegen frage ich mich ja auch, wieso das so lange dauert, eine Tasche abzustellen und einen Fotoapparat zu holen!«

Ich öffne die Gartenpforte. »Willst du mit reinkommen und nachsehen?«, biete ich freundlich an.

Doch bevor Gregory oder ich einen Schritt in unseren Vorgarten machen können, werden wir von einem Polizeiauto abgelenkt, das scharf abbremst und mit quietschenden Reifen hält. Direkt vor unserem Haus!

Polizei?! Vielleicht hat Gregory recht? Vielleicht ist da drinnen tatsächlich was los?

Ich lasse ihn stehen und rase zur Haustür. Eine echte Geheimagentin muss immer VOR der Polizei am Ort des Geschehens sein!

Eilig fummele ich meinen Schlüssel ins Schloss, bevor ich merke, dass die Tür überhaupt nicht abgeschlossen ist, und hetze durch den Flur in die Küche. (Bei uns finden die meisten interessanten Dinge in der Küche statt.) Und tatsächlich sehe ich dort alle versammelt: Iris, Cornelius, Kenny, Livi, Rema und sogar Walter Walbohm von nebenan.

»… noch nichts passiert!«, beendet Walter gerade in seiner sanften Art einen Satz, dessen Anfang ich leider verpasst habe.

»NICHTS PASSIERT? Was soll das heißen?«, fährt Iris sofort aus der Haut. (Okay, sie neigt leider auch bei kleineren Brisen schnell zu stürmischem Wellengang.) »Tessa ist verschwunden! Aus einem fahrenden Zug heraus! Was soll denn *noch* passieren?!«

Tessa ist weg?

»Nun ja …«, murmelt Walter verunsichert und macht sich vor Iris' empörten Blick auf seinem Küchenstuhl ganz klein, »… bis jetzt sind sie ja noch nicht …« Er räuspert sich. »Ich meine, sie sind ja noch nicht … Wie gesagt, es ist ja noch nicht wirklich was passiert.«

»Zumindest nichts, von dem wir wissen«, nuschelt Cornelius leise.

Ah, ich bin mir sicher, Tessa wird schon wieder auftauchen! Allerdings … auch, wenn ein Fall auf den ersten Blick recht harmlos aussieht, muss ein Geheimagent natürlich sehr sorgfältig vorgehen. Also versuche ich, die gesamte Lage mit allen zur Verfügung stehenden Informationen sorgfältig zu erfassen. Meine älteste Schwester ist offenbar im Zug auf der Rückfahrt von ihrer Klassenreise verloren gegangen.

Nun muss ich doch grinsen. Weil ich direkt vor mir sehen kann, was meine Schwester in einem fahrenden Zug macht. Die wird sich im Waschraum eingeschlossen haben – zur Auffrischung ihres Make-ups (etwa alle sieben Minuten) braucht sie ja immer einige Zeit –, und darüber wird sie einfach vergessen haben, auf dem Bahnsteig auszusteigen.

In diesem Moment klingelt es an der Haustür.

»Ist offen!«, brülle ich zu Gregory raus, bevor mir einfällt, dass das vermutlich gar nicht Gregory war.

»Ach, übrigens, die Polizei ist draußen«, lasse ich die Küchenrunde wissen.

»Na, endlich!«, ruft Iris und schießt von ihrem Sitz hoch, als hätte sie auf einer Sprungfeder gesessen.

Auch Rema scheint aufzuatmen. »Das wurde auch Zeit!«

Die beiden Polizisten – eine Frau und ein Mann – sehen nicht übermäßig erfreut aus, Iris und Cornelius die Hand zu schütteln. Das kann ich ihnen nicht übel nehmen. Der Name Martini ist auf der Polizeistation bei uns im Ort ohne Zweifel das reinste Schreckgespenst. Vermutlich haben vorhin alle auf dem Revier durch Würfeln entschieden, wer von ihnen den Schwarzen Peter kriegt und zu uns rausfahren muss. Diese beiden hier scheinen nicht viel Würfelglück gehabt zu haben.

»Setzen Sie sich!« Cornelius stellt den Beamten zwei Stühle hin.

Der männliche Polizist holt zügig einen Notizblock aus seiner Hosentasche. »Wir haben eine Meldung der Bettina-von-Arnim-Schule, dass Ihre Tochter Tessa-Tiara Martini zusammen mit ihrer Freundin Dorothea Dunst aus einem Zug verschwunden ist.«

»So ist es«, nickt Cornelius.

Noch sieht er erstaunlich ruhig aus. Nur seine Ohren glühen feuerquallenrot, was, wenn man ihn kennt, doch ein ziemlich bedenkliches Zeichen ist.

»Die Lehrerin, Frau Meyer-Buchsbaum, gibt an«, fährt der Polizist fort, »kurz vor Ankunft hier im Ort die Klasse abgezählt zu haben, wobei sie feststellte, dass Ihre Tochter und besagte Freundin Dorothea fehlten.«

Iris und Cornelius nicken nun beide und starren stumm auf die Tischplatte.

Hinter dem Polizisten schleicht Gregory in den Raum und quetscht sich neben Livi auf denselben Stuhl. Sofort huscht ein Lächeln über das Gesicht meiner Schwester und ihre Hand greift nach seiner.

Ein paar Sekunden lang bin ich direkt abgelenkt. Mann, sind die dick zusammen!

Aber Abgelenktsein, bloß weil meine Miesmuschelschwester plötzlich mit einem Jungen Händchen hält, das darf einer Agentin natürlich nicht passieren. Nicht in einem so wichtigen Moment!

»Daraufhin«, rattert der Polizist weiter runter, was offenbar auf seinem Zettel steht, »hat Frau Meyer-Buchsbaum den zweiten Lehrer, einen gewissen Herrn Nolte, sowie das Zugpersonal alarmiert und danach den Zug systematisch von vorne bis hinten durchkämmt.«

Leider muss ich mir jetzt vorstellen, wie ein Zug mit einem Kamm – oder einer Bürste? – einmal durchgekämmt wird, was mich weitere Sekunden Aufmerksamkeit kostet. Meermist! Jetzt hab ich nicht gehört, was die Polizistin gesagt hat. Auf jeden Fall scheinen sie Tessa und Dodo nirgends gefunden zu haben.

»Wie können zwei Mädchen aus einem fahrenden Zug verschwinden?«, donnert Cornelius nun doch los – kaum, dass die Polizisten ihren Bericht beendet haben. Vorwurfsvoll starrt er sie an, als hätten die beiden die Antwort sofort mitliefern müssen.

Doch als Agentin weiß ich, dass Kriminalfälle manchmal ganz schön knifflig sein können und nicht immer schnurgerade oder einfach zu lösen sind. Da muss man geduldig sein und auf kleine Einzelheiten achten.

»Ich habe keine Lust, hier rumzusitzen, während meine Tochter womöglich schon längst …!« Cornelius lässt das Satzende irgendwo in der Küchenluft hängen.

Ich gucke zu Iris rüber, der zwei Tränen die Wange runterlaufen.

Mann-Mann, wieso sind denn hier alle so dramatisch drauf? Ich wette, Tessa hat sich nur einen blöden Scherz erlaubt. Die taucht schon wieder auf. Meine wimpernbetuschte Schicki-Schwester macht gerne mal ein bisschen auf sich aufmerksam.

»Wir MÜSSEN sie finden!«, haucht Iris und wischt sich mit einem Küchenhandtuch übers Gesicht. »Bevor es dunkel wird!!«

Bei dem Wort »dunkel« entfährt auch Cornelius ein meerfetter Seufzer.

Meine Meerwelt, was für eine Aufregung! Bloß, weil meine Schwester und Dodo der Klasse vermutlich einen Streich spielen wollen! Zum Glück fällt mir da ein, was auch James Bond als Allererstes gemacht hätte. Unfassbar, dass die Polizisten darauf nicht selbst gekommen sind!

»Warum rufen wir Tessa nicht einfach an?«, frage ich freundlich in die Runde. »Tessa und Dodo gehen ohne ihre Handys nirgendwohin.« (Das ist eine Tatsache.)

Als Antwort weint Iris nun offen. Und nicht nur Cornelius' Ohren, sondern auch sein Gesicht wird rot und düster.

Immerhin antwortet er mir: »Das haben wir selbstverständlich bereits getan. Tessas und Dodos Handys wurden in ihren Handtaschen zusammen mit dem restlichen Gepäck bei ihren Sitzen gefunden. Sie haben nicht mal Jacken mitgenommen.«

»Dann sind sie also noch im Zug«, folgere ich agentenscharf.

»NEIN!«, rufen Iris und Cornelius im Chor und werden dabei auch noch von den Stimmen der beiden Beamten unterstützt.

Bedauernd erklärt mir die Polizistin: »Der gesamte Zug wurde bei der Ankunft hier im Ort sofort ein weiteres Mal von einer Polizeimannschaft durchsucht, bevor er schließlich mit einer Stunde Verspätung weiterfahren durfte.«

Vermutlich denkt sie, ich mache mir große Sorgen um meine Schwester. Doch um Tessa braucht man sich wirklich keine Sorgen zu machen. Eigentlich um gar keine meiner Schwestern. Wir können alle prima auf uns selbst aufpassen. Nur … hm …, dass Tessa und Dodo wirklich gar nicht mehr im Zug sind – nirgends! –, und … hm … noch merkwürdiger, dass sie ihre Handys UND Handtaschen (mit Schminkzeug!) nicht mitgenommen haben, also das ist … das ist *doch* ein bisschen verdächtig. Denn das würde Tessa niemals freiwillig machen!

Jetzt werde ich auch still. Weil ich nachdenke. Wie kann ein Mensch *überhaupt* aus einem fahrenden Zug verschwinden?

Und warum sollte er?

Und warum hat Tessa nicht mal ihr heiliges Schminkzeug und Handy mitgenommen? Das ist noch nie, nie, NIE passiert!

Kenny

Bentje ist meine allerbeste Freundin. Sinan ist mein allerbester Freund. Aurora ist mein allerliebstes Huhn.

Du musst sofort kommen!«, rufe ich aufgeregt in den Hörer. »Bei uns ist schon wieder voll viel los!«

Bei uns ist zum Glück oft was los. Ganz anders als bei meiner besten Freundin Bentje zu Hause. Da fällt nie jemand vom Dach und die Dächer stürzen auch nicht ein. Da passieren ganz, ganz, ganz viele Sachen *nicht.*

Als ich Bentjes Mama zum Beispiel mal gefragt hab, warum sie nie auf Demos geht, da hat sie mich angeguckt, als ob ich ne eklige Spinne wäre oder so, und hat gesagt: »Aber kleine Kenny! Das ist doch viel zu *gefährlich!*«

Dabei machen Rema und ich das ständig. Und meistens ist das voll lustig. Wir singen beim Marschieren und halten uns an den Händen und bilden mit anderen große Ketten und rufen laut in die Gegend, was wir der Welt sagen wollen. Und hinterher fühle ich mich immer richtig gut. Das ist ja wohl nicht gefährlich.

Rema findet es aber – voll das Gegenteil von Kennys Mama – SEHR *gefährlich,* wenn man sich NICHT für wichtige Sachen vom Sofa aufrappelt und NICHT Schilder malt (macht voll Spaß) und NICHT mit ganz vielen anderen marschieren geht. Weil nämlich, wenn man nicht aufsteht, die *falschen* Sachen passieren, sagt Rema. Und DAS wäre ja nun wirklich gefährlich, oder nicht?

Aber Bentjes Mama findet es wichtiger, zu Hause zu bügeln.

»Ich komme!«, schreit Bentje in den Hörer, obwohl ich überhaupt nicht schwerhörig bin. »Ich bin schon auf dem Weg.«

Und das ist sie wirklich, denn ich kann ihre bügelnde Mama hinter ihr herrufen hören: »Wo willst du denn hin, Bentje?«

Ganz aus der Ferne höre ich Bentje: »Zu Kenny!«

Und dann wieder die Stimme ihrer Mutter: »Bei Kendras Familie bleibst du aber nicht zum Abendessen, hörst du? HÖRST DUUU?«

Dann macht es Klick in der Leitung. Das war wohl der Moment, wo Bentjes Mama gesehen hat, dass das Telefon noch an ist, und wo sie einen Moment aufgehört hat zu bügeln und das Telefon ausgestellt hat.

Ich gehe zurück in die Küche und stelle mich ans Fenster, um nach Bentje Ausschau zu halten. Dabei kann ich immer noch sehr gut mithören, was hinter mir geredet wird.

Wir hatten mal wieder Besuch von zwei Polizisten. (Nur leider sind die schon wieder weg gewesen, bevor ich Zeit hatte, Bentje Bescheid zu sagen.) Die haben jeden von uns gehört. Ach nee, *ver*hört heißt das. Das bedeutet nicht, dass sie was falsch verstanden haben, sondern dass sie einem ein Loch in den Bauch fragen. Alles, was uns zu meiner großen Schwester Tessa einfällt, mussten wir erzählen. Da fiel mir natürlich unheimlich viel ein.

Dass Tessa sich immer voll stöckelschuhig anzieht und ihr Gesicht auch immer total hübsch anmalt, zum Beispiel. Das fanden die Polizisten aber nicht so interessant.

Und dass sie schon einen Knutschfreund hat. Javi, der in Barcelona in Spanien wohnt, nämlich. Das fanden die Polizisten schon interessanter.

Malea und Livi sagten aber sofort, dass das doch gar nicht mehr stimme, weil die beiden vor ein paar Wochen Schluss gemacht hätten. Das stimmt natürlich, ist aber echt voll schade, weil ich Javi nämlich unheimlich gern hab.

Damit die nichts falsch verstehen, hab ich den Polizisten noch schnell erklärt, dass es nicht Tessa war, die Schluss gemacht hat, sondern Javi. Und ich habe auch gesagt, dass ich das überhaupt nicht verstehe, weil die beiden sich eigentlich voll lieb haben. Und dass Tessa darüber ganz, ganz furchtbar traurig war und immer noch ist, das hab ich auch erzählt. Das fanden die Polizisten ebenfalls interessant.

Dann fiel mir auch noch ein, dass Tessa früher schon mal verschwunden ist. Im letzten Herbst nämlich. Weil sie da einfach abgehauen ist von zu Hause. Das fanden die Polizisten SEHR interessant.

»Ach, wirklich?«, fragte der Mann und schaute dabei auch Mama und Papa fragend an. »Ihre Tochter läuft also öfter mal weg?«

»NEIN!«, schrien Mama und Papa sofort und guckten böse zu mir rüber.

Zu MIR! Was kann *ich* denn dafür, dass Tessa damals abgehauen ist?

»Meine Tochter läuft ganz und gar nicht öfter mal weg!«, betonte Papa mit Sturmfalten auf der Stirn. »Tessa-Tiara hat vor vielen Monaten einmal eine Nacht bei einer Freundin in einer Gartenlaube übernachtet, das ist alles. Und das hat ja wohl überhaupt nichts damit zu tun, dass sie jetzt aus einem Zug verschwunden ist!«

Die Polizisten schienen das aber immer noch wichtig zu finden und nickten mir anerkennend zu.

»Vielleicht fällt dir ja noch was ein?«, ermunterte mich die Frau sogar freundlich.

Doch da funkelte mich Papa so böse an, dass ich mich vor Schreck fast verschluckt habe, und da hab ich lieber »Nö« gesagt. Obwohl ich gerne noch erzählt hätte, dass Tessa immer sagt, dass sie bald weit weg von unserer kleinen Stadt leben wird, weil sie ganz viel Geld in London oder Paris oder Nu-Jork verdienen wird, und dass sie uns dann Postkarten schickt und nie mehr zurückkommt. Außer zu Besuch natürlich. Vielleicht hätten die Polizisten das auch interessant gefunden.

Mama hat dann aber angefangen, die Polizisten genauso zu verhören. Also ihnen ein Loch in den Bauch zu fragen. Und ganz oft hat sie die Polizisten daran erinnert, dass es schon fast sechs Uhr ist und dass es bald dunkel wird und dass Tessa und Dodo dort draußen ganz allein sind …

Und da ist mir ein bisschen komisch geworden. Weil Mama so unheimlich verzweifelt dabei aussah. Und geweint hat sie auch. Und dann musste sie plötzlich mitten im Satz auf die Toilette.

Das ist aber nichts Besonderes, weil Mama nämlich schwanger ist. Und da muss man manchmal kotzen. Manchmal auch oft. Und vielleicht ist das Kotzen noch schlimmer, wenn man gleichzeitig weinen muss, weil man sich Sorgen macht.

Denn als Mama wieder in die Küche zurückkam, sah sie so grün im Gesicht aus, dass Papa sie in den Arm nahm und zu den Polizisten sagte: »Meine Frau braucht jetzt Ruhe!«

Aber was die Polizei denn jetzt machen werde, um Tessa zu finden, das wollte er trotzdem noch wissen. So wie ich das verstanden habe, werden die jetzt nicht nur auf allen Bahnhöfen, durch die der Zug gefahren ist, nach Tessa suchen, sondern auch die gesamte Bahnstrecke entlang.

»Es wird bald dunkel …«, wimmerte Mama noch mal in Papas Armen.

Und da wurde mir noch komischer. Ich musste mir nämlich vorstellen, wie Tessa und Dodo irgendwo im Dunkeln an der Bahnstrecke einsam und allein neben einem Busch hocken. Ich kann mir gar nicht vorstellen, dass Tessa so was gefällt. Tessa sitzt lieber auf dem Sofa oder gemütlich in ihrem Zimmer an ihrem puderbunten Schminktisch oder im Bella Roma vor einem Eisbecher. Außerdem – vielleicht hat sie jetzt gerade Hunger? Und wo kriegt sie dann was zu essen her, wenn sie weit weg von zu Hause neben einem Busch hockt?

Ehrlich gesagt, fällt mir das ein, weil *ich* gerade Hunger kriege.

Ich gucke mich um. Mama und Papa sitzen immer noch am Tisch, zusammen mit Remi und Walter Walbohm, und reden leise. Livory sind inzwischen nach oben in Livis Zimmer gegangen. Die wollten eigentlich in den Ort, um Fotos zu machen. Aber das wollen sie jetzt nicht mehr. Und Malea kritzelt irgendwelche Sätze auf ein

Blatt Papier. Sie hat schon wieder ihr wichtiges Agentengesicht, deshalb weiß ich, dass es bestimmt was Geheimes ist. Malea macht ständig Geheimkram.

Unauffällig schleiche ich mich von hinten ran. Dummdi-dumm…! Und – haaa! – bevor Malea das merkt und ihren Zettel vor mir verstecken kann, hab ich schon raufgeguckt.

TESSA, steht in Großbuchstaben ganz oben. Und da drunter steht: *Fakten: 1. Tessa war im Zug, als er losfuhr. 2. Tessas Gepäck und Handy waren noch im Zug, als er ohne Tessa am Bahnhof…*

Weiter kann ich nicht lesen, weil Malea sich jetzt mit ihrem Oberkörper auf den Zettel lehnt, damit ich nichts sehe, und mir »Verschwinde, Kenny, das ist geheim!« zuzischt.

Pfffff, manchmal sind meine Schwestern echt blöd. Besonders, wenn sie so geheim drauf sind.

In Livis Zimmer mitkommen durfte ich nicht, weil Livory *PRIVAT* sein wollen. Und was *privat* bedeutet, ist voll klar. Das bedeutet natürlich ebenfalls *geheim.* So geheim, dass kein anderer dabei sein darf. Livory sind seit ein paar Wochen ständig geheim.

Malea ist ja fast immer geheim, aber meistens interessiert mich das nicht so. Nur heute finde ich es echt unfair, wenn sie was über Tessa schreibt, was wir nicht wissen sollen. Wir wollen doch ALLE wissen, wo Tessa ist!

Mama und Papa sind auch dauernd geheim und tuscheln (auch als Tessa noch da war). Aber ich glaube, das hat mit meiner kleinen Schwester in Mamas Bauch zu tun.

Dass da eine kleine Schwester drin sitzt und wächst, kann man übrigens noch überhaupt nicht sehen. Deshalb haben Romy und die anderen in der Schule mir das auch erst gar nicht geglaubt. Aber wenn kleine Schwestern noch so richtig klein sind, kann man das nie sehen. Die machen sich in den Mamabäuchen erst nach einer ganzen Weile dick und rund.

Trotzdem geht es mir langsam auf die Nerven, dass plötzlich alle nur noch geheim sind. Und nun ist Tessa sogar SO GEHEIM, dass wir nicht mal mehr wissen, wo sie ist! Ist das fies oder ist das fies? Warum verrät sie uns nicht, wo sie ist?

In diesem Moment galoppiert Bentje durch unseren Vorgarten.

Endlich! Ich stürze ihr entgegen. Und kriege gleich wieder bessere Laune. Denn gerade fällt mir ein, dass Bentje und ich ja auch geheim sein können. Wir haben nämlich im letzten Sommer einen Geheimclub gegründet. Zusammen mit Romy. Und geheimer als ein Geheimclub können ja wohl nicht mal Malea oder Livory sein. Und ist das gut oder ist das gut? Bentje und ich müssen sofort Romy Bescheid sagen, damit wir sofort wieder mit dem Geheimsein anfangen können. In letzter Zeit haben wir das ein bisschen vergessen.

»Hab ich was verpasst?«, fragt Bentje atemlos, als ich ihr die Tür aufmache.

»Nö.« Ich schüttele den Kopf. »Tessa ist immer noch verschwunden.«

»TESSA IST VERSCHWUNDEN?«, wiederholt Bentje andächtig und ihre Augen leuchten auf wie grüne Glühbirnen.

Ich bin richtig stolz, als ich nicke. Sag ich doch, bei uns ist immer was los.

»Kannst du zum Essen bleiben?«, frage ich und muss

an ihre bügelnde Mama denken und was sie Bentje nachgerufen hat.

»Klar«, strahlt Bentje, »klar, Kenny, klar! Was gibt es denn?«

»Erdbeertörtchen mit Lakritz-Schlagsahne«, meldet sich Rema aus der Küche und seufzt, als wäre das echt schade. Dabei kann man die Lakritzsahne bestimmt ganz leicht von den Törtchen abkratzen.

»Cool«, sagt Bentje, »cool!«

Und dann laufen wir raus in den Garten. Dort können wir ein bisschen mit Aurora spielen und ich kann Bentje genau erzählen, was heute passiert ist.

Livi

Früher dachte ich, dass ich bestimmt als Baby im Krankenhaus vertauscht worden bin. Weil ich dachte, dass ich überhaupt nicht zu den anderen passe. Jetzt bin ich mir, was das angeht, felsenfest sicher. Aber komischerweise finde ich das gar nicht mehr so schlimm.

Dass bei uns in der Familie ständig Sachen passieren, die woanders nie passieren, ist zwar peinlich, aber nichts Neues. Doch dass meine große Schwester spurlos vom Erdboden – oder genauer gesagt vom Zugboden – verschwindet, das ist zumindest ungewöhnlich.

»Sie wird an einem früheren Bahnhof ausgestiegen sein«, vermutet Gregory und zieht eine schräge Grimasse. »Vermutlich, weil sie ein Plakat gesehen hat: *Drei Lippenstifte zum Preis von einem!*«

Ich nicke, allerdings ohne zu lachen. Logisch, das wäre sooo Tessa. Dafür steigt man gern mal aus einem Zug und verpasst die Weiterfahrt!

Doch dann richte ich mich auf. »Du vergisst nur eins.«

Gregory hat sein typisch spöttisches Grinsen im Gesicht. »Und das wäre?«

»Sie hat weder Geld noch ihr Handy mitgenommen.«

Gregory seufzt. »Ja, das ist tatsächlich die Stelle, an der die Geschichte doch ein wenig besorgniserregend klingt.«

Trotzdem! Auch dafür gibt es bestimmt eine logische Erklärung.

Gregory und ich liegen nebeneinander auf meinem Bett und quatschen ein bisschen und halten uns ein bisschen und tuscheln ein bisschen und streicheln uns ein bisschen übers Gesicht und freuen uns unglaublich darüber, dass wir uns haben. Das war nicht immer so. Aber jetzt ist es so. Und ich hoffe, dass es für immer und immer und immer so bleiben wird. Gregory ist nicht nur meine allerallerbeste Freundin, sondern jetzt auch mein Freund.

Trotzdem wandern meine Gedanken immer wieder zu meiner älteren Schwester. »Wollen wir mal gucken, ob die anderen unten was Neues gehört haben?«

Gregory richtet sich etwas unwillig auf und nickt. »Na schön.«

Irgendwie wird man müde, wenn man eine Weile auf dem Bett kuschelt und nicht viel anderes macht, als den anderen zu spüren. Oder vielleicht wird man einfach ruhig. Ganz tief drinnen ruhig. Und kann loslassen. Von all dem, was einen so am Tag in Atem hält. Und – ich muss lächeln – schläft dabei manchmal fast ein!

Aber es ist fast neun. Ich fange allmählich an, mir Sorgen zu machen. Sie müssten Tessa und Dodo doch inzwischen gefunden haben!

Vor zwei Stunden haben wir unten ziemlich wortkarg die Erdbeertörtchen gegessen, die eigentlich für Tessa als Willkommen gedacht waren. Als Kenny fragte, ob sie auch Tessas Portion essen könne, hat Iris einen Heulkrampf gekriegt und ist ins Badezimmer gerannt, um sich schon wieder zu übergeben. Ich glaube, Schwangerschaftshormone helfen nicht unbedingt, wenn Nervenstärke gefragt ist.

Ich gebe mir Mühe, meine eigenen Nerven ruhig zu halten. Immer wieder versuche ich, mir vernünftige Gründe vorzustellen, warum Tessa und Dodo verschwunden sein könnten, ohne jemandem Bescheid zu geben oder sich bei uns zu melden. Leider fallen mir nur schmerzhaft un-vernünftige Gründe ein. Die will ich gar nicht weiter denken. Die Welt kann doch nicht so böse sein?

Als Gregory und ich in die fast dunkle Küche kommen, sitzt Cornelius auf dem kleinen Sofa in der Ecke und starrt auf sein Handy. Sonst ist keiner mehr da.

Ich nehme an, Rema ist schon mit Walter Walbohm rüber in Walters Haus gegangen. Zuerst schlief sie nur ab und zu dort, doch ich glaube, so langsam ist sie dort praktisch eingezogen und benutzt ihr Zimmer bei uns nur noch, um Klamotten zu holen oder zurückzubringen. Ich freu mich total für Rema und Walter. Die beiden sind wie füreinander geschaffen. Wie Gregory und ich.

»Wo ist denn Iris?«, frage ich.

Cornelius reißt sich nur mühsam vom hell erleuchteten Display des Handys los und guckt uns an wie Geister. »Ach, sie hat sich hingelegt. Ist alles ein bisschen viel für sie in ihrem Zustand.«

»Und? Schon was Neues?«, fragt Gregory.

Cornelius schüttelt den Kopf. »Ich bin in Kontakt mit der Polizei ...« Er nickt zu seinem Handy. »... und auch mit der Schule. Sie haben jetzt den gesamten Streckenabschnitt von unserem Bahnhof bis zum letzten Halt davor abgesucht. Nichts.«

»Und wenn sie doch auf dem Bahnhof davor ausgestiegen sind?«, fragt Gregory.

Cornelius schüttelt seinen Kopf noch heftiger. »Nein. Ein Dutzend Mitschüler können glaubhaft bezeugen, dass Tessa und Dodo noch im Abteil waren, als sich der Zug wieder in Bewegung setzte.«

Jemand verschwindet aus einem fahrenden Zug. Das KANN doch nicht sein! Ich meine, das ist ja wie in diesen ganzen schrottigen Abenteuerfilmen, die Malea so gerne guckt. Wo Leute immer unter komplett unwahrscheinlichen Umständen abhandenkommen und dann ...

Ja, und DANN?

Blödsinn! Wir leben doch in keinem Krimi! So was will ich gar nicht erst denken!

Plötzlich stürzt Iris ins Zimmer. »Mir ist gerade was eingefallen! Vielleicht war eine Tür nicht richtig verriegelt und sie ist aus dem Zug gefallen. Und Dodo hat natürlich versucht, ihr zu helfen, und ist dabei auch ...«

Cornelius steht auf und nimmt Iris in den Arm, die sofort wieder anfängt zu weinen. »Ach, irgendwo muss sie doch sein! Vielleicht liegen die beiden schwer verletzt ...«

»Wenn sie aus dem Zug gefallen wären, wären sie von den Suchmannschaften gefunden worden.« Cornelius streicht Iris beruhigend über den Rücken. Schließlich lässt er sie los. »Okay. Ich halt das nicht mehr aus. Ich fahre selbst los.«

»Ich komme mit!«, schnieft Iris und klingt dabei erstaunlich kraftvoll und entschieden.

Gregory und ich seufzen fast zeitsynchron.

Ich komme auch mit! will ich gerade rufen, als die Tür zum Garten aufgeht und Goldi in die Küche tritt. »Wie ist der Stand der Dinge?«

Es ist so schön, dass Gregorys Vater Gerold Grünberg jetzt wieder mit Gregorys Mutter Sibylle zusammen ist und die drei inzwischen zusammen wohnen. Obwohl es manchmal auch ein bisschen unpraktisch ist, seinen Schulleiter im Nebenhaus zu haben. Natürlich kriegt der fast alles von uns mit. Was allerdings meine Strafarbeiten-Schwester Tessa deutlich mehr stört als uns andere. Wenn Tessa in der Schule zum Beispiel zu mehrstündigem Büffeln verdonnert wird und nachmittags trotzdem beschließt, erst mal im Ort shoppen zu gehen, ist es klar peinlich, wenn einem der Schulleiter aus dem Nebenhaus freundlich nachwinkt. Sieht ja doch ein wenig nach NICHT-Büffeln aus … Doch zum Glück ist Goldi ein wirklich cooler Typ und nicht nur in solchen Momenten kann man auf ihn zählen.

Ohne viel zu überlegen, verkündet er: »Ich bin dabei!«, und eilt Cornelius und Iris hinterher zum Auto. »Jemand von der Bahn hat mich gerade angerufen«, erzählt er im Laufschritt auf dem Weg zur Haustür. »Der Zug musste auf offener Strecke vor einem Haltesignal stoppen, um einen entgegenkommenden Zug vorbeifahren zu lassen. Dodo und Tessa könnten also während des Haltens …«

»Aber WARUM in Dreiteufelsnamen sollten die beiden auf die dämliche Idee kommen, mitten in der Wildnis auszusteigen?«, hören wir Cornelius in gewohnt donnerigem Temperament Gregorys Vater unterbrechen.

Doch statt zu antworten, dreht sich Goldi im Vorgarten noch einmal zum offenen Küchenfenster, an dem wir stehen. Und bevor Gregroy und ich anbieten können, ebenfalls mitzufahren, kriegen wir gleich eine doppelte Ansage. Nicht nur von Goldi, sondern auch von Cornelius.

»Und ihr beiden geht ins Bett! Morgen ist Schule!« Da sind sich unsere Väter einig.

Schule! Tatsächlich kommt es mir so vor, als sei Schule wirklich gerade das Unwichtigste auf der Welt. Dabei gehe ich eigentlich richtig gern zur Schule.

Wenig später hören wir den Motor unseres Autos starten und keine Sekunde später in Cornelius' üblichem Vollgastempo die Kastanienallee runterbrausen. Danach ist wieder Stille auf der Straße und Stille im Raum. Unangenehme Stille.

»Wieso sollten Tessa und Dodo mitten auf der Strecke den Zug verlassen wollen?«, fragt Gregory, nachdem wir eine Weile tatenlos auf die leere Straße rausgestarrt haben.

Ich seufze. Und möchte am liebsten einen blöden Witz machen. *Weil im Gras irgendwas blinkte, was wie ein teures Armband aussah und was sie deshalb unmöglich dort liegen lassen konnten?*

Doch mir ist nicht nach Witzen. Selbst meine puderperlen-profit-orientierte Schwester und ihre genauso verklunkerte Freundin sind doch nicht wirklich so blöd, wegen eines dämlichen Armbands einfach einen Zug zu verlassen, der jeden Moment weiterfahren kann und das möglicherweise auch getan hat. Oder?

ODER?

Gregory scheint mal wieder meine Gedanken zu lesen, sich da aber weniger sicher zu sein. »Oh, Mann, Livi!«

Ich rolle als Antwort nur mit den Augen.

Doch Gregory denkt bereits weiter. »Aber selbst WENN

sie bei diesem Halt mitten auf der Strecke ausgestiegen sind …« Er guckt mich verwirrt an. »… dann müssten sie doch irgendwo SEIN! Und gefunden werden!«

»Sie haben kein Handy dabei«, gebe ich zu bedenken.

»Trotzdem!« Gregory schüttelt den Kopf. »Der Zug ist um drei Uhr nachmittags hier angekommen. Jetzt ist es nach zehn. In sieben Stunden können die ja wohl bis zu irgendeinem Dorf gelaufen sein und uns angerufen haben. Wir leben ja nicht in Alaska oder sonst wo, wo es nur alle tausend Kilometer ein paar Menschen gibt.«

Nee. Das tun wir nicht. Hier bei uns ist eigentlich ein Dorf neben dem anderen. Dünn besiedelt kann man die Gegend wirklich nicht nennen. Also, noch mal klar denken: WENN meine Schwester und Dodo ausgestiegen sind, was haben sie dann in den letzten sieben Stunden gemacht?

Als Gregory spät abends zu sich rübergegangen ist und ich oben in meinem Bett liege, kann ich natürlich nicht einschlafen. Immer und immer wieder versuche ich, alle verschiedenen Möglichkeiten, die mir einfallen, durchzuspielen. Ohne logischen Erfolg. Immer wieder höre ich Gregorys Frage: *Wieso sollten Tessa und Dodo mitten auf der Strecke den Zug verlassen wollen?* Ja, wieso, wieso?

Eine andere Stimme in meinem Kopf, die ich eigentlich wirklich NICHT hören möchte, flüstert: Was, wenn sie den Zug gar nicht verlassen *wollten,* sondern … – oh Gott! – gezwungen wurden?

Blödsinn! Jetzt fange ich schon wieder an zu spinnen, wie sonst nur Malea mit ihrem abenteuerigen Agentenhirn! Und überhaupt – von wem sollten sie denn gezwungen werden, zwischen zwei Bahnhöfen …?

»Livi?« Eine kleine Stimme piepst draußen im Flur vor

meiner verschlossenen Tür und unterbricht meine grässlichen Gedanken.

»Komm rein, Kenny!« Ich seufze. Arme kleine Kenny! Bestimmt macht sie sich auch schreckliche Sorgen um Tessa!

Heute Nachmittag sah das zwar nicht so aus. Bonbon-Bentje (so genannt wegen ihrer bonbonfarbenen Klamotten) und Kenny kicherten unbekümmert im Garten und spielten mit Hugo und Aurora. Doch als Bentje abends nach Hause musste und Tessa immer noch nicht gefunden war, ist auch Kenny stiller und nachdenklicher geworden.

Ich öffne meine Bettdecke und ziehe den warmen kleinen Körper, der auf mein Bett hopst, zu mir ran. Kenny kuschelt sich an mich, grunzt selig und ist ohne ein weiteres Wort fast schon eingeschlafen. Die andere Hälfte scheint allerdings noch wach zu sein.

»Livi?«

»Ja?«

»Kommt Tessie morgen zurück?«

»Das hoffe ich.«

»Aber sie KOMMT doch irgendwann zurück, oder?«

»Natürlich, Kennylein. Schlaf jetzt!«

»Versprichst du mir das?«

»Dass Tessa zurückkommt?«, frage ich.

Kenny wühlt ihr Gesicht aus den Kissen, öffnet ihre großen Kulleraugen wieder, nickt und schaut mich flehend an.

»Natürlich, Kenny!«, versichere ich ihr. »Ich verspreche dir ganz fest, dass Tessa zurückkommt.«

Denn das muss doch so sein. Das geht ja gar nicht anders.

»Das ist gut, Livi, das ist gut.« Erleichtert seufzt meine kleinste Schwester, schließt ihre Augen und segelt einen Augenblick später schon durch ihre bunten Traumwelten. Ihre regelmäßigen Atemzüge verraten, dass sie schon längst wieder mit glücklichen Hühner- und Hundeabenteuern in unserem Garten beschäftigt ist.

Ich bin nicht im Garten. Ich bin in meinen Gedanken an einer langen Bahnstrecke, die jetzt in totaler Dunkelheit liegt. Die dicke Wolkendecke am Himmel verdeckt sogar das spärliche Mondlicht. Das kann doch alles nicht wahr sein! Zwei Menschen können doch nicht einfach spurlos verschwinden!

Ich mag meine nervigen Schwestern echt gern. Auch, wenn das manchmal nicht so aussieht. Und es ist ein verdammt scheußliches Gefühl, wenn eine fehlt.

Wo ist Tessa?

Malea

»Gefühle können einen manchmal ganz schön ins Schleudern bringen. Deshalb müssen Geheimagenten schon früh üben, ihre Gefühle beiseitezuschieben und sich auf die wirklich wichtigen Dinge zu konzentrieren. Wenn man zum Beispiel gerade auf einem Drahtseil über einen rauschenden Wasserfall balanciert, um gefährlichen Schurken zu entkommen, hilft es bestimmt nicht, wenn man darüber nachdenkt, wie wütend man auf diese dämlichen Schurken ist, weil die einen dazu zwingen, über so ein dämlich schmales Seil zu balancieren. Nein, diese Gedanken muss man ganz sicher auf später verschieben, sonst wird man ganz hibbelig und zittrig. Und das darf nicht passieren. Weil man dann vielleicht abstürzt. Erst mal muss man sich voll und ganz auf das konzentrieren, was getan werden muss. Gefühle kommen später. Wenn man heil über das Seil drüber ist. Wenn die fiesen Kerle gefangen sind. Wenn der Fall gelöst ist.

Iris, Cornelius und Gregorys Vater Goldi sind eben losgefahren. Ist Tessa gefunden worden? Holen sie sie ab? Ich muss sofort zu Livi rüber und fragen, ob sie was weiß.

Nee, die sind losgefahren, um sie zu suchen, sagt Livi.

Aber wo? Wo sucht man jemanden, der inzwischen praktisch überall sein kann?

Livi ist ziemlich aufgelöst, so kenne ich sie überhaupt nicht. Wir reden leise, weil Kenny in Livis Bett schnarcht und wir sie nicht aufwecken wollen.

»Sieben Stunden, Malea, SIEBEN STUNDEN! Was kann in sieben Stunden alles passieren!«, wiederholt Livi ständig.

Nach einer Weile schaut sie auf die Uhr, guckt noch unglücklicher und fängt von vorne an: »Schon ACHT Stunden, Malea, es sind jetzt ACHT STUNDEN! Was kann in acht Stunden alles …!«

»Auf jeden Fall sollten wir versuchen, ruhig zu bleiben«, versuche ich sie auf den matschigen Meerboden zurückzuholen.

Meine sonst so vernünftige Schwester atmet tief ein. »Du hast ja recht.«

Das kommt nun wirklich selten vor. Nicht nur, dass Livi die Nerven verliert, sondern dass sie zugibt, dass ich recht habe. Das macht mir ein bisschen Sorge. Wenn sogar Livi denkt, dass Tessa verschwunden ist, weil sie … äh, jedenfalls nicht einfach nur irgendwo in Sonderangeboten wühlt, sondern weil sie ernsthaft in Schwierigkeiten sein könnte?

Mir wird ein bisschen magenflau, als ich diesen Gedanken das erste Mal zulasse.

»Alles okay, Malea?«, fragt Livi, meine liebe Livi, sofort.

Doch Agenten müssen in Ernstfällen ihre Gefühle beiseiteschieben und für später aufheben, also versuche ich das runterzuschlucken. »Es geht mir gut.« Fest gucke ich Livi in die Augen. »Aber Tessa vielleicht nicht.«

»Nein«, gibt Livi zu, »Tessa vielleicht nicht.« Sie schüttelt den Kopf. »Trotzdem müssen wir jetzt schlafen. Wir müssen morgen fit sein.«

Logisch. Ich nicke. Weil das natürlich stimmt. Womöglich passiert morgen noch mehr und dann wollen wir ja nicht meermatschigmüde sein. Außerdem sieht es so aus, als könnten wir im Moment sowieso nicht viel machen. Die Bahnlinie ist schon mehrfach abgesucht worden. Iris, Cornelius und Goldi kurven im Auto durch die Dörfer und suchen dort weiter. Alle Polizeistationen in der Gegend wissen Bescheid, und die Schule hat inzwischen auch Radio und Zeitungen informiert.

Mit einem ziemlich beunruhigten Gefühl im Bauch gehe ich zurück in mein Zimmer, kuschele mich in mein Muschelbett, mache brav das Licht aus und gebe mir wirklich Mühe einzuschlafen, um morgen absolut agentenfit zu sein. James Bond ist auch immer fit. Immer, immer, immer. Bei mir klappt das manchmal nicht. Das mit dem Einschlafen, um danach fit zu sein, meine ich. Normalerweise denke ich im Bett über die Welt nach. Da gibt's eine Menge zu denken. Besonders heute. Denn heute ist die Welt ziemlich meerstrudelig.

Eigentlich hatte ich heute ja wieder Momo abholen wollen. Mit ihr gehe ich manchmal – zusammen mit Hugo – spazieren. Momo ist eine Schäferhündin aus dem gleichen Tierheim, in dem auch unser Hugo mit seiner Mutter für eine Weile war, nachdem wir sie alle gerettet hatten.

Ins Tierheim gehe ich auch jeden Montag zum Welpentraining. Heute ist der erste Montag, an dem ich daran überhaupt nicht gedacht habe. Für unseren kleinen Hund Hugo bin ich zuständig bei uns in der Familie und dürfte so was natürlich nicht vergessen. Aber es ist auch noch nie vorgekommen, dass eine meiner Schwestern verschwindet.

Das Welpentraining macht Sanni. Sanni ist total nett. Ich rede oft noch ein bisschen mit ihr. Über die Welt. Und die Hunde. Und ganz besonders auch über alte Hunde. Es ist nämlich so, dass Menschen sich meistens eher junge Hunde aus Tierheimen holen. Was schade ist, weil all die alten Hunde auch gern noch ein bisschen Kraulen und Sofawärme und überhaupt ein richtiges Zuhause genießen würden, bevor sie sterben.

Ich denke an das Seniorenheim *Lauschige Eiche*, wo jetzt die alte Frau Büntig wohnt. Und wie gut es ist, dass es solche Plätze wie die Lauschige Eiche gibt, wo alte Menschen nicht allein sind und nur traurig vor Gitterstäben sitzen, wie die alten Hunde im Tierheim, sondern wo sich jemand um sie kümmert und wo sie trotzdem jeden Tag machen können, was sie selber wollen. Noch besser ist es, dass es gut gelaunte Menschen wie Tessa und Dodo gibt, die dort jeden Samstag jobben, um sich Taschengeld zu verdienen, und lieb zu den alten Leuten sind.

Aber wie schade, dass die Bewohner der Lauschigen Eiche keine Tiere halten dürfen! Frau Büntig hätte ihre Mimi, die deswegen jetzt bei uns wohnt, bestimmt gern behalten. Und viele andere alte Menschen hätten bestimmt auch gern ein Tier, das ihnen Gesellschaft leistet und das sie streicheln können. Und wie toll wäre das für die vielen alten Hunde, die im Tierheim sitzen, aber viel lieber auf einem weichen Teppich neben zum Beispiel einem netten alten Menschen liegen würden?

Ich seufze. Irgendwie ist heute wirklich alles komplett

meerstrudelig. Tessa ist verschwunden und jetzt muss ich auch noch an die armen Hunde im Tierheim und an die Leute in der Lauschigen Eiche denken, die keine Tiere haben dürfen.

In letzter Zeit mache ich mir manchmal Sorgen, dass ich irgendwann genauso miesmuschelig werde wie Livi. Obwohl die, seit sie sich in Livory verwandelt hat, gar nicht mehr miesmuschelig ist. Irgendwie das totale Wunder! Oder ist das gar kein Wunder?

Nächsten Monat werde ich zwölf. Ob man automatisch miesmuschelig wird, wenn man nicht mehr elf ist? So wie Livi es war? Und ob das Miesmuscheligsein, wenn man – so wie Livi – bald vierzehn wird, plötzlich wieder von einem abfällt, wie die Algen von Hugo, wenn er in dem kleinen Fischteich am Ende der Kastanienallee gebadet hat? Ich muss ein bisschen grinsen. Na ja, für eine kurze Zeit von zwei Jahren wäre das vielleicht auszuhalten. Livi ist ja sonst ein sehr netter Mensch.

Auf der anderen Seite kann ich mir nicht vorstellen, dass Tessa jemals miesmuschelig war. Obwohl ich natürlich noch zu klein war, um mich genau daran zu erinnern, wie meine größte Schwester drauf war, als sie zwölf wurde.

Und schon wieder bin ich bei Tessa…!

Ach, Tessa, wo bist du nur? So viele Menschen vermissen dich! Ich wette, all die Leutchen in der Lauschigen Eiche können es auch gar nicht mehr abwarten, bis du Samstag wieder kommst. Die mögen meine große Schwester und Dodo da alle richtig gern!

Verständlich, Tessa und Dodo bringen fröhlich-frische Meerluft in so ein Seniorenheim! Schade, dass keiner frische Brisen in Tierheime bringt, wo die traurigen Hunde fast den ganzen Tag nur langweilig rumsitzen können.

Ich will gerade tief aufseufzen, da stocke ich. Und kriege vor Aufregung – und okay, weil ich vermutlich komisch geatmet habe – glatt Schluckauf. Denn der schlauen Malea Bond ist soeben eine fischfette Idee in den Kopf geflutscht. Oh, und was für eine genialgute fischfette Idee! Ich muss unbedingt sofort mit Tessa reden.

Aber … Tessa ist ja nicht da.

Meine tolle Idee wird von dieser Tatsache sofort wieder überschattet. Angst kriecht in meinen Bauch. Je mehr ich darüber nachdenke, wo meine große Schwester sein könnte, desto mehr fühlt sich das an wie ein echter, gefährlicher und gewaltiger Strudel, der einen tiefer und tiefer nach unten zieht.

Eigentlich wäre alles möglich. Alles ….! Sie könnte mit Absicht aus dem Zug gesprungen und abgehauen sein. (Aber wieso?) Sie könnte entführt worden sein. (Von wem? Und warum?) Sie ist ja nicht mal bestohlen worden. Alle ihre Sachen lagen noch im Abteil. Sie könnte …

Oh, mein Kopf tut schon weh! Der Strudel strudelt in meinem Kopf immer strudeliger und zieht mich nur runter. Das ist nicht gut. Agenten müssen klar denken. Und fit sein.

Aber einschlafen kann ich auch nicht.

Ab und zu tauchen ein paar Mondstrahlen das Zimmer in etwas helleres Dämmerlicht. Doch meistens ist draußen nur eine dunkle Wolkendecke zu sehen. Guckt Tessa vielleicht auch gerade zu den dunklen Wolken hoch?

Gerade als ich darüber nachdenke, wo Tessa wohl heute Nacht schläft, klopft es. »Malea? Bist du noch wach?«

Livi steckt ihre Nase rein. »Ich will dich nicht wecken, aber ich hab Licht gesehen und …«

»Komm rein!« Gastfreundlich halte ich ihr sofort meine Bettdecke auf.

Hugo reckt seinen Kopf aus dem Körbchen auf der anderen Seite meines Betts, grüßt sie kurz »Wuff«, und eine Sekunde später schnarcht mein Wachhund schon wieder.

Weil Livi schon mal da ist, zeige ich ihr das, was ich heute Nachmittag am Küchentisch aufgeschrieben habe. Alles, was mit Tessas Verschwinden zu tun haben könnte. Meine geheime Agentenliste. Denn manchmal müssen Geheimagenten auch mit anderen zusammenarbeiten.

Mit gekräuselter Stirn fängt Livi an zu lesen. Ich schaue über ihre Schulter und lese mit.

– sieht älter aus, als sie ist, mindestens wie 18

– interessiert an Schminksachen, Jungs, Mode

– hat Liebeskummer!!!

Hinter Liebeskummer hab ich drei Ausrufezeichen gemalt. Das bedeutet, dass ich in der Richtung noch mal nachdenken muss. Ich habe gehört, Leute machen komische Sachen, wenn sie Liebeskummer haben. (Ein weiterer Grund, diesen ganzen Liebesmatsch NIE mitzumachen.)

Livi setzt ab und guckt mich an. »Ich hab das ja vor ein paar Wochen gar nicht so richtig mitbekommen. Ist Tessie immer noch so unglücklich, weil Javier sie verlassen hat?«

Ich nicke. »Sie zeigt es nicht mehr so, aber, ja, ich glaub schon.«

Livi guckt nachdenklich. »Weißt du, Malea, manchmal

machst du echt gute Arbeit.« Sie lächelt. »Vielleicht wirst du später wirklich Geheimagentin.«

Was gibt's denn da zu lächeln? Natürlich werde ich später Geheimagentin!

»Meinst du...«, fängt Livi jetzt an, »meinst du, sie könnte einfach abgehauen sein, um zu Javi zu fahren? Meinst du, sie will vielleicht immer noch gerne mit ihm zusammen sein?«

Was für ne blöde Frage ist das denn? Livi schwimmt wohl so dermaßen blind und selig in rosa wattewolkigen Livory-Welten, dass sie gar nicht mehr merkt, was sonst noch passiert. Tessa will nichts auf der Welt so sehr, wie ihren Javi zurückhaben. Das ist seerosensicher.

»Das tut mir so leid«, murmelt meine Blindfisch-Schwester geknickt. »Als das mit Javi passierte, dachten Gregory und ich ja noch, dass er nach London gehen würde und wir uns nie wieder sehen würden. Deshalb haben wir uns vermutlich ein bisschen eingeigelt und...«

»Schon gut!« Ich gebe Livi einen Kuss auf die Wange. »Du hattest eben auch fetten Kummer. Ist klar, dass du von Tessa nicht viel mitgekriegt hast.«

»Dabei hatte sie ganz ähnliche Sorgen wie ich«, meint Livi betroffen.

»Na ja«, gebe ich zu bedenken, »nicht ganz.« Ich grinse. »Ich meine, DU bist ja nicht mit nem anderen Jungen rumgezogen und hättest Gregory deshalb beinahe verloren.«

Livi guckt mich erstaunt an. »Aber ist Tessa denn wirklich...? Ich meine, war da wirklich was mit Henry?«

Ich zucke die Schultern. »Nein, eigentlich glaub ich das nicht! So ist Tessa nicht. Aber ich glaube, dass Javi das gedacht haben muss. Und dass er deswegen Schluss gemacht hat.«

»Arme Tessa!«, meint Livi, und ich nicke stumm.

Ein paar Minuten hängen wir still unseren Gedanken nach. Dabei merke ich, wie ich doch schläfrig werde.

»Aber dann könnte sie doch wirklich…«, überlegt Livi plötzlich, »… abgehauen sein zu Javi? Um mit ihm persönlich zu reden?«

Ich reiße meine Augen wieder auf. »Das dachte ich auch erst, aber wenn man nach Barcelona fahren will, dann lässt man ja wohl sein Handy und vor allem sein Geld nicht zurück im Zug.«

»Nein!« Livi seufzt und streichelt meine Nachttischlampe, die ich, genau wie mein Bett, mit bunten Muscheln beklebt habe.

»Und außerdem müsste sie dafür ja auch nicht ausgerechnet mitten zwischen zwei Bahnhöfen aussteigen.«

»Das stimmt«, gibt Livi zu. »Aber warum kann sie sonst ausgestiegen sein?«

»Vielleicht ist sie gar nicht freiwillig ausgestiegen?«, gebe ich zurück.

Denn, so übel es ist, wir müssen natürlich auch darüber nachdenken, dass unsere Schwester, UNSERE Schwester… ich meine, dass ihr was… also eben was Übles passiert ist.

Eine Weile starrt Livi ein bisschen wabbelig meine türkisfarbene Wand an, dann kriegt sie plötzlich wieder einen festen Ausdruck im Gesicht.

»Ich geh jetzt wirklich schlafen«, verkündet sie entschieden, als wolle sie meine Überlegungen unbedingt und knallhart unterbrechen. »Wenn wir die halbe Nacht aufbleiben, kriegen wir Tessa auch nicht eher zurück.

Lass uns hoffen, dass Tessa und Dodo morgen früh gefunden worden sind.«

»Okay, Livi, Nacht-Nacht!« Ich bleibe liegen, knipse meine Muschellampe aus und starre noch ein Weilchen in die Dunkelheit.

»Tessa würde nie etwas anderes tun, als ihr Schmink-Imperium aufzubauen oder vielleicht Javi zurückzugewinnen«, habe ich heute Nachmittag Gregory sagen hören.

Auch wenn ich nicht genau weiß, was so ein Imperium ist, es klingt wie was ziemlich Großes. Und was Großes kann meine große Schwester bestimmt aufbauen. Die hat Kraft wie zehn Wale. Aber ob das, was meine Schwester später mal machen wird, unbedingt was mit Schminken zu tun haben muss, dass weiß ich nicht. Tessa ist auf jeden Fall viel mehr als nur Lippenstift und Liebeskram. Deswegen kann sie so ein Imperi-dings garantiert mit allem aufbauen, was sie will, und nicht nur mit Schminke. Wer das nicht sehen kann, ist blöd.

»Meint ihr, sie könnte was Dummes gemacht haben?«, hat Rema Iris und Cornelius gefragt, als sie dachte, dass ich nicht zuhöre. Rema weiß ja, wie doll Tessa der ganze Mist mit Javi noch wehtut.

»Was denn DUMMES?«, hat Cornelius gebrummelt. »Du meinst, zehn Paar Schuhe auf einmal kaufen, ohne dass sie genug Geld dafür hat?«

Das fand Iris gar nicht komisch. »Kannst du deine blöden Scherze nicht wenigstens heute mal lassen?«

»Das war kein Scherz«, brummte Cornelius noch brummiger.

Natürlich weiß ich, dass Cornelius manchmal Sachen sagt, die er gar nicht so meint. Und natürlich hab ich gesehen, wie viel Sorgen sich Cornelius macht. Und vielleicht hat er genau deswegen so was Doofes geantwortet.

Und jetzt mache ich mir noch mehr Sorgen. Denn dass sie nicht ausgestiegen ist, weil ihr Schminkspiegel aus dem Fenster gefallen ist und sie dann draußen beim weiteren Gesichtanmalen die Zeit vergessen hat und deswegen die Weiterfahrt des Zuges verpasst hat, das ist meerwasserklar.

Was, wenn Tessa doch von üblen Kerlen aus dem Zug gezerrt worden ist? So was passiert nicht nur in James-Bond-Filmen!

Auf der anderen Seite… Dodo war ja auch noch da! Zu zweit werden sie sich ja wohl gewehrt haben können, wenn jemand versucht hätte, eine von ihnen aus dem Zug zu zerren. Und außerdem hätten die beiden doch geschrien. Und dann hätte sie jemand in dem voll besetzten Zug hören müssen. Also bitte! Also ist es so auch nicht gewesen.

Puh, ein Glück!

Aber wenn ALLES, was einem einfallen könnte, nicht möglich ist, was ist dann wirklich passiert? HALT! Ich richte mich auf. Weil ich plötzlich wieder an diese komplett affige Idee denke, dass ihr der Schminkspiegel aus dem Fenster gefallen ist und sie natürlich sofort hinterhergehechtet ist. Das wäre wirklich sooo typisch Tessa!

Und vielleicht konnte sie ihn in den Büschen neben den Schienen nicht gleich finden, deshalb kam ihr dann auch Dodo zu Hilfe. Dodo und Tessa halten immer zusammen. Und Schminkspiegel sind schließlich wichtig. (In Tessas Leben jedenfalls.) Oh, ich muss direkt grinsen, als ich mir das vorstelle! Blubberblasenklar sehe ich die Szene vor mir!

Tessa und Dodo krabbeln also auf allen vieren durch die Büsche, als der Zug plötzlich wieder ruckt und ruckelt und anfährt.

Wahrscheinlich kreischt Dodo in dem Moment: »Der Zug! Er fährt weiter!«

Und Tessa ruft hektisch zurück: »Eine Sekunde! Ich hab den Spiegel gleich! Er muss hier irgendwo sein!«

»Schnell, Tessa!«, quiekt Dodo.

»Das war mein BESTER Spiegel!«, schreit Tessa.

Doch sie findet ihn nicht. Und als die beiden endlich versuchen, die offen stehende Tür beim Anfahren noch zu erreichen, wird der Zug schneller und immer schneller und fährt … ohne sie weg.

JA! Genau SO muss es gewesen sein! So IST es gewesen. Oh, das muss ich morgen sofort Livi erzählen!

Mann, bin ich beruhigt! Ich kann spüren, wie meine Muskeln sich lockern. Die muss ich die ganze Zeit total angespannt haben, ohne das zu merken. Puh, ich bin so erleichtert, dass ich endlich eine Erklärung für Tessas Verschwinden gefunden habe, dass mir direkt wieder meine supertolle, mega-meeresfrische und absolut geniale Idee von vorhin in den Kopf flutscht!

Oh, ich freu mich schon richtig darauf, wenn Tessa wieder da ist und ich ihr erzählen kann, was ich vorhabe!

Tessa

Kopfnotiz an mich selbst: In unser Buch »Flirten, Stylen und andere Lebenstipps von Tessa-Tiara Martini und Dorothea Dunst« müssen wir unbedingt noch ein weiteres wichtiges Kapitel aufnehmen: Was eine Lady tun kann, um beim absoluten GAU (beim Größten Anzunehmenden Unfall) nicht durchzudrehen! (Abgesehen von der Überschrift kann ich das restliche Kapitel zwar noch nicht ganz klar vor mir sehen – also eigentlich gar nicht, aber das ist selbstverständlich nur eine Frage der Zeit.)

Ich seh nichts. Überhaupt nichts.

»Dodo, wir müssen jetzt wirklich mal Licht anmachen!« Ich taste zum endlosesten Mal die Wände entlang. »Verdammt, hier muss doch irgendwo der Lichtschalter sein!«

»Welcher Lichtschalter?«, wimmert Dodo direkt neben mir. »Hier ist kein Schalter. Wieso sollte es hier Licht geben? Du spinnst doch!«

Ich spinne? Also, por favor – bitte, das geht ja wohl zu weit! Normalerweise würde ich Dodo für eine derartige Respektlosigkeit sofort eins über die Rübe geben. Aber erstens, wie gesagt, ich seh nichts. Nicht mal Dodo neben mir. Also würde ich wohl kaum treffen. Und zweitens sollte man es sich in lebensbedrohlichen Situationen nicht auch noch mit seinen Schicksalsgenossinnen verderben. Das liegt ja wohl auf der Hand. (Die ich übrigens auch nicht sehe. Muy negro, absolut kohlenkellerschwarz hier.)

Daher begnüge ich mich damit, meine beste Freundin freundlich anzuraunzen: »Ach nee! Und wie können andere Leute dann hier drin was erkennen?«

»Hier sind keine anderen Leute«, gibt Dodo zurück. »Das hier ist nicht für Menschen gemacht, sondern für …«

»Das weiß ich auch!«, unterbreche ich sie grob.

Also ehrlich, Dodo hat manchmal eine scheußliche Art, Salz in offene Wunden zu streuen! Solche Bemerkungen sind unserem Wohlbefinden nicht gerade förderlich! Schließlich versuche ich nur, unsere Lage wenigstens minimal zu verbessern.

Ich richte mich vorsichtig auf – es schaukelt so! – und taste konzentriert weiter. Wer weiß, vielleicht finde ich ja was, was uns helfen könnte. Eine Tür wäre zum Beispiel auch ganz schön. Besonders eine, die sich nach draußen öffnet. Immerhin sind die Wände glatt und gerade und fühlen sich zumindest halbwegs sauber an. Was man von dem, auf dem wir sitzen, leider nicht unbedingt behaupten kann. (Vielleicht doch nicht die schlechteste Idee, dass hier drinnen kein Licht ist.)

Ich lasse mich wieder sinken und seufze. Ganz leise. Schließlich will ich mich nicht noch selbst ermutigen, zu verzweifeln. Eine souveräne Lady verzweifelt nicht. Nie.

Auch nicht, wenn sie genau dort hockt, wo Dodo und ich gerade hocken?, meldet sich eine renitente Stimme in meinem Inneren.

»STILL!«, fauche ich die Stimme sofort an. Aufmüpfige Stimmen in einem selbst muss man im Keim ersticken.

»Ich sag doch überhaupt nichts«, nölt Dodo vorwurfsvoll von etwas weiter hinten.

Sie klingt leider auch nicht gerade vorbildlich optimistisch. Dabei ist das in Momenten wie diesem sooo wichtig! Nämlich optimistisch zu bleiben und nicht etwa …

»Wir kommen hier NIE wieder raus!«, jammert Dodo.

Was natürlich totalmente disparatado, also komplett unsinnig ist. Selbstverständlich kommen wir hier wieder raus. Im Zweifel allerdings mit der ganzen Ladung zusammen. Oink! Hat so ein Wagen eigentlich eine Kippvorrichtung? Das wäre allerdings … das wäre … äh, wohl nicht ganz so schön.

Ich atme tief ein und aus. Leider ist tiefes Einatmen nicht unbedingt der Rat der Stunde. Der Gestank ist incom-pren-siblemente, einfach unfassbar. Ich atme etwas flacher. Und okay, auch etwas panischer. Ruhig, Tessa, ruhig!

»Ich will hier raus!«, heult Dodo schon wieder von hinten.

Also jetzt langt es aber! Was für eine hammerdämliche und EXTREM überflüssige Bemerkung ist das denn? Was denkt sie? Dass ich mich hier drinnen puderpinkig wohlfühle und gerade dabei bin, mich gemütlich einzurichten?

»Ach nee!«, fauche ich zwischen zusammengepressten Lippen irgendwo dahin, wo ich meine beste Freundin vermute.

»Warum bist du auch aus dem Zug ausgestiegen!«, wimmert Dodo.

»Ich bitte dich!« Jetzt bin aber ehrlich empört. »Hätte ich sie da liegen lassen sollen?«

Auch noch MIR die Schuld für diese ganze Misere geben!

Darauf fängt Dodo ernsthaft an zu heulen. Jedenfalls hört es sich so an.

Um nicht zu platzen, vor – zugegeben – *hilfloser* Wut, hole ich automatisch noch mal tief Luft. Und bereue das im gleichen Augenblick. Der beißende Würgreiz, der mich direkt danach in grausigen Wellen überfällt, treibt auch mir die Tränen in die Augen. Mamaaaa, hilfeeeee!

»Bist du okay, Tessa?« Ich nehme dunkel wahr, wie Dodo hinter mir ruschelt.

Vermutlich versucht die Gute, etwas näher zu kommen. Immerhin hat sie das Jammern eingestellt. Ich fürchte, mein Würgen war nicht zu überhören.

Oh Gott, es geht schon wieder los: »Wrrrrrrrggsssgggfffssss…«

Mierda! Was für ein Mist! Ich versuche es mit Selbsthypnose.

Blumenwiese, *Blumenwiese*, Blumenwiese! Eine weite, helle und SEHR saubere Blumenwiese. Die Sonne scheint. Klare Luft. Herrliche Düfte überall! Wir sitzen auf weichem Grasboden und nicht etwa auf…

»Wrrrfffüüürrrgssssssss!«

»Oh, Scheiße, Tessa!« Dodo ruschelt schon wieder. »Hier! Ich hab noch ein Taschentuch in meiner Jeans.«

Weiß nicht, ob sie mir das Ding gerade hinhält. Wie gesagt, ich seh nichts.

Okay, ich begreife langsam, dass auch die vorbildlichste Haltung jeder vorbildlichen Lady ihre Grenzen hat. Aber noch gebe ich nicht auf!

»Wie spät ist es?« War das meine Stimme? Die klingt aber auch ziemlich nah an der Wimmergrenze.

»Woher soll ich das wissen?«, kommt Dodos Antwort. »Mein Handy liegt im Zug!«

»Jetzt vermutlich nicht mehr«, gebe ich trocken zurück.

»Wie meinst du das?« Dodo klingt schon wieder schrecklich verschreckt.

»Der Zug ist ja schon vor endlosen Stunden bei uns zuhause angekommen«, erkläre ich und versuche beim Sprechen, tapfer weiter an Blumenwiesen und saubere Grasböden zu denken.

Sollte ich hier wieder heil rauskommen, schwöre ich, dass ich mich NIE wieder über Mimis Katzenhaare auf meinem Bett beschweren werde! Ich werde mich überhaupt nie mehr über irgendetwas beschweren.

(Ob es helfen würde, wenn ich mir eine Wäscheklammer auf die Nase klemmen würde? Egal. Ich hab keine Wäscheklammer. Kopfnotiz für unser Buch *Flirten, Stylen und andere Lebenstipps von Tessa-Tiara Martini und Dorothea Dunst*: Zur Liste der Handtaschengrundausrüstung einer Lady eine Wäscheklammer hinzufügen!)

Dodo sagt nichts, also rede ich weiter. »Die anderen haben unsere Sachen bestimmt nicht einfach liegen gelassen. Und falls sie sie doch haben liegen lassen«, füge ich hinzu, »liegen sie da *jetzt* garantiert nicht mehr. Dann sind sie nämlich keine fünf Minuten später geklaut worden.«

Dodo und ich haben natürlich echte Luxusklasse-Handys. Schließlich arbeiten wir nicht umsonst in der Lauschigen Eiche. Und wenn man hart arbeitet, sollte man sich auch weich, nämlich großzügig belohnen.

Eine Weile ist es still. Das muss Dodo wohl erst mal verdauen.

Dann piepst sie leise: »Was meinst du, was die Lehrer gemacht haben, als sie festgestellt haben, dass wir nicht da sind?«

»Natürlich die Polizei gerufen«, gebe ich zurück. Das steht ja wohl außer Frage!

Das erste Mal denke ich auch darüber nach, was wohl Iris und Cornelius jetzt gerade machen.

Meine Eltern sind nicht unbedingt die Nervenstärksten. Cornelius kriegt schon Schnappatmung, wenn Klein-Hugo nur ein klitzekleines bisschen gegen sein Schlagzeug pinkelt. Und Iris ist schwanger. Da sollen einen die eigenen Hormone im Körper ja eh schon ein bisschen irre machen. Hoffentlich regt sie sich nicht allzu doll auf. Denn immerhin – wir leben ja!

Die arme Rema vermutet sicher das Schlimmste. Sie neigt dazu, sich über alles und jeden Sorgen zu machen. Walter Walbohm wird sie hoffentlich trösten. Nur Livi, meine tüchtige Schwester Livi, behält bestimmt die Ruhe. Und für Kenny und Malea ist das garantiert einfach nur wunderbar aufregend, dass ich nicht nach Hause gekommen bin.

Mierda, Mist! Warum sehne ich mich gerade jetzt so nach meinen kleinen Schwestern? Ich könnte jetzt, statt hier hilflos vor mich hin zu schaukeln, in meinem Bett liegen – in meinem schneeweißen, frisch gewaschenen und göttlich duftenden Bett. Ich könnte Kenny in ihrem Zimmer trommeln hören und Malea die Treppe rauf und runter poltern und Cornelius unten in der Küche fluchen hören, weil ihm die Brille von der Nase gefallen oder was ähnlich Schlimmes passiert ist. Und zwischendurch das hektische »*Tooock-tock!*«-Tockern von Aurora, wenn sie quer durchs Haus vor Hugo Reißaus nimmt. Und das Kreischen von Iris, wenn sie wegen des Lärms nicht arbeiten kann. Und das selige Kichern von Livory, die natürlich außer sich selbst nix mitkriegen. Und all der Krach und das Chaos im Haus würden mich GANZ SICHER das erste Mal nicht im Geringsten stören!

Sehnsüchtig seufze ich auf.

Dodo scheint mit ähnlichen Gedanken beschäftigt zu sein.

»Wir müssen UNBDEDINGT zu Hause anrufen und Bescheid geben, wo wir sind!«, verkündet meine kluge Freundin, als hätten wir da schon längst drauf kommen sollen.

»Brillante Idee, Dodo!«, gebe ich bissig zurück. »Da wir keine Handys mehr haben, nehmen wir vielleicht einfach die Telefonzelle direkt neben dir, ja?«

Hinter mir bleibt es still. Ich schätze, Dodo ist die Aussichtslosigkeit unsere Lage endlich bewusst geworden.

»Dodo?« Ich taste hinter mich. Doch ich kriege nur was zu fassen, was sich wie ein matschiger Joghurtbecher anfühlt. Jedenfalls hoffe ich, dass es ein Joghurtbecher ist. Will mir gar nicht vorstellen, was es sonst …

Was schmeißen Leute eigentlich alles weg? Telefonzellen sind jedenfalls nicht dabei. Nur harte, kantige und auch widerlich schleimige Dinge.

Hilfe, ich krieg schon wieder einen Würgreiz! Aber wer würde das nicht, wenn er sitzen würde, wo wir sitzen? In einer Riesenladung Müll nämlich! In einem Müllwagen, der unfassbarerweise seit Stunden und Stunden fährt, ohne anzuhalten!

»Dodoooo?«

»Hier!« Eine Hand reckt sich mir entgegen. Schnell greife ich zu und drücke sie.

»Buhuhuuuu, Tessie, wir werden elendig zugrunde gehen!«

»Bist du doof? Echte Ladys gehen NIE elendig zugrunde.« Dann entfährt mir doch ein tiefer Seufzer. Ich bin ja nicht Jesus oder Mahatma Gandhi. »Und *wenn* sie zugrunde gehen, dann tun sie das mit Stil!«

Entschlossen streiche ich mir meine Haare aus dem Gesicht. Leider kann ich nicht sehen, ob ich mir dabei womöglich eine meiner kunstvoll geschwungenen Wimpern ruiniert habe – hm.

»Weißt du, woran ich gerade denken muss«, flüstere ich in die Dunkelheit hinein.

»Woran?«, wispert Dodo zurück.

Ich seufze tief. »An Javi. An meinen Javi.« Der nächste Seufzer ist so tief, dass ich fürchte, mir platzt die Lunge. »An Javier und Ramón!«

»Buhuhuuuu, Tessiiiie!«, wimmert Dodo neben mir. »Ich wünschte, Ramón wäre hier!«

»Dann wäre es noch enger«, erwidere ich wenig mitfühlend.

Denn – auch wenn es nicht besonders nett klingt – eigentlich bin ich etwas überfordert, mit Dodo mitzufühlen, die ja mit Ramón immerhin noch glücklich zusammen ist (wenn auch nicht gerade hier im Müll), während ich und Javi … Doch dafür kann Dodo natürlich überhaupt nichts.

»Wir kommen hier ganz sicher wieder raus, Dodo!«, verspreche ich so entschieden, wie ich kann.

Die Hand drückt zurück und Dodos Stimme piepst: »Seguramente? Sicher?«

»Claro que si! Selbstverständlich!«, versichere ich. Fragt sich nur wie!

Wohin wird Müll eigentlich gekarrt? Und WIE genau wird er dann ausgeleert? Ich meine, da wird ja wohl vorher, also bevor der Müll in eine riesige Grube gekippt wird, also… da wird ja wohl vorher erst mal mal nachgeguckt, ob vielleicht jemand im Müllauto drin sitzt, oder? ODER?

Dodos warme Hand fühlt sich richtig gut an. Ich fühle mich – ja, okay, ich gebe es zu – auch nicht gerade großartig.

Und natürlich muss ich genau jetzt, im falschesten Moment überhaupt – als hätte ich keine anderen Sorgen! – auch noch an Javi denken. An meinen Javi! An SEINE warme Hand. Die letzten sieben Tage lang habe ich tapfer jeden Gedanken an ihn unterdrückt. Aber jetzt… in diesem Elend…!

Und da kann auch ich nicht anders. Ich fühle, wie Tränen meine Wange runterlaufen. Doch das muss ich Dodo nicht verraten. Es ist ja dunkel.

Wir müssen stark bleiben. Wir müssen die Nerven behalten. Und vor allem müssen wir aufpassen, wann dieser Wagen endlich mal anhält. Der kann doch nicht stundenlang nur fahren.

»Tessie?«

»Ja?«

»Was machen wir, wenn dieses Ding anhält?« Dodo schnieft. »Also, weil… Ich meine, seit sie zugeknallt ist, kriegen wir ja die kleine Seitenklappe hinten nicht mehr auf.«

Buen dios! Himmel Herrgott! Also, das ist doch wohl sonnenklar, was echte Ladys dann tun!

»Dann schreien wir um Hilfe!«, befehle ich streng. »Und zwar so laut wir können!«

Eine von Dodos und meinen goldensten Goldenen Regeln: *Eine Lady bleibt immer cool, reserviert, ruhig und gelassen. Außer der Anlass erfordert andere Maßnahmen.* Dieser Anlass erfordert selbstverständlich SEHR andere Maßnahmen. Und die werden wir ergreifen. Mit Fäusten trommeln und schreien, dass die Wände einstürzen. Schlimmer kann's ja nicht werden!

Aber vorher und nachher werden wir *cool, reserviert, ruhig und gelassen* bleiben. Ooommmm! Ich stelle mir im Geiste wieder sehr ruhig und gelassen meine Blumenwiese vor. Damit ich mich besser sammeln kann, falte ich meine Hände. Blumenwiese, *Blumenwiese,* Blumenwiese. Heller sauberer Rasen …

Huch? Mit klopfendem Herzen taste ich meine Hände ab. Meine Finger fühlen sich komisch an. Nein! Was ist denn das?

Ich werde ein bisschen panisch, weil ich immer noch nichts sehen kann, und taste umso hektischer. Da an meinem rechten Zeigefinger, da fehlt doch was? Das gibt's doch nicht?! Oh, bitte nicht! NEIIIIIIN!

»DODOOOOOOOO!« Ich bin so geschockt, dass ich im fahrenden Wagen automatisch aufspringe.

Und natürlich sofort hinknalle. Der ganzen Länge nach. Das blöde Müllauto wackelt zu sehr. Und nun mit dem gesamten Körper im Müll bade.

Vorsichtig versuche ich, mich wieder hoch in eine Sitzposition zu stemmen. Flaschen, autsch, eine offene Dose, viel Plastik, irgendwas, was sich anfühlt wie Essensreste … (Jedenfalls hoffe ich, dass es Essensreste sind und nicht etwa das Gegenteil.) Iiirargh, ist das eklig!

Aber ich will gar nicht lange darüber nachdenken, was hier alles auf einen Haufen gepresst vorhanden sein mag. Und noch weniger will ich darüber nachdenken, wie mein high-class Coco-Chanel-Mini (Supersonderangebot, Lagerräumung – Glück muss man haben!) und mein korallenfarbenes Seidentop jetzt wohl aussehen. Denn das ist im Augenblick soooo was von zweitrangig! Jetzt, wo der absolute Mega-Monster-Super-GAU passiert ist!

»Dohoooodoooooooo!« Mir total egal, ob ich jetzt jammere oder nicht.

»Tessalein, oh, Tessa, ich komme!« Ich höre matschig, sabschige Geräusche. Offenbar robbt sich Dodo tapfer durch die Abfälle fremder Leute, um an meiner Seite zu sein. »Lo que en el mondo – was um alles in der Welt, Tessa? Was ist passiert?«

Ich zittere am ganzen Körper.

Bei der Masse an verständlicher Verzweiflung, die aus mir herausströmt, kann ich nicht anders, als laut aufzuheulen: »Ich – hab – mir – den – NAGEL ABGEBROCHEN!!!«

Kenny

Ich galoppiere auf einem rosa Pony durch den Himmel. Ist das klasse oder ist das klasse? Boah, wie wir durch die Wolken fegen und wie die Mähne von meinem rosa Pony im Wind weht! Neben uns galoppiert Bentje auf einem hellblauen Pony. Die Mähne von dem weht auch ganz toll. Und da ist auch Aurora! Oh je, die Arme muss mit ihren weißen Flügelchen schrecklich schnell flattern, um mit uns mitzukommen. Sie sieht ein bisschen erschöpft aus. Wahrscheinlich flattern Hühner gar nicht so gern galoppierenden Ponys hinterher. »Flieg nach Hause zurück, Aurora!«, rufe ich ihr zu. Sonst geht sie nachher auch noch verloren und das will ich nicht. Da reckt Bentje sich rüber und brüllt mir was zu. Was ist? Was sagt sie? Der Wind rauscht so doll um meine Ohren, dass ich sie voll schlecht hören kann. Waaas? Oh, hihi! Bentje brüllt, dass sie auch ein rosa Pony haben will. Höhöhö, da hat sie aber Pech gehabt, denn das hab ich! »Pass lieber auf, dass wir Tessa nicht übersehen!«, brüll ich zurück. Denn um sie zu suchen, sind wir ja schließlich hier. Und – huiiii – da hinten kann ich sie tatsächlich sehen. Oder ist sie das gar nicht? Sie sitzt mit voll elegant übergeschlagenen Beinen auf einer Wolke, guckt in einen kleinen Spiegel und fummelt an ihren Augen rum. Das IST Tessa! »Huhuuuuu, Tessiiiiie!«, brülle ich. Aber dann macht es plötzlich PLOPP und mein rosa Pony unter mir ist weg und ich falle… Waaaaaaaah!

Boah, boooooah, wo bin ich?
Wo ist mein Pony? Das war doch eben noch... Puuuuuh, hab ich doll geträumt!

Ich muss mich erst ein bisschen an mein Zimmer gewöhnen. Es war so luftig und leicht, durch die Wolken zu fegen. Plötzlich fühle ich mich schrecklich schwer. Ich muss direkt seufzen.

Ach nee, ich muss seufzen, weil mir gerade einfällt, dass wir ja alle Tessa suchen. Dabei hatte ich sie eben schon gefunden! Ich hätte nur noch ein paar Galoppsprünge gebraucht, dann wäre ich bei ihr gewesen.

Ich gucke meine selbst gestrichene Wand an. Powerpink. Da kriegt man sofort gute Laune. Und da muss ich noch mal seufzen. Vor Erleichterung. Denn immerhin weiß ich ja jetzt, dass es Tessa gut geht. Sonst hätte sie bestimmt nicht so fröhlich auf der Wolke gesessen und an ihren Augen rumgemalt. Oh, Mann, das macht mich richtig froh!

Am liebsten möchte ich das gleich Remi erzählen. Aber Rema schläft ja seit ein paar Wochen meistens bei Walter Walbohm nebenan.

Ich kann verstehen, dass es Spaß machen muss, bei dem zu übernachten, mit dem man auch den ganzen Tag über Spaß hat. Aber als ich gesagt hab, dass ich möchte, dass Sinan auch jeden Tag bei mir übernachtet, fand Mama es besser, wenn Sinan doch meistens bei seiner eigenen Familie übernachtet. Das fand ich blöd.

Sinan ist mein Freund. Wir gehen zusammen. Das ist voll cool. Zusammen gehen bedeutet nämlich, dass man sich gegenseitig nicht blöd findet. Also, Sinan findet mich nicht blöd, weil ich ein Mädchen bin. Und ich finde Sinan nicht blöd, weil er ein Junge ist. Wir finden uns gegenseitig überhaupt gar nicht blöd. Wir mögen uns voll gern. Und das sagen wir uns auch. Sogar auf Türkisch: *Öpüşmeyi çok severim!*

Also, öööh-hihi, jedenfalls heißt das *fast,* dass wir uns gerne mögen, denn eigentlich heißt es noch mehr. Das wissen aber nur Sinan und ich. Das ist nämlich ein geheimer Satz und Sinans und mein Geheimnis. Manchmal sagt auch Sinan: »*Öpüşmeyi çok severim!*« Und dann muss ich lächeln und fühl mich unheimlich wohl. Ja, so ist das, wenn man zusammen geht. Und ist das gut oder ist das gut?

Am Wochenende haben Sinan und Bentje und ich in einem Zelt draußen im Garten bei uns übernachtet. Das Zelt hat uns Walter Walbohm geliehen. Er hat gesagt, dass er das früher immer benutzt hat, wenn er zum Angeln fuhr. Da ist es aber doch viel besser, dass WIR das Zelt jetzt benutzen, finde ich. Eigentlich möchte ich nämlich gar nicht, dass Fische geangelt werden. Ich finde, man kann auch prima in Zelten schlafen, ohne zu fischen. Und genau das haben wir am Wochenende gemacht.

In so einem Zelt ist es voll lustig. Beinahe alles daran ist voll lustig.

Zum Beispiel die Luftmatratzen, auf denen wir lagen. Auf denen konnte man hopsen und rollen und übereinanderkugeln. Nur leider zischte es irgendwann, und danach war Bentjes Matratze platt. Da haben wir uns natürlich ein bisschen gestritten. Weil Bentje meinte, das sei Sinan gewesen und dass er deswegen auf der platten Matratze schlafen solle und Bentje auf Sinans vollgepumpter. Aber das Streiten war voll doof und deshalb haben wir einfach die blöde platte Matratze rausgeschmissen und zu dritt auf den zwei heilen gelegen. Da war beinahe noch genug Platz für noch mal drei Kinder.

Die Geräusche, die man nachts in einem Zelt hört, sind auch voll lustig. Man hört ganz viel rascheln und Schuhuuuus von Eulen oder anderen Tieren. Aber einmal war es auch Gregory, der sich aus seinem Schlafzimmer lehnte und uns erschrecken wollte, hihihi!

Auch meine liebste Aurora tockerte noch endlos lange im Garten rum. Wahrscheinlich machte sie sich Sorgen um uns und wollte uns nicht allein lassen. Normalerweise schläft sie drüben in ihrem gemütlichen Hühnernest in Walter Walbohms Waschküche. Aber als wir am Sonntagmorgen aufwachten, lag Aurora unter einem von unseren Robobenbumbüschen und hatte ebenfalls draußen übernachtet.

Wir sind dann zu uns in die Küche gerannt und haben uns Frühstück ins Zelt geholt. Milchbrötchen und Schokokekse und frische Himbeeren und Apfelsaft. Und das war am lustigsten von allem. Sinan kann voll toll mit Apfelsaft gurgeln, und deshalb haben Bentje und ich das natürlich auch geübt.

Danach hat Bentje sich zwei Himbeeren in die Nase gesteckt und fünf zwischen die Zähne geklemmt und dabei versucht, »*Alle meine Entchen, schwimmen auf dem See…*« zu singen. Das war so komisch, dass wir dann gespielt haben: wer sich am meisten Himbeeren ins Gesicht stecken kann, hat gewonnen! Aber natürlich musste man sie so im Gesicht kleben haben, dass man die Früchte noch sehen konnte, also nicht etwa in den Mund reinstopfen oder so!

Sinan war der Gewinner. Er hatte sich je eine hinter jedes Ohr und je eine IN jedes Ohr gesteckt, das sind schon vier. Und mit den Zweien rechts und links in der Nase und SECHS Himbeeren zwischen den Zähnen, die man sehen konnte, waren das ZWÖLF Himbeeren. Voll cool!

Ich muss das unbedingt mal Mama und Papa vormachen. Man kann unheimlich gut spielen beim Essen. Weiß gar nicht, warum wir das so selten tun.

Nach dem Frühstück (also ungefähr zwei Stunden später) sind wir spazieren gegangen. Ich hab meinen Puppenwagen geholt und Aurora ist sofort – hupps – reingeflattert und schon sind wir losgeschoben. Bentje hat ein bisschen genölt, weil sie ihre Puppe Schacklien zu Hause gelassen hatte und jetzt nichts zu schieben hatte. Und Sinan hat ein bisschen genölt, dass er so 'n Puppenwagen-Rumgeschiebe echt peinlich findet. Aber als ich ihn auch mal hab schieben lassen, hat er Ruhe gegeben.

Aurora findet Ausflüge ganz toll. Sie steht den halben Weg über hoch gereckt im Puppenwagen und flattert mit den Flügeln und tut so, als wolle sie wegfliegen. Aber das macht sie natürlich nicht. Sie findet es viel besser, im Wagen gerollt zu werden. Mit ihren kleinen Beinchen kann sie nämlich nicht besonders gut laufen und wird unheimlich schnell müde. Im Wagen kriegt sie viel mehr zu sehen von der Welt. Und sie will ja nichts verpassen.

Wir sind zuerst runter zum Marktplatz geschoben, dann rüber über die Brücke vom Fluss und den Berg rauf zu den Häusern, die echt weit weg von uns sind und wo wir deshalb eigentlich gar nicht hingehen sollen. Aber ich finde, wenn man nachts im Garten schläft, sollte man auch tagsüber Sachen machen, die man sonst nicht macht.

Sinan wollte, dass wir über das Brückengeländer rüberklettern, uns von der falschen Seite festhalten und uns dann langsam außen am Geländer weiterhangeln. Natürlich hat er uns das sofort vorgemacht und dabei auch noch Grimassen gezogen und ist dabei rumgehampelt, als wäre das babyeierleicht. Das fand ich ein bisschen angeberisch.

Doch einmal ist er mit dem Fuß abgerutscht und – uuuuuuh – wäre beinahe in den Fluss gestürzt. Da wollten Bentje und ich das auf keinen Fall auch machen. Natürlich wollten wir noch weniger, dass Sinan denkt, wir würden uns das nicht trauen oder so. Zum Glück ist Bentje da was eingefallen. Bentje fällt immer was ein.

»Das ist ein total doofes Jungenspiel«, hat Bentje böse gesagt. »Wir sind aber keine Jungs und deswegen spielen wir auch keine doofen Jungsspiele.«

»Stimmt!«, hab ich gesagt und war echt froh, dass Bentje immer was einfällt.

Da ist Sinan wieder zurück auf unsere Seite vom Brückengeländer geklettert und hat gemeint, wir könnten ja auch spielen: *Wer-sich-traut-am-meisten-Menschen-die-ein-rotes-Oberteil-anhaben-anzuticken!* Und als wir über die Brücke rüber und im Park auf der anderen Seite vom Fluss waren, rannten wir los und tickten fremde Leute an. Es hatten unheimlich viele Leute was Rotes an.

»Fünfzehn!«, schrie Sinan.

»Sechzehn!«, schrie Bentje, aber genau da musste sie sich schnell ducken und weglaufen, denn der Mann mit dem roten T-Shirt, dem sie in den Bauch gepiekt hatte, fand das nicht so lustig und machte eine Handbewegung, die so aussah, als wolle er Bentje eine knallen.

Voll blöd! Mit manchen Leuten macht es überhaupt keinen Spaß zu spielen.

Doch Sinan brüllte schon vom anderen Ende der Wiese: »Fünfundzwanzig!«

Aber – pah! – so schnell hatte er ja wohl nie-niemals zehn weitere Leute anticken können!

»SECHSundzwanzig!«, schrie Bentje einfach und rannte rüber zu Sinan.

Aber – haha – das kann ich auch!

»Vierhundertfünfzigtausend!«, brüllte ich und wir lachten alle.

Aurora tockerte und flatterte und pickte dabei auch ganz glücklich nach allen Leuten, die ihr nahe kamen (ich glaube, sie hat das nicht verstanden, dass wir nur Leute mit roten Sachen anticken wollten), und sah aus, als ob ihr dieser Ausflug unheimlich viel Spaß machte.

»Gewonnen!«, schrie ich und ließ mich ins Gras fallen, weil ich total erschöpft vom Rumrennen war, und Bentje und Sinan hauten sich daneben.

Da sah ich plötzlich die süße alte Tante Flieder aus den *Bauschigen Teichen* oder wie das Ding heißt. Sie saß zufällig fast direkt gegenüber von uns auf einer Bank.

»Hallo Frau Flieder!«, rief ich und winkte ihr zu.

»Hallo kleine Kendra!«, rief Frau Flieder und winkte zurück. »Was machst du denn hier?«

»Das wollte ich dich auch gerade fragen«, sagte ich und musste kichern, weil wir das Gleiche fragen wollten.

Das Haus, wo ganz viele alte Leute wohnen, ist ja gar nicht so weit von unserer Kastanienallee zu Hause entfernt, also ist es ganz schön weit von hier. Nämlich ganz auf der anderen Seite der Stadt. Ich wusste gar nicht, dass die alten Leute so weit spazieren gehen.

»Ich genieße die Aussicht«, sagte Frau Flieder und lächelte.

Die Aussicht ist natürlich echt schön von hier oben, da hat Frau Flieder recht. Man kann fast über die ganze Stadt gucken. Mittendurch drängelt sich der Fluss durch die Häuser. Man kann auch viele Autos sehen, die durch die Straßen brummen, aber hier oben ist es ganz ruhig. Also, jedenfalls wenn man nicht gerade laut kichert, weil Sinan einen kitzelt…!

Obwohl die Aussicht so schön ist, guckte Frau Flieder doch ziemlich oft den Weg an, der hinter uns zur Straße führt. Der ist aber eher langweilig.

»Wartest du auf jemanden?«, fragte ich, nachdem ich Sinan freundlich in den Bauch geboxt hatte und er nach Luft schnappte und deswegen einen Moment mit dem Kitzeln aufhören musste.

Frau Flieder lächelte immer noch und zuckte mit den Schultern.

Ich fand, das war ne komische Antwort.

Als Aurora auf sie zutockerte und freundlich anpickte, wurde Frau Flieder aber gar nicht sauer, sondern sagte: »Was ihr für ein kontaktfreudiges Huhn habt!«

Ich weiß nicht genau, was *kontaktfreudig* ist, aber die runzlige Flieder-Frau sah so lieb aus, dass es was voll Schönes sein muss. Ich finde Frau Flieder wirklich nett.

Dann fiel mir noch was anderes ein, ich kriegte nämlich grad wieder Hunger. »Gibt's bei euch zu Hause jetzt nicht Mittagessen?«

Ich weiß von Tessa, dass die älteren Leute ihr Essen gerne pünktlich kriegen. Und danach mögen die meisten ein Mittagsschläfchen. Wollte die liebe Frau Flieder das heute im Park machen?

Weil sie einfach nur weiterlächelte, fragte ich: »Willst du heute Mittag gar nichts essen?«

»Nö«, sagte Frau Flieder und zwinkerte mir lustig zu.

Da zwinkerte ich zurück, merkte aber gleichzeitig, dass es in meinem Bauch gar nicht so fröhlich zwinkerte, sondern der Mittagshunger schon ziemlich doll zwackte. Das war bei Sinan und Bentje auch so. Deshalb sagten wir »Tschüss!« und liefen schnell zurück nach Hause.

Auf dem Weg runter liefen wir allerdings noch in jemanden rein, der bestimmt so alt war wie Frau Flieder und ständig hoch zur Bank mit der tollen Aussicht guckte. Deswegen war es eigentlich mehr seine Schuld, dass wir in ihn reinliefen.

Der nette Mann sagte auch sofort »Oh, Entschuldigung!« und lächelte, obwohl die Erwachsenen sonst nie lächeln, wenn man in sie reinrennt. Der muss voll gute Laune gehabt haben.

»Suchst du Frau Flieder?«, fragte ich mal so.

Der Mann sperrte vor Überraschung seinen Mund auf. »Woher weißt du …?«

Doch da zupfte mich Sinan am Arm und sagte: »Komm jetzt endlich!«, und ich bin schnell weitergelaufen.

Und jetzt gucke ich immer noch meine Powerpink-Wand an, kriege schon wieder Hunger und – nanu? – wundere mich, wieso ich überhaupt in meinem Zimmer liege und nicht in Livis. Ich bin doch vorhin in ihr Bett gekrabbelt und dann … eingeschlafen. Und dann – hmmm – hat Livi mich wohl hochgetragen in mein eigenes Zimmer. Na schön, auch okay. Dann schlaf ich eben hier.

Oder lauf ich noch in die Küche und hol mir was zu essen? Ich bin jetzt total turbowach. Au ja, ich lauf schnell runter und guck mal in den Kühlschrank!

Livi

In Maleas dusseligen Action-Filmen kommt oft so ein Spruch vor: Don't shoot the messenger! Was so viel bedeutet, wie: Lasst eure Wut nicht am Überbringer einer Nachricht aus, der kann doch nichts dafür! Scheint aber niemanden zu interessieren, dass der überhaupt nichts dafür kann. Warum immer ich?

Tessa? TESSA! Oh, Gott! Wo bist du? Geht's dir gut?« Ich richte mich so heftig im Bett auf, dass ich mit dem Kopf gegen die Wand knalle. Als mein Handy klingelte, war ich im Tiefschlaf. Schockartig taste ich nach dem Schalter meiner Nachttischlampe. Wie spät ist es?

Um kein Wort zu verpassen, presse ich das Handy fest gegen mein Ohr. Mit dem Erfolg, dass ich Tessas Stimme nur gedämpft höre. Okay, das war *zu* fest.

»WO BIST DU? GEHT'S DIR GUT?«, wiederhole ich sicherheitshalber schreiend.

Tessa murmelt irgendwas von »Brüll nicht so!« und »den Umständen entsprechend«, was sofort eine Lawine von Panikschüben in meinem Bauch auslöst. Was heißt *den Umständen entsprechend*?

Dann versichert sie immerhin, dass sie und Dodo keinem Verbrechen zum Opfer gefallen sind. Fügt allerdings keine Sekunde danach ein »jedenfalls nicht direkt« hinzu. Himmel, was bedeutet jetzt schon wieder: *nicht direkt*?

»WO SEID IHR?«, versuche ich die wichtigste Info herauszukriegen.

Doch darauf gibt Tessa nur komische Antworten.

»Wie meinst du das, ihr wisst *noch* nicht genau, wo ihr seid?«, brülle ich in mein Handy. Egal, ob jemand im Haus aufwacht. Ich werde sowieso gleich Iris und Cornelius wecken. Falls die überhaupt geschlafen haben!

Tessa erzählt wirres Zeug, worin ein Bein, ein Busch, ein Müllauto und eine Autobahnraststätte vorkommen. Ich verstehe nichts.

»WAS ist passiert?« Ich versuche, mein Gehirn anzuschmeißen. Leider ist die eine Hälfte noch im Tiefschlaf und die andere bis an die Grenze zur Überforderung mit Adrenalin geflutet. »Ich verstehe nicht, was du meinst! Ihr seid auf einer RASTSTÄTTE?«

»Nein«, antwortet Tessa und klingt dabei ein wenig abgehetzt, »nicht direkt. Im Moment bin ich hier in der Telefonzelle, aber die anderen sind im Wald *hinter* der Raststätte und …«

Sie bricht ab.

Ich werde panisch. »TESSAAA? Nicht auflegen!«

»Ich kann nicht so lange telefonieren, ich muss zurück in den Wald …« Tessa klingt, als würde sie verfolgt werden. HILFE!

»TESSAAAA, niiiiiiicht auflegen!!!«

»Ich erklär euch alles später!«, ruft Tessa hektisch. »Jetzt geht es gerade nicht. Melanie geht es echt schlecht und …«

»Wer ist MELANIE?«

»Livi, hör zu!« Tessa wird lauter. »Sag bitte Iris und Cornelius Bescheid, dass alles okay ist!« Dann wird ihre Stimme leiser … »Also … hm … fast. So gut wie.« Sie wird wieder lauter: »Und dass die Polizei uns nicht suchen braucht, also falls sie das tut. Wir melden uns in ein paar Stunden.«

»Niiiiiicht auflegen!«, quietsche ich noch mal, doch da hat es schon Klick in der Leitung gemacht.

Etwa eine Minute lang starre ich schwer geschockt mein Handy an, unfähig, etwas zu tun.

Es ist fast vier Uhr nachts. Oder morgens, wie man's nimmt. Draußen höre ich schon ein paar frühe Vögel. Tessa hat mir eben mitgeteilt, dass sie in einer Telefonzelle an einer Autobahnraststätte ist und leider nicht weiter mit mir sprechen kann, weil sie zurück in den Wald zu den anderen muss. Ich lasse das eine weitere Minute lang sacken. Okay, es macht immer noch keinen Sinn.

Wer sind *die anderen*? Wie kommt sie vom Zug zu einer Raststätte? Und – äh, bilde ich mir das ein oder hat sie eben auch ein Müllauto erwähnt? Und … was war das mit dem Bein im Busch?

Als ich immer noch völlig verstört ein Stockwerk höher Iris und Cornelius wecke, reagiert Cornelius ähnlich wie ich. Nur, dass er eine andere Art hat, das auszudrücken. Er brüllt, dass die Wände wackeln.

»WIE KANNST DU SIE DENN AUFLEGEN LASSEN?«

»WARUM BIST DU NICHT SOFORT GEKOMMEN?«

»WIESO KANNST DU DICH NICHT GENAU ERINNERN, WAS SIE GESAGT HAT?«

Ich antworte gar nicht erst, sondern hocke mich auf den Teppich im Schlafzimmer und warte ab. Bei Cornelius ist es in Momenten, wo er komplett durchdreht, am besten, einfach abzuwarten. Natürlich möchte er – so wie ich – genauer, natürlich *ganz* genau, wissen, was passiert ist und wo Tessa ist. Nur weiß ich das leider genauso wenig wie er. Tessas wenige Sätze waren komplett unzusammenhängend.

Iris sitzt im Bett, hält eine Hand auf ihrem Bauch, als müsse sie ihr fünftes Baby ebenfalls schützen, und hat die Augen ängstlich aufgerissen.

Als Cornelius einen Moment lang mal nichts brüllt, weil er dringend Luft holen muss, nutzt sie die Pause. »Hast du eine Rufrückverfolgung auf deinem Handy? Kann man sehen, woher der Anruf kam?«

Ich schaue nach und schüttele den Kopf. »Es zeigt keine Nummer an. Aber Tessa sagte ja auch, dass sie von einer öffentlichen Telefonzelle aus anruft.«

»Öffentliche Telefonzelle! Die gibt's doch heute kaum noch«, schnaubt Cornelius.

Immerhin hat er sich etwas beruhigt.

Dann folgt ein Schnauben in meine Richtung. »Entschuldige bitte, Olivia, das ging nicht gegen dich, ich bin einfach …«

»Schon gut«, versichere ich.

Ich kenne Cornelius ja schon länger. Natürlich war sein Brüllen nicht gegen mich gerichtet, sondern gegen seine eigene Hilflosigkeit. Die versuchte er wegzubrüllen. Oder vielleicht hat er auch einfach versucht, Tessa *her*zubrüllen.

Jetzt sinkt er wieder zurück aufs Bett. »Ich werde noch verrückt.«

Er schaut mich an. »Aber sie hat ganz bestimmt gesagt, dass es ihr gut geht?«

Ich nicke.

Cornelius seufzt tief.

»Was sollen wir machen?«, fragt Iris.

»Wir müssen wohl abwarten«, antworte ich. »Tessa hat ja gesagt, sie meldet sich wieder.«

»Auf keinen Fall!« Cornelius springt wieder auf. »Ich kann hier nicht einfach untätig rumsitzen, ich muss was tun! Ich lasse doch meine Tochter nicht irgendwo in der Wildnis stehen! Und wenn ich sämtliche Autobahnraststätten Deutschlands abfahre!«

Kenny

Ich kenn mich gut aus bei uns in der Familie. Papa brüllt gerne mal ein bisschen, aber er ist total lieb. Mama seufzt ganz viel, aber sie schreibt viele Bücher. Tessie sieht immer voll hübsch aus, aber sie ist trotzdem voll klug. Livi ist immer mit Gregory zusammen. Malea ist Weltwürgerin (oder so ähnlich) und Null-null-elf Agentin und kann surfen. Remi ist kuschelig und immer da. Aber in den letzten Tagen ist alles irgendwie anders.

Boah, ist das aufregend! Aber auch ein bisschen verwirrend! Wo ist denn Tessie nun?

Ich sitze bei Mama im Bett und kuschele mich an sie. Als ich Papa brüllen hörte, bin ich aufgewacht und sofort nach nebenan ins Zimmer zu Mama und Papa gelaufen. Da war auch Livi und die drei redeten ganz aufgeregt darüber, dass Tessa angerufen hat. Komisch, dabei kann ich mich gar nicht erinnern, eingeschlafen zu sein. Ich war doch eigentlich auf dem Weg zur Küche … Hm, Hühnermist, genau in dem Moment muss ich wohl die Augen zugemacht haben. Blöd. Weil ich jetzt immer noch Hunger hab. Wieso schläft man ein, wenn man überhaupt nicht müde ist? Ich bin auch jetzt nicht müde.

Und – hups! – wo ich noch darüber nachdenke, muss ich wohl *schon wieder* eingeschlafen sein. Ist das merkwürdig oder ist das merkwürdig? Denn gerade wache ich wieder auf und Livi und Papa sind weg, nur Mama liegt noch neben mir und starrt hoch zur Decke. Ich gucke auch mal schnell hoch zur Decke, aber da ist gar nichts.

»Kommt Tessa nach Hause?«, frage ich als Erstes und rubbele mir den Schlaf aus den Augen.

Eben war es noch fast Nacht und jetzt ist es draußen ganz hell und von unten höre ich Geräusche, die so klingen, als ob jemand in der Küche backt. Und es RIECHT auch so, als ob jemand in der Küche backt.

Oh, wie toll, das ist bestimmt Remi! Ich springe aus dem Bett und rase runter. Unten steht tatsächlich Rema an unserem großen Herd.

»Guten Morgen, Remi!«, rufe ich und schmeiße mich gegen ihren kunterbunten Bademantel und umarme sie ganz doll. Remi ist so schön weich und mollig!

»Guten Morgen, kleine Kenny!«, grüßt mich Rema und gibt mir einen Kuss. In der Hand hat sie einen lecker duftenden Holzwender, mit dem sie jetzt einen Pfannkuchen in der Pfanne wendet.

»Pfannkuchen!«, rufe ich und klatsche begeistert in die Hände.

»Und ob!«, sagt Remi und lächelt mich an. »Das Leben muss weitergehen.«

Auf jeden Fall!, denke ich und haue rein. Pfannkuchen mit Ahornsirup zum Frühstück und nirgendwo Rosenblätter oder Gurkenscheiben oder Senfblubber, die gerne in Mamas Pfannkuchen versteckt sind, weil Mama die sonst zu langweilig findet. Ist das Leben klasse oder ist das Leben klasse? Als Malea und Livi runterkommen, stopfe ich schon den dritten Rema-Kuchen in mich rein. Lecker!

Rema, Livi und Malea reden über Tessa.

»Ihr braucht euch keine Sorgen zu machen«, tröste ich sie und erzähle von meinem Traum und dass Tessa sehr glücklich auf einer Wolke saß.

»Oh, Gott, sag nicht so was!«, stöhnt Rema auf und wird ein bisschen blass und lässt sich auf einen Stuhl fallen.

Livi legt schnell ihre Hand auf Remas Arm. »Das ist ein TRAUM, Rema! Tessa ist nicht wirklich im Himmel! Ich habe ja vor ein paar Stunden mit ihr gesprochen.«

»Ach, ach, ach….!«, murmelt Remi, und ich weiß gar nicht, was ich jetzt sagen soll, weil auf dem Herd gerade der letzte Pfannkuchen anbrennt, aber Rema nicht so aussieht, als ob sie ihn retten will.

Zum Glück tut das aber Livi und lässt deswegen Remas Arm schnell wieder los.

Um Remi zu trösten, würde ich ihr auch gerne von Bentjes und meinem Geheimclub erzählen, an den wir uns gestern Nachmittag wieder erinnert haben. So ein Geheimclub könnte sich natürlich auch klasse um das Geheimnis kümmern, warum Tessa verschwunden ist. Leider ist er aber zu geheim, als dass ich verraten könnte, dass es ihn gibt. Hm, dieses ganze Geheimsein ist manchmal ein bisschen schwierig.

Ich tunke ein Stück Pfannkuchen in meinen Kakao und denke über unseren Club nach. Das haben Bentje und ich gestern Nachmittag im Garten auch gemacht.

»Was tun wir eigentlich in unserem Geheimclub?«, hab ich gefragt, weil man ja schließlich sicher sein will, dass man auch das Richtige tut. »Wollen wir Spionieren üben, so wie Malea das immer macht?«

Das hätte ich ganz lustig gefunden, und Aurora sah so aus, als hätte sie auch Lust auf In-Den-Büschen-Rumrobben und so.

»Kaulquappenquatsch!«, hat Bentje da gesagt. »Wir sind doch kein Agentenclub, wir sind ein Geheimclub. Da muss man nicht spionieren, da ist man geheim.«

»Klar«, hab ich gesagt, »klar.«

Und dann waren wir eine Weile geheim. Das lag aber auch ein bisschen daran, dass uns nichts anderes einfiel.

Auf Dauer ist es leider nicht so richtig aufregend, dieses Geheimsein. Deswegen haben wir Romy angerufen und ihr gesagt, sie müsse sofort herkommen, weil wir ein Geheimclub-Treffen haben.

»Was für ein Geheimclub?«, hat Romy am Telefon gefragt.

Doch da ist Bentje sauer geworden. »Du weißt nicht mehr, dass wir einen Geheimclub haben? Dann brauchst du auch nicht mehr mitzumachen!«

Und beinahe hätte sie aufgelegt.

Aber Romy hat ganz schnell in den Hörer gebrüllt: »Natürlich weiß ich das! Aber unser Club ist geheim. Und am Telefon muss man immer total vorsichtig sein und nix verraten und so. Wisst ihr das nicht?«

Klar wussten wir das, klar. Auf jeden Fall ist Romy dann ganz schnell gekommen und wir haben fast bis zum Abend darüber geredet, was wir in unserem Geheimclub machen wollen. Na ja, eigentlich haben wir uns fast bis zum Abend gestritten.

Irgendwann wollte Romy schon nach Hause gehen, aber da hat Bentje gesagt: »Ich weiß nicht... Vielleicht ist es einfacher, wenn wir einen Schneckenzüchter-Club gründen.«

Auf die Idee ist sie bestimmt gekommen, weil wir immer noch im Garten saßen und die Schnecken beobachteten, die in Remas Gemüsebeeten auf dem Bauch liegend rumkriechen. (Fast so, wie wir vorher unter den Robobembombüschen.) Es gibt eine Menge Schnecken bei uns im Garten.

»Die brauchen wir gar nicht züchten«, hab ich gesagt, »davon haben wir doch schon genug.«

»Es macht aber Spaß, Tiere zu züchten«, hat Romy sofort begeistert gesagt. »Mein großer Bruder züchtet Kaninchen und die verkauft er dann.«

»Ich glaube nicht, dass uns unsere Schnecken jemand abkauft«, hab ich gesagt.

»Damit kann man aber viel Geld verdienen«, hat Romy behauptet.

»Mit Schnecken?«, hat Bentje erstaunt gefragt.

»Nein, mit Kaninchen«, hat Romy gesagt.

»Wir haben aber keine Kaninchen im Garten«, hab ich gesagt und dabei gemerkt, dass ich das ein bisschen schade finde. Ich meine, wäre das nicht süß? Lauter hoppelnde Kaninchen in unserem Gemüse!

»Hm«, hat Romy gemeint, »ich kann ja meinen Bruder fragen, ob Kaninchen Schnecken fressen, dann können wir eure Schnecken meinem Bruder verkaufen.«

Doch da sind Bentje und ich gleichzeitig aufgesprungen und haben »NEIN!« gerufen. Wir verkaufen doch nicht unsere Tiere, damit andere die aufessen können!

Und außerdem merkte ich, dass ich unsere Schnecken überhaupt nicht verkaufen will. Ich finde nämlich Schnecken auch total süß. Auch wenn sie etwas langsamer hoppeln als Kaninchen. Okay, gar nicht. Aber es macht Spaß, sie zu beobachten.

»Wir könnten sie trainieren«, schlug Bentje vor, weil sie gerade gesehen hatte, dass eine Schnecke sofort die Richtung ändert, wenn man den Fühler der Schnecke ganz sanft berührt. »Guck mal! Vielleicht könnten wir ihnen Kunststücke beibringen!«

Also versuchten wir alle eine Weile, den Schnecken Kunststücke beizubringen. Wir probierten, ob sie auch die Richtung ändern, wenn man auf einen Stein klopft. Das taten sie aber nicht. Nur, wenn wir vorsichtig ihre Fühler berührten.

Bentje schlug vor, einen Parcours zu bauen. Wir legten drei Steine auf den Rasen, durch die sich unsere Schnecken im Slalom, also mal rechts und mal links rum, robben sollten. Romy, Bentje und ich suchten uns jeder eine Schnecke und dann ging's los.

Ungefähr zehn Zentimeter lang lief alles total klasse. Alle drei Schnecken liefen nach links, um den ersten Stein zu umrunden, weil wir ganz vorsichtig an ihren rechten Fühler getippt hatten.

»Besser als ein Steuer im Auto!«, johlte Romy schon vergnügt.

Doch dann tippte sie zu doll an ihr Steuer. Jedenfalls muss sich die arme Schnecke so erschrocken haben, dass sie vor Romys Finger nicht nur zur anderen Seite auswich, sondern sich lieber komplett verkroch. Sie flutschte in ihr Haus und war weg.

»Hey, komm wieder raus«, bettelte Romy und streichelte über das Häuschen der verängstigten Schnecke.

Doch die Schnecke wollte nicht wieder rauskommen. Vielleicht fand sie auch die ganze Idee mit dem Parcours nicht so toll.

Bentjes und meine Schnecke liefen noch ein paar

Zentimeter weiter, und meine lag sogar eine Schneckennasenlänge vorn und bestimmt hätte ich gewonnen, aber genau da rief Romy: »HALT! Das gilt nicht! Wir müssen das Rennen stoppen! Meine Schnecke hat sich in ihrem Wohnwagen vergraben.«

»Hihihi«, kicherten Bentje und ich, weil wir das mit dem Wohnwagen lustig fanden.

Romy fand es aber nicht lustig, dass wir kicherten. »Was gibt's denn da zu gackern?«

Und dann ging sie zu Bentjes und meiner Schnecke und tippte die an beide Fühler gleichzeitig und – klar wie Klapskopf! – da zogen sich unsere Rennschnecken natürlich auch zurück. Pah – da kicherten Bentje und ich aber nicht mehr!

Und Romy noch weniger. Denn Bentje wurde böse und rammte zur Abwechslung mal Romys Stirnfühler – allerdings mit ihrem Ellenbogen –, sodass Romy fast hinfiel.

Na ja, so was lässt sich Romy natürlich nicht gefallen.

Sie war gerade dabei, Anlauf zu nehmen und nun mal Bentjes Fühler heftig anzustupsen, da rief Mama von der Küchentür: »Reinkommen, Kinder! Es gibt Essen!«

Und als wir uns – nur noch ganz wenig, ehrlich! – schubsend durch die Küchentür drängelten, sagte Rema: »Ach, ach, ach, was für ein Nachmittag! Sogar die Mädchen sind gereizt!«

Wir waren aber gar nicht doll verreizt. Besonders nicht, als die Erdbeertörtchen wirklich *nur* Erdbeertörtchen waren. Mit nix drin versteckt und so. Und die Lakritzsahne schmeckte gar nicht so schlecht. Auch wenn ich das meiste davon Romy gegeben habe. Die mochte die nämlich richtig gern. Na ja, Romy isst nicht besonders oft bei uns, für die ist das neu und aufregend. Dann mussten Romy und Bentje nach Hause und ich ins Bett.

Und nun sitze ich hier morgens am Küchentisch und schiele zur Uhr und mümmele an meinem Pfannkuchen und überlege. Wenn ich ganz still sitzen bleibe, ob die anderen dann vergessen, dass es schon richtig spät ist und ich gleich die erste Stunde in der Schule verpasst habe?

Mama und Rema und Malea und Livory (Gregory ist inzwischen auch da) reden und reden über Tessa. Ich kann leider nicht so gut zuhören, weil ich nicht mit dem Zählen meiner Pfannkuchen durcheinanderkommen will und außerdem versuche, auszurechnen, wie lange es noch dauert, bis die erste Stunde ganz vorbei ist.

In diesem Moment kommt Papa durch die Tür. Mama und Rema und Malea und Livory hören sofort auf zu reden und ich höre auf zu rechnen. Wir gucken Papa alle mit großen Augen an.

»Nichts«, sagt Papa und schmeißt wütend eine leere Wasserflasche in den Flascheneimer unter der Spüle. »Ich bin fast bis an die Schweizer Grenze gefahren. Nichts. Ich habe an allen Raststätten gefragt und Fotos gezeigt. Nichts. Niemand hat Tessa und Dodo gesehen.«

»Ach, ach, ach«, macht Rema und fasst sich an ihr Herz.

Und Mama seufzt tief auf und fasst sich an ihren Bauch. Dorthin, wo unsere kleine Babyschwester sitzt, die man noch nicht sehen kann.

Papa schielt zum Herd rüber. »Ist noch was für mich da?«

Eilig springt Rema auf. »Aber natürlich, Cornelius! Warte, ich gieße frischen Teig in die Pfanne.«

Jetzt lässt sich Papa auf einen Stuhl fallen. Puh, er sieht echt fertig aus!

»Bist du die ganze Nacht Auto gefahren, Papa?«, frage ich und gehe rüber zu ihm und umarme ihn und gebe ihm einen Kuss aufs Ohr. Denn das sieht schon wieder ein bisschen rot aus.

»Cornelius«, flüstert Papa matt. »Ich heiße Cornelius.«

»Ich weiß, Papa, ich weiß«, flüstere ich genauso leise zurück.

Ich glaube, Papa ist wirklich müde. Da will ich ihn lieber nicht stören. Deswegen trippele ich ganz tipp-tippmäuschenleise aus der Küche und hoch in mein Zimmer.

Hihihi, geschafft! Es sieht so aus, als ob ich heute schulfrei habe. Hurra!

Tessa

Das Leben ist unberechenbar, und ich meine, un-be-rechen-bar! Es kann sogar verdammt matschig werden.

Melanie liegt im Gras. Zusammengerollt wie eine kleine Schnecke kauert sie da und guckt uns aus großen Augen an. Möchte wissen, was sie gerade denkt!

Dodo und ich knabbern an den letzten Resten der *Baguettes zum Aufbacken*, die tatsächlich auch ohne Aufbacken genießbar sind. Ich muss sagen: bastante sabrosa – erstaunlich lecker. (Das Verfallsdatum will ich jetzt mal nicht erwähnen, man muss sich ja nicht mutwillig unglücklich machen. Ist eben alles relativ im Leben. Viel Hunger, wenig Hemmungen.)

Wie wunderbar, dass Melanie uns das Essen besorgt hat! Hunger ist was Schreckliches. Ich hatte ja keine Ahnung, wie viele Dinge man kriegen kann, ohne dafür Geld zu bezahlen. Und ohne dabei Gesetze zu brechen. Ja, wir können Melanie echt dankbar sein. (Ich will immer noch nicht über das Verfallsdatum nachdenken.)

Hm, nun ja, auf der anderen Seite wären wir ohne Melanie überhaupt gar nicht hier. Und hätten nicht *Baguette zum Aufbacken* aus den riesigen Abfall-Containern hinter dem Restaurant der Raststätte fischen müssen. Erstaunlich, wie viele von den Dingern – und endlos anderes – dort in Original-Verpackungen entsorgt werden! Bloß weil die nicht mehr ganz frisch sind. (Schmeckt man aber ehrlich nicht.) Dodo hat gerade zwei volle Tüten Paprika-Chips verdrückt, und Melanie isst einen ganzen – vorher frischeversiegelten – Camembert.

Trotzdem: Ohne Melanie, die zwar weiß, wo man umsonst was zu essen kriegt, bräuchten wir nichts zu suchen. Denn dann wären wir jetzt zu Hause. Und säßen vor einem RICHTIGEN Frühstück. An einem richtigen Tisch. Und vor allem hätten wir vorher genüsslich geduscht! Und uns wunderbar duftig eingecremt. Und ein paar Tropfen von unserem Lieblingsparfum hinter den Ohren verteilt. Und …!

Grummel … Einen Moment lang fühle ich ein sehnsüchtig-schmerzliches Ziehen in meinem Körper und ich werde richtig sauer auf die kleine Rollschnecke. Ich meine, wir haben ja nicht mal einen Spiegel hier! Obwohl – möchte ich tatsächlich wissen, wie ich gerade aussehe?

Ich beuge mich rüber zu Melanie. »Zeig mal dein Bein!«

Doch wie schon die ganze Zeit vorher, zieht sie ihr Knie sofort zu sich heran und starrt mich böse an, als hätte ich vor, ihr irgendein Körperteil auszureißen. Auf was für Gedanken kommt dieser Wirrkopf bloß? Im Müllwagen hat sie nicht piep und nicht papp gesagt. Doch als Dodo und ich auf der Raststätte um Hilfe geschrien haben und der Fahrer nach hinten kam und endlich die kleine Seitenklappe aufmachte und fast in Ohnmacht fiel, als er uns sah, da kam plötzlich Leben in die kleine Nudel.

»Schnell! Raus!«, hat sie gerufen und ist trotz ihres Humpelbeins flotter aus dem Wagen gehüpft, als Dodo und ich unsere Wimpern sortieren konnten.

Und ehe wir noch nachdenken konnten, war sie schon halb im Wald verschwunden. Dodo und ich natürlich hinterher. Kleine Kinder kann man ja nicht einfach mutterseelenallein durch die Gegend rennen lassen! Vor allem nicht mitten in der Nacht. Es war fast noch dunkel, als der Wagen nach all den Stunden Fahrt endlich anhielt.

Dodos und mein Verantwortungsgefühl überragte sogar unsere berechtigte Angst, auch den Rest unseres exquisiten Outfits vollständig zu ruinieren. (Als ob wir den stinkigen Abfallgeruch aus unseren kostbaren Seidentops jemals rauskriegen würden!)

Hinter uns brüllte der Müllfahrer irgendwas von Polizei. Ich muss gestehen, das hat mich – sportlich gesehen – noch mal deutlich beflügelt. Dodo und ich sind vermutlich in Bestzeit in den Wald hinter dem Rastplatz gerannt. Die Idee, in diesem Zustand Polizisten gegenüberzutreten, ist natürlich kompletto inimaginable – unvorstellbar. Womöglich machen die Fotos!

Zum Glück ist Melanie nicht allzu weit gelaufen. Ihr Hinkebein muss doch noch ziemlich wehtun, denn nach etwa fünfhundert Metern lehnte sie sich erschöpft gegen einen Baum und ließ sich dann langsam am Stamm runter zur Erde rutschen. Genau dort liegt sie jetzt immer noch. Und von genau dort hat sie uns auch die Anweisungen zur Nahrungsbeschaffung gegeben. Sie wusste genau, wo man Essen findet. Abgelaufene, aber original verpackte Lebensmittel hat sie sich garantiert nicht das erste Mal aus Restauranttonnen geholt. Und vermutlich knurrte ihr kleiner Magen vorhin genauso wie Dodos und meiner.

So was Verrücktes! Ich kann nicht glauben, dass ich in dieser Lage bin! Cómo en el mundo – wie um alles in der Welt sind Dodo und ich nur in diese unfassbare Situation geraten?

Ich sitze – über und über mit Müll beschmiert – im Wald neben einem kleinen braunhaarigen Mädchen, knabbere an französischem Brot aus einer Abfalltonne und denke mir meinen hübschen Kopf schimmelig, was wir jetzt tun könnten. Ich meine, so was passiert doch Ladys nicht, oder?

Hm – ich glaube, Dodo und ich müssen unserem zukünftigen, wunderbaren Bestseller *»Flirten, Stylen und andere Lebenstipps von Tessa-Tiara Martini und Dorothea Dunst«* noch ein weiteres ausgiebiges Kapitelchen hinzufügen. Nur für den komplett absurdesten Fall aller absurden Fälle!

Der jetzt leider eingetreten ist.

Mein einziger Trost ist, dass Dodo an meiner Seite ist.

»Tessa?« Ihre Stimme klingt ein winziges bisschen schrill.

»Ja?« Noch ganz versunken gucke ich dankbar zu meiner besten Freundin rüber. Ehrlich, ohne Dodo würde ich mich wesentlich schlechter fühlen.

Meine liebe, standfeste Freundin, die neben mir auf dem Waldboden sitzt, pult irgendwas unter ihrem Po hervor und hält es mir entgegen. »T-t-tessaaaa, ist das hier …?« Auf ihrem Gesicht liegt Panik kurz vor Heulkrampf-Alarm.

Was hat sie nun schon wieder gefunden? Tannenzapfen? Dios mío – meine Güte, Dodo ist so ein Stadtkind! »Jetzt reiß dich mal zusammen!«, will ich ihr gerade ins Hirn tuten, da kommt sie mir zuvor.

»Ist das…?« Ihre Stimme fiept zwischen Tränen: »Tessie, ist das… *Ka-cke*?«

Äh, wie jetzt? Mein Gehirn setzt tatsächlich ein paar Takte aus, als ich die schwarze Pampe in Dodos Hand betrachte. Ich meine, so ein Waldboden ist ja immer dunkel – irgendwie. Und als wir uns vorhin hier neben Melanie setzten, war es sowieso überall noch ziemlich dunkel. Die Sonne ging ja gerade erst auf. Und… ähm, dass der Boden ausgesprochen weich war, das… das… hab ich eigentlich nach dem unbequemen, pieksigen, ekligen Müll als ganz… äh… als ganz angenehm empfunden.

Weich…! Ich starre auf Dodos Hand. NEIIIIIIN!

Aus den Augenwinkeln nehme ich undeutlich Melanie neben Dodo wahr. Grinst das kleine Teufelchen etwa?

»Waaaaah!«, heult Dodo auf.

Dummerweise setzt mein Gehirn gerade wieder ein und erinnert mich daran, dass auch unter meinem Hintern möglicherweise…?

»Hihihihi!«, kichert Melanie.

Ich schieße tödliche Blicke zu ihr runter, taste gleichzeitig an meinen Allerwertesten und starre danach schockgefroren auf meine Hand. Mierda – Scheiße! Braun. Alles unter mir ist matschkackebraun. Nein, das ist nicht wahr, das IST DOCH WOHL NICHT WAHR! »IiiiiiIIIIH!«

»Hiiihi…«, gluckst die undankbare Göre neben uns.

HIIIILFE! Können wir mein Leben bitte mal muy rapido – ganz schnell ein paar Stunden vorspulen?

Melanie beobachtet uns immer noch sichtlich amüsiert. Sie stützt sich am Stamm hinter ihr ab, um sich aufzurichten (die muss unbedingt zu einem Arzt mit diesem Bein!) und beugt sich dann runter, um das aufzuheben, was sie selbst unter ihrem kleinen Hintern platt gesessen hat.

Sie grinst, als sie uns die braune Matsche hinhält. »Ihr ekelt euch vor Pilzen?«

Es braucht ein paar Sekunden, bevor Dodos und mein Gehirn diese Information verarbeiten kann. Das sind … Pilze?

»Klar«, wiederholt Melanie. »Guckt doch!«

Sie pflückt neben sich etwas ab, was noch nicht zermatscht ist, und hält es hoch. Es ist ein kleiner brauner und noch heiler Pilz mit einem fast schwarzen Stiel. Und als Dodo und ich uns jetzt umgucken, sehen wir, dass überall um uns herum diese kleinen Pilze in dichten Gruppen wachsen.

Melanie lacht. »Okay?«

Ich atme tief durch und bin unserem Schicksal zutiefst dankbar. Nach all dem, was wir vorher mitgemacht haben, stört mich so ein bisschen Pilzsoße am Po, ehrlich gesagt, zurzeit herzlich wenig. Sogar Dodo grinst endlich. Wir streifen unsere Hände am Moosboden ab und lassen uns an einer pilzfreien Stelle nieder.

Trotz der Entwarnung ist mir allerdings ein bisschen schlecht. Kein Wunder! Der Schlafmangel, das stundenlange Gerüttel – und alles garniert mit Müll. Müllgerüttel in einem Müllschüttelbus, äh Müllshuttlebus. Oder liegt es doch an den abgelaufenen Baguettes?

Wo soll das alles hinführen? Und was machen wir bloß mit Melanie?

Heute Morgen, als wir endlich aus dem Wagen raus

waren und gewartet hatten, bis der völlig überreagierende Fahrer endlich weitergefahren ist (also manche Leute regen sich ja wirklich über Kleinigkeiten auf – sehr ungesund! Was ist denn schon dabei, wenn er ein paar Passagiere mittransportiert hat?), da hab ich Livi am Telefon gesagt, dass ich in ein paar Stunden wieder anrufe. Das müsste ich jetzt mal tun. Sonst fallen denen zu Hause vor Sorge noch die Haare aus. (Besonders bei Cornelius, dem Ärmsten, ist in der Hinsicht sowieso nicht mehr viel vorhanden!)

Hoffentlich finde ich auf dem Parkplatz wieder eine nette und mitfühlende Omi, die mir meine Story mit »Schulbus verpasst« abkauft und mir ein paar Euro zum Telefonieren gibt. Was man alles tut, um kleinen Mädchen zu helfen! Jetzt muss ich schon das zweite Mal Leute anbetteln!

Oh, ich sehne mich so nach meinem Handy! Und nach all den anderen wunderbar praktischen, wohlriechenden und lebenswichtigen Dingen in meiner Handtasche. Und nach einer Dusche! Und nach ....

Maldita sea – verflixt noch mal, wieso muss ich die ganzen letzten Stunden eigentlich ständig an ihn denken? Als hätte ich nicht genug um die Ohren – und jetzt auch noch an den Händen!

Wir sind getrennt. Das ist nun mal so. Auch, wenn es wehtut. Auch, wenn er grässliche Sachen von mir denkt, die überhaupt gar nicht wahr sind. Auch, wenn ich ihm das nicht ein einziges Mal erklären konnte, weil er nicht mit mir reden will. Was natürlich voll ungerecht ist. Doch was ich auch nicht ändern kann. Aber es tut so schrecklich weh.

Ja, ja, ja, am allermeisten sehne ich mich nach Javier!

Livi

Gregory ist das Beste, was mir je passiert ist.

Malea und ich haben uns geweigert, zur Schule zu gehen, solange wir nicht sicher sind, dass es Tessa wirklich gut geht (Kenny hatte sich vorsichtshalber gleich oben in ihrem Zimmer versteckt), und Cornelius hat nur mit dem Kopf genickt und sanft und leise »In Ordnung!« gesagt.

Das ist ein schlechtes Zeichen. Cornelius ist von Natur aus nur selten sanft und noch seltener leise. Und dass er uns Schule schwänzen lässt, ist überhaupt noch nie vorgekommen. (Na gut, außer einmal mich – bei der Sache mit Daniel damals. Aber da war ich ja praktisch krank und konnte wirklich nicht.)

Gregory und ich sind bloß kurz in die Schülerzeitungsredaktion gegangen, weil wir rechtzeitig ein paar Fotos abgeben mussten. Die gehen heute in den Druck. Aber eigentlich haben wir bloß einen Vorwand gesucht, um einen Moment aus dem Haus zu kommen und ein bisschen Zeit zu zweit zu haben.

Natürlich sind uns in der Schule Lehrer über den Weg gelaufen, aber jeder weiß, dass meine Schwester verschwunden ist. Alle haben nur gefragt, ob wir neue Infos haben. Keiner hat erwartet, dass wir uns seelenruhig in den Unterricht setzen. Jetzt sind Gregory und ich auf dem Rückweg und bummeln am Flussufer entlang. Wir lassen uns Zeit und nehmen einen großzügigen Umweg. Ich brauche einfach ein bisschen frische Luft, um meine Panik wegen Tessa wegzuatmen und … um dabei Gregorys Hand zu halten.

Gregory geht es anscheinend genauso. Die ersten zehn Minuten sagt keiner von uns ein Wort. Wir drücken nur ab und zu gegenseitig unsere Hände und saugen die Kraft und Ruhe ein, die uns diese Nähe gibt.

Auf dem Fluss schippert ein kleiner Ausflugsdampfer mit alten Leutchen, die fröhlich rüberwinken. Gregory und ich winken zurück. Ob das eine Gruppe aus der Lauschigen Eiche ist?

Wo ich gerade an das Seniorenheim denke … Malea wollte mir heute Morgen unbedingt von irgendeiner supergenialen Idee erzählen, die ihr eingefallen ist. Es habe mit der Lauschigen Eiche zu tun, sagte sie, und mit dem Tierheim und …

Ich muss gestehen, dass ich an der Stelle bereits abgeschaltet hatte. Malea und ihre wilden Einfälle! Ich hab den Kopf wirklich randvoll von Tessa und ihrem Anruf und kann nicht auch noch …

Gregory drückt gerade wieder meine Hand.

Mhmmmm, das kribbelt sofort im Bauch! Ich gucke zu ihm rüber. Er lächelt. Ob es in seinem Bauch auch kribbelt?

Nein, ich kann meinen kleinen Schwestern nicht immer zuhören, für Gregory möchte ich auch noch ab und zu Zeit haben.

Überhaupt, was hat denn Malea plötzlich mit der Lauschigen Eiche zu tun? Sie will doch nicht etwa auch dort arbeiten, so wie Tessa und Dodo, um sich ein paar Euro für ihr Agentenleben zu verdienen? Ich glaube kaum, dass Cornelius das gut finden würde! Malea ist doch noch viel zu jung zum Jobben! Trotzdem werde ich sie nachher fragen, um was es ging. Vorhin konnte ich einfach nichts mehr aufnehmen.

»Wollen wir uns ein bisschen auf die Bank da hinten am Wald setzen?«, schlägt Gregory vor.

Dort ganz hinten, wo der Fluss eine Biegung macht und auch die letzten Häuser Raum geben für Felder und Wiesen, steht kurz vor dem Waldrand eine alte, etwas krummbuckelige Bank, auf der Gregory und ich gerne sitzen. Erstens weil sich so weit raus aus der Stadt kaum jemand verirrt und wir hier wunderschön unsere Ruhe haben. Und zweitens mögen wir die Bank einfach.

Es scheint eine Bank für Liebende zu sein. Unendlich viele Namen, umrahmt von Herzen, sind in das alte Holz geschnitzt. Manchmal auch nur Initialen. Dazu Jahreszahlen, die zum Teil aus dem letzten Jahrhundert stammen. Es muss wohl auch früher schon viele Leute gegeben haben, die gern möglichst weit weg von allem zu zweit gesessen haben.

Ich weiß, es ist albern, aber jedes Mal, wenn Gregory und ich dort sitzen, hoffe ich insgeheim, dass er plötzlich ein Taschenmesser aus seiner Armyhose zieht und ebenfalls anfängt, ins Holz zu ritzen. *Livi und Gregory.* Wäre das nicht einfach himmlisch romantisch?

Aber – klar! – irgendwie natürlich auch affig. Ich meine, man muss dieses ganze rosa Liebesgesülze, das man im Fernsehen (oder bei älteren Schwestern!) sieht, ja nicht unbedingt mitmachen. Herzchen hier und Herzchen da. Ein paar aus meiner Klasse haben ihre ganzen Hefte damit vollgekritzelt und schicken sich ständig SMS, die praktisch nur aus Herzen in allen Farben und Formen bestehen. Echt peinlich.

Und deswegen tut es Gregory natürlich auch nicht. Das Herzschnitzen. Gregory ist genauso wenig affig wie ich.

Als wir die Bank nach der Biegung in der Ferne erkennen können, sehen wir, dass dort bereits zwei Leute sitzen. Och nee, wie schade! Dass *unsere* Bank besetzt ist, ist noch nie vorgekommen. Trotzdem gehen wir weiter. Beim Näherkommen sehen wir, dass die beiden Leute, die dort sitzen, nicht mehr ganz jung sind. Wie süß! Ob das auch ein Liebespaar ist?

Ich muss sofort an Rema und Walter Walbohm denken. Ob die beiden manchmal Händchen haltend einfach nur so auf einer Bank sitzen? Automatisch kneife ich die Augen zusammen. Doch, nein, Rema kann das nicht sein. Die ältere Dame, die tatsächlich neben einem Herrn sitzt (ob sie Händchen halten, kann ich aus der Entfernung nicht erkennen), ist nur etwa ein Viertel von unserer kuschelig-runden Rema. Und auch der Mann ähnelt Walter kein bisschen. Aber – Moment! – ist das nicht die lustige Frau Flieder aus der Lauschigen Eiche?

Jetzt scheinen die beiden uns ebenfalls bemerkt zu haben. Die Dame, die aussieht wie Frau Flieder, guckt direkt zu uns rüber.

Ich will gerade meinen Arm zum Winken heben, da erheben sich die beiden und gehen mit zügigem Schritt den Weg weiter, in den Wald rein und weg von uns. Na, dann war das wohl doch nicht Frau Flieder. Die wäre immer zu einem kleinen Schwätzchen aufgelegt gewesen und hätte bestimmt nicht vor uns Reißaus genommen.

Ich muss grinsen. Wäre ich Malea, würden mir jetzt sofort wilde Storys in den Kopf schießen. Wollen die beiden nicht gesehen werden? Haben sie etwas zu verbergen? Aber zum Glück bin ich ja nicht Malea.

»Glück gehabt!«, nickt Gregory zu der jetzt freien Bank rüber.

Ich lächele. Ja. Ich habe überhaupt so viel Glück. Und das größte Glück geht direkt neben mir.

Als wir uns auf die Bank fallen lassen, schweigen wir wieder und schauen den glänzenden Wellen des Flusses zu. Schweigen ist auch ein großes Glück, finde ich. Sich mit jemandem so gut zu verstehen – er mich und ich ihn – und nicht mehr reden müssen, nicht mehr ständig erklären müssen, das ist … einfach perfekt.

Hinter uns rascheln Schwäne in den Wiesen und stolzieren kurz danach in leichtem Abstand an uns vorbei zum Wasser. Ach, ich könnte ewig so sitzen bleiben. Nur Gregory und ich. Und das Wasser, die Sonnenstrahlen, die Schwäne …

Doch plötzlich muss ich wieder seufzen. Weil natürlich im Moment alles gar nicht so sonnig ist, wie es einem der Tag und die Bank hier glauben machen könnte.

»Hast du dein Handy dabei?«, fragt Gregory plötzlich, und ich merke, dass er genau wie ich unterschwellig die ganze Zeit an Tessa gedacht hat.

Ich nicke und tippe gegen meine Hosentasche. Ich hab es extra auf laut gestellt, sodass ich einen Anruf auf gar keinen Fall verpasse. Wer weiß, vielleicht ruft Tessa wieder mich an, und nicht Iris oder Cornelius.

»Es ist so irre, dass sie ausgerechnet jetzt verschwindet«, fange ich dann doch an zu reden. »Ich meine, sie hat sich schon seit Wochen auf ihre Geburtstagsparty am Samstag gefreut. Und jetzt ...«

Gregory guckt mich an. »Vielleicht ist sie wirklich abgehauen, um mit Javier zu reden. Ist bestimmt schwer, so ein Geburtstag – ohne den, den man liebt.«

Ich nicke. Weil ich daran denke, dass ich *beinahe* mein ganzes Leben hätte leben müssen ohne den, den ich am liebsten mag auf der Welt. Es sah sehr lange nicht so aus, als würde Gregory in unserer Stadt wohnen bleiben. Arme Tessa!

Doch dann schüttele ich schnell den Kopf. »Nein, bestimmt nicht. Sonst hätte sie am Telefon nicht so komisches Zeugs erzählt. Und wäre nicht mitten auf der Strecke aus dem Zug gesprungen. Und hätte nicht ...«

»Ja, ja«, sagt Gregory, »und hätte nicht ihre Handtasche liegen lassen. Wir haben das schon hundert Mal durchgekaut.«

»Eben.«

»Ich versuche nur zu sagen ...«, fährt Gregory fort, »dass es – was immer auch passiert ist – dass es bestimmt noch zehnmal härter für Tessa ist. Jetzt, wo sie nicht mal mehr Javi hat.«

»Logisch.« Ich seufze tief. »Aber sie haben sich ja nun mal getrennt. Daran kann man nichts ändern.«

»Ändern kann man alles«, meint Gregory und lässt meine Hand für einen Moment los, weil er beide Hände zum Gestikulieren braucht, »es ist nur die Frage, ob wir uns einmischen sollten.«

»Spinnst du?«, entfährt es mir. »Natürlich dürfen wir

uns NICHT einmischen! Das geht doch wohl nur Javier und Tessa an.«

»Und wenn es *wir beide* wären? Du und ich?«, fragt Gregory. »So viel wie ich mitgekriegt habe, sind da eine Menge Missverständnisse zwischen den beiden.«

Ich nicke. »Sieht so aus.«

»Und ne Menge Stolz auch«, redet Gregory weiter.

»Stolz?«, frage ich. »Wie meinst du das?«

»Na, Javi ist manchmal schon ganz schön …« Gregory zieht eine augenrollende Grimasse.

Wie bitte? Javi ist ein total netter Kerl! Fast ZU nett für meine manchmal etwas ZU lockere Flirt-Schwester.

Doch bevor ich entrüstet zum Gegenschlag ausholen kann, beendet Gregory seinen Satz: »… also der ist manchmal ganz schön spanisch, oder?«

Er kichert ein bisschen. Fast als Entschuldigung dafür, dass er gerade so getan hat, als wären alle Spanier gleich. Was natürlich kompletter Käse ist. Javier ist zum Beispiel ganz anders als sein Freund Ramón, obwohl beide Spanier sind. Aber, klar, man sagt über die Spanier, dass sie ziemlich stolz sind.

»Na, und?«, frage ich.

»Ich meine«, erklärt Gregory, »dass Javier möglicherweise gar nicht so sauer auf Tessa ist, wie er tut, sondern dass er vielleicht einfach nur zu stolz ist, um auf sie zuzugehen und über alles offen und ehrlich zu reden.«

»Hm«, mache ich und denke ein bisschen nach. »Also, ich glaube, Tessa hat versucht, was sie konnte. Sie hat ihn bestimmt tausend Mal angerufen, aber er nimmt nicht mal ab. Er will einfach nicht mit ihr reden.«

Gregory nickt, als hätte er sich das schon gedacht. »Das hat gar nichts zu sagen.«

Ich grunze mal freundlich. »Ach nee? So sind sie, die Spanier, ja?«

Ist ja wohl komplett bescheuert von Gregory, derartig platt einfach so was zu behaupten!

»Nicht nur die Spanier«, behauptet der Junge (mit dem ich so gern schweige, weil wir wortlos immer so wunderbar einer Meinung sind) munter weiter.

»Du hast doch nen Knall!«, werfe ich ihm an den Kopf.

Gregory lächelt nur. »Aber einen männlichen.«

Da muss ich auch kichern. »Okay, das kann ich nicht abstreiten.«

»Womit ich sagen will...«, redet der männliche Knallkopf weiter, »... dass ich mir vorstellen könnte, dass ich möglicherweise ähnlich reagiert hätte wie Javier.«

»WAAAS?« Ich springe auf, so empört bin ich. »Wie meinst du *das* denn jetzt schon wieder?«

Spinnt der? Außerdem hätte er überhaupt keinen Grund dazu, so zu reagieren wie Javi. Denn ich würde mich ja wohl niemals so wie Tessa verhalten! Ich bin ja wohl toootal anders!

»Darum geht's nicht«, meint Gregory, nachdem ich ihm genau das ins Gesicht geschleudert habe. »Aber auch wir können mal in eine Situation kommen, wo einer was falsch versteht und dann so gekränkt ist, dass er nicht mal mehr mit dem anderen reden will.«

»Tsssss!« Ich schnappe nach Luft, weil ich immer noch empört bin. Aber ein bisschen auch, weil es gerade ziemlich doll ziept in meinem Magen. Bei der bloßen Vorstellung nämlich, dass Gregory und ich ...!

»Außerdem hast du selbst gesagt«, setzt Gregory nach, »dass Tessa wahrscheinlich gar nichts falsch gemacht hat. Und dass *du*...« Er betont extra das *du* und macht dazu noch eine kleine bedeutungsvolle Pause. »... also dass du vielleicht auch irgendwann mal *nichts falsch machst* und ich das aber falsch *verstehe*, das kann ja wohl passieren. Oder?«

Hmpf. Ich fühle mich, als hätte mich Gregory gerade beim Schach besiegt. Schachmatt, oder was?

Ich setze mich wieder. Doch in mir rotiert alles. Ich weiß, dass Gregory nur versucht, mir zu erklären, wie Javi sich fühlt, und deshalb vielleicht doch noch Hoffnung für die beiden besteht. Zumindest mein Kopf weiß das. Doch in meinem Bauch kommt nur an, dass Gregory gesagt hat, bei uns könne so was natürlich auch irgendwann mal... Uuh, und das fühlt sich so scheußlich schmerzig an, dass mein Bauch sogar mittelmäßig panisch wird. Und ich leider nicht mehr klar an Javier und seine spanischen Gefühle denken kann. Meine eigenen Gefühle drängen gerade alles andere weg.

Doch bevor ich platze, nimmt Gregory wieder meine Hand und drückt sie. Puuuh, das tut meinem Bauch aber gut! Und WIE gut!

Eine Weile lassen wir das Gesagte sacken und gucken den Schwänen zu, die sich jetzt mit ihren Jungen auf dem Wasser vergnügen. Doch in mir rumoren noch kleine Reste von Angst und Sorge. »Gregory?«

»Ja?«

»Versprich mir, dass WIR uns nie so trennen!«

Gregory, der blöde Kerl, grinst nur. »Wie sollen wir uns *denn* trennen?«

Ich buffe ihn gegen die Schulter und versuche auch zu grinsen, weil ich natürlich weiß, dass das wieder einer von Gregorys typischen Witzen war. (Äh, *war* das ein Witz?)

Aber eigentlich will ich rufen: »Na, gar nicht sollen wir uns trennen! Niemals, NIE!«

Doch das traue ich mich nicht. Das wäre ja wohl gruselig kitschig. Fast so schlimm wie diese himmelblauen Liebesgeschichten im Fernsehen, wo die beiden Hauptpersonen schon beim ersten Blick wissen, dass sie füreinander bestimmt sind. Was für ein Blödsinn!

Noch weniger möchte ich natürlich als klebrig und klammerig rüberkommen. Ich meine, ich will Gregory ja nicht ersticken, bloß weil ich mir nicht vorstellen kann, dass *wir* uns jemals trennen. Ich meine, wir sind ja beide total locker und würden uns gegenseitig nie einengen und …

Ich muss wohl einen Moment monstermäßig verzweifelt geguckt haben, denn Gregory lacht plötzlich laut los. »Hey, entspann dich, Livi! Ich hab nicht vor, mit dir Schluss zu machen!«

»Weiß ich doch«, murmele ich leise und komme mir sofort ziemlich blöd vor. Wie gesagt, ich bin eigentlich gar nicht so. Hm, hoffe ich.

»Auf jeden Fall hat sie am Telefon gesagt, es gehe ihr gut«, sage ich schnell, um von meiner, äh, etwas uncoolen Reaktion abzulenken und wieder zu meiner Schwester hinzulenken.

Gregory drückt meine Hand. »Genau. Das ist jetzt das Wichtigste. Und wenn sie noch mal anruft, müssen wir unbedingt rauskriegen, wo genau sie ist.«

Ich nicke. »Auf jeden Fall.«

Jetzt seufzt Gregory. »Ich denke nur, dass es jammerschade ist, dass Javier an Tessas Geburtstag nicht da sein wird. Sechzehn zu werden, ist ja schon was Besonderes.«

»Natürlich ist das schade«, sage ich noch mal. »Aber erst mal muss sie wieder hier sein.«

Dann muss ich an das Geschenk denken, das Gregory und ich in vielen Stunden Arbeit für Tessa gemacht haben. Eine große Fotocollage mit Bildern von ihr und Javi, die Gregory und ich in den letzten Monaten hier und da mal geschossen haben. Die schönsten haben wir dafür rausgesucht. Einen ziemlich teuren Rahmen haben wir auch gekauft. Ob wir ihr dieses Geschenk überhaupt noch geben sollen? Oder würde sie das zu traurig machen, jetzt, wo alles vorbei ist?

»Erst mal abwarten«, meint Gregory, als ich ihm meine Bedenken mitteile.

Ja, mehr können wir im Moment nicht tun. Abwarten. Das ist fast das Schwerste.

Oh, bitte Tessa, ruf noch mal an!

Tessa

Honesto – ehrlich, ich sehe mich eigentlich gar nicht als lieblichen Engel, der ständig nur Gutes tut! Also, lieblich natürlich schon, das steht ja wohl außer Frage! Lieblich sind Dodo und ich natürlich mucho, mucho, mucho. Und hilfsbereit natürlich auch. Sin lugar a dudas – ohne Zweifel! Und meine prachtvollen Locken … Also, wenn man da nicht sofort an ein engelhaftes Wesen denkt, dann weiß ich auch nicht! Vielleicht bin ich also doch ein Engel? El ángel Tessa-Tiara! Ist es nicht erstaunlich, was man noch alles über sich lernen kann?

Ach, wir hätten gleich, nachdem wir Melanie an den Bahnschienen eingesammelt haben, zur Polizei gehen sollen! Ohne die unsägliche Müllepisode zwischendurch. Aber genau das hatten wir ja auch vor!

Oder hätte ich gar nicht erst aus dem Zug steigen sollen? Aber wer wäre denn bitte *nicht* ausgestiegen, wenn er ein Bein hinter einem Busch hätte hervorragen sehen? Ich jedenfalls habe nicht lange nachgedacht. Eigentlich gar nicht.

Ich konnte auch nicht auf Dodo achten, die hinter mir »Spinnst du? Du kannst doch nicht während der Fahrt aussteigen!« rief, mir aber zum Glück ohne zu zögern hinterhersprang. Dodo ist eben eine richtige Freundin. Als sie draußen stand, sah sie auch das Bein und also sind wir zusammen eine kleine Böschung runter und rüber zu dem Busch. Auch Dodo ist natürlich kein Mensch, der Beine in Not einfach in Büschen liegen lässt.

Okay, genau als wir fast unser Ziel erreicht hatten, setzte sich unser Zug wieder in Bewegung. Das gab mir dann doch ein leicht panisches Gefühl. Wir hatten ja nicht geplant, allein zurückzubleiben. Aber was hätten wir tun sollen?

Tatsächlich rannten wir sofort zurück Richtung Zug und hüpften auf und nieder und schrien und winkten mit den Armen, um jemanden auf uns und vor allem auf das Bein im Busch aufmerksam zu machen. Doch die blöden Leutchen aus unserer Stufe waren drinnen im Abteil viel zu sehr mit quatschen beschäftigt und haben uns nicht mal bemerkt. Und als Dodo todesmutig versuchte, von außen einen der Haltegriffe mit ihren Händen zu grabschen, war es natürlich schon viel zu spät und der Zug viel zu schnell.

»Lass das, Dodo!«, schrie ich. »Das schaffst du nie, du verletzt dich nur!«

(Wie sich nur wenig später herausstellte, war das genau das, was Melanie passiert war.)

Eine panisch verbrachte Schreckminute später – der Zug war inzwischen nur noch ein kleiner Punkt am Ende der Bahnschienen – ergaben wir uns in unser Schicksal. Wir mussten halt woanders Hilfe holen. Und danach unseren Lehrern Bescheid geben, dass wir nicht mehr im Zug waren. Dachten wir und näherten uns wieder dem Bein.

Kurz vor dem Busch hielt mich Dodo zurück. »Meinst du, es ist tot?«

Verwirrt blieb ich stehen. »Wer, das Bein?«

Dodo nickte blass.

Doch – hurra – genau da zuckte es! Wir entspannten uns ein wenig. Tote Beine zucken nicht.

Als wir hinter den Busch schauten, sahen wir erleichtert, dass auch der Rest des Körpers vorhanden war. Ein schmales, braunhaariges Mädchen lag lang gestreckt auf der Erde und schaute mit einer Mischung aus Erleichterung und Angst aus großen Augen zu uns hoch.

Mann, war ich froh, dass nicht nur das Bein, sondern auch das dazugehörige Mädchen lebte! Insgeheim hatte ich ja auch leichte Panik gehabt, wir würden eine Leiche entdecken und in der städtischen Tageszeitung auf Seite eins landen. (Ich meine, nichts gegen Fotos von Dodo und mir in Zeitungen, und noch weniger gegen diese auf Seite eins. Aber bitte NICHT zusammen mit einer Leiche!)

Nur wenig später erzählte uns das Mädchen, dass sie schon eine ziemliche Weile hinter dem Busch verletzt gelegen hatte. Das arme kleine Ding!

Dodo wollte sofort einen Rettungswagen alarmieren, nur leider stellten wir fest, dass wir überhaupt nichts bei uns hatten. Vor allem nicht unsere Handys!

Gott sei Dank sind Dodo und ich ja bewundernswert bodenständig und hatten nach dieser schockierenden Erkenntnis unsere Schnappatmung kaum fünf Minuten später wieder vorbildlich im Griff.

Als wir uns innerlich (und äußerlich – Dodo war beim hektischen Atmen tatsächlich links die Wimperntusche verlaufen, doch das hab ich schnell wieder gerichtet) wieder gesammelt hatten, haben wir Melanie auf die Füße gestellt und sind mit ihr losgehumpelt. In der Hoffnung, bald auf Menschen oder ein Dorf oder wenigstens auf eine Straße zu treffen, wo wir ein Auto hätten anhalten können. Doch wir schienen in der tiefsten Wildnis gelandet zu sein.

Aber, wie gesagt, es war früher Nachmittag und wir hatten keinerlei Zweifel, bald Hilfe und Rettung zu finden. Tja, como pueden estar equivocados – wie man sich irren kann! Denn leider stellte sich erschwerend heraus, dass Melanie nicht gerettet werden *wollte.*

Am Anfang wollte sie nicht mal aufstehen.

»Nein, nein!«, schrie sie immer wieder. »Aua! Ich will nicht, lasst mich in Ruhe!«

Sie hatte sich an einem wieder anfahrenden Zug festgeklammert, um als blinder Passagier mitzufahren, und sich dann, als der Zug immer mehr an Tempo gewann, nicht mehr halten können. Kein Wunder! Ich schätze, die Kleine ist nicht mal zehn Jahre alt.

Als ihre Finger nachgaben und sie den Griff am Zug losließ, wurde sie durch die Geschwindigkeit des Zuges offenbar ein ganzes Stück weggeschleudert, rollte auch noch die kleine Böschung hier runter und blieb schließlich verdeckt von dem Busch liegen. Sie hatte Riesenglück, dass ich sie entdeckt habe. Sonst hätte sie womöglich noch die ganze Nacht dort verbracht!

Viel Dankbarkeit hat sie gestern allerdings nicht gezeigt.

»Wie heißt du?«, hat Dodo natürlich als Erstes gefragt, dicht gefolgt von: »Wo sind deine Eltern?«

Die erste Frage wurde brav mit »Melanie« beantwortet und die zweite mit einem grimmigen Blick, der mir trotz seiner Feindseligkeit irgendwie ins Herz schnitt: »Geht euch nix an.«

Das ignorierten Dodo und ich freundlich und fuhren fort mit: »Und wo wohnst du?«

Irgendwo muss ein Kind natürlich wohnen.

Doch als Antwort erschien wieder nur der grimmige Blick auf Melanies Gesicht. Mit vor der Brust verschränkten Armen verkündete sie: »Dahin gehe ich nicht zurück.«

»Aha«, sagte meine beste Freundin. »Na, dann nicht.«

Dodo ist ein wunderbar praktisch denkender Mensch, und was hätte man auch anderes antworten sollen?

Wir konzentrierten uns also erst mal darauf, von der Bahnlinie weg und irgendwie dorthin zu kommen, wo wir uns Hilfe erhofften. Leider kamen wir mit Melanies Humpelbein nicht gut voran. Dodo und ich wechselten uns damit ab, sie zu stützen, doch wir mussten immer wieder Pausen einlegen. Immerhin gab uns das Gelegenheit, die Kleine ein wenig mehr auszuhorchen.

Drei Sachen rückte sie raus.

Erstens: Ihre Mutter ist kurz nach Melanies Geburt gestorben, weshalb sie bei ihrem Vater aufgewachsen ist. Ohne Geschwister.

Zweitens: Vor einem Jahr hat ihr Vater eine neue Lebenspartnerin gefunden, mit der sich Melanie von Anfang an nicht verstanden hat. Und vor zwei Monaten ist die bei Melanie und ihrem Vater eingezogen.

Oh je, keine schöne Geschichte! Muss schwer genug sein, den Vater plötzlich mit jemandem teilen zu müssen. Doch wenn dieser Jemand auch noch alles an einem kritisiert und bemängelt und eifersüchtig darüber wacht, dass der Vater auch ja nicht zu viel Zeit mit seiner Tochter verbringt – denn so hat es uns Melanie mit Tränen in den Augen geschildert –, dann kann man verstehen, dass das schmerzhaft ist. Dazu stellt sich der Vater anscheinend auch viel zu wenig auf die Seite seiner Tochter. Abgehauen ist Melanie vor ein paar Wochen wohl schon mal, doch dieses Mal weigert sie sich knallhart, zurückzugehen.

Drittens: Es gibt Hoffnung. Nämlich eine Patentante, die eine Schwester von Melanies Mutter ist und mit der sich Melanie supergut versteht. Zu der will sie jetzt. Nur leider weiß die Tante noch nichts davon und noch weniger, dass Melanie schon wieder ausgerissen ist.

Dodo und ich waren ausnahmsweise mal echt sprachlos. Manchmal weiß man gar nicht, mit wie wenigen Problemen man selbst aufwächst. Ich meine, Dodo und ich haben ja nun auch einige Herausforderungen des Lebens zu meistern, aber es muss scheußlich sein, sich in seiner eigenen Familie nicht mehr wohlzufühlen. Dios mío – meine Güte bin ich froh, meine eigene Familie grundsätzlich immer hinter mir zu wissen!

Melanie wollte auf keinen Fall, dass wir ihren Vater benachrichtigen, bevor sie bei ihrer Patentante angekommen ist. Sie wurde sogar richtig verzweifelt, als Dodo und ich nur ganz leise zu bedenken gaben, dass ihr Vater aber doch zumindest wissen sollte, dass es ihr gut gehe. Und als wir endlich ein Dorf erreicht hatten und ich am ersten Haus klopfen wollte, um nach einem Telefon zu fragen (nicht, um Melanies Vater anzurufen – ich hatte ja nicht mal seinen Namen oder die Nummer –, sondern um bei mir zu Hause anzurufen), da lief sie vor Angst einfach weg. Trotz Humpelbein. Die Schmerzen waren ihr in dem Moment anscheinend egal.

Dodo und ich natürlich hinterher. Ohne am Haus zu klopfen. Schließlich wollten wir sie nicht weiter vaterseelenallein herumirren lassen. Ich meine, ein kleines Mädchen! Wer wäre wohl nicht hinterhergelaufen?

Wir konnten an ihrem Zick-Zack-Lauf sehen, dass sie keine Ahnung hatte, wo sie hinwollte. Dodo und ich hatten sie schon fast eingeholt, da sahen wir am Ende einer Straße einen Polizeiwagen stehen. Dummerweise sah Melanie den auch. Und kriegte offenbar Panik. Weiß der Himmel, was sie sich in ihrem kleinen Kopf vorstellte, was die Polizei mit ihr machen würde!

Sie stoppte, sah *uns* näher kommen, sah den Streifenwagen und sah gleichzeitig einen Lastwagen, an dessen Seite hinten eine kleine Tür offen stand. Und – hopp – hinein.

Im Gegensatz zu Melanie sahen *wir* allerdings auch den Fahrer, der von vorne gerade auf sein Fahrzeug zumarschierte und ganz so aussah, als wolle er weiterfahren. Kajalstiftklar, wir mussten Melanie da sofort wieder rausholen. Ohne mit unseren Wimpern zu zucken, kletterten wir hinter ihr her in die Ladefläche.

Es war stinkig und dunkel dort drinnen und wir brauchten ein paar Sekunden, um zu erkennen, wohin Melanie sich verkrochen hatte. Ganz hinten, kurz vor der Fahrerkabine, kauerte sie und drückte sich wie ein kleines verwundetes, aber auch stures und zorniges Tier gegen die Wand. Doch Dodo und ich waren entschlossen, sie zur Not mit Gewalt da wieder rauszuzerren. Wie gesagt, wir sind ja ziemlich vernünftig. Und dass Melanie in einem Lastwagen hocken blieb, ging ja wohl gar nicht.

Allerdings mussten wir es erst mal zu ihr hin schaffen. Vorsichtig versuchten wir, uns über die ganze Ladung zu ihr rüber zu tasten. Dabei sahen wir wohl oder übel, was der Wagen eigentlich geladen hatte. Ich glaube, das war einer der schrecklichsten Momente meines Lebens.

Ja, wir sahen grausam deutlich, WORÜBER wir uns tasteten. Über einen Berg voll Haushaltsmüll nämlich. Wir waren mitten in der stinkigen Ladung eines Müllautos gelandet.

Noch bevor wir Melanie erreicht hatten, machte es hinter uns plötzlich PENG und es wurde stockeduster. Knalldunkel. Absolut negro – schwarz. Nacht. Completo – komplett. Wir konnten nicht mal mehr unsere Hände sehen. Dodo und ich waren so geschockt, dass wir sogar das Schreien vergaßen. (Dabei darf das einer Lady NIE passieren! Schreien im richtigen Moment ist lebenswichtig!)

Und dann fuhr der Wagen an.

Ich weiß nicht, ob dieser dämliche Fahrer vorne in seiner Fahrkabine Heavy Metal volle Dröhnung hörte oder ob er schlichtweg taub war, jedenfalls half nach dem Anfahren weder Schreien noch gegen die Wand hämmern. Wir saßen im Müll und fuhren.

Und fuhren und fuhren. In totaler Dunkelheit. Ohne auch nur einmal anzuhalten.

Ehrlich, ich glaube, wenn man so was überlebt, schockt einen so leicht nichts mehr. (Na ja, außer – ähm – vielleicht kackbraune Matschpilze.) Das Leben kann hart sein.

Tessa

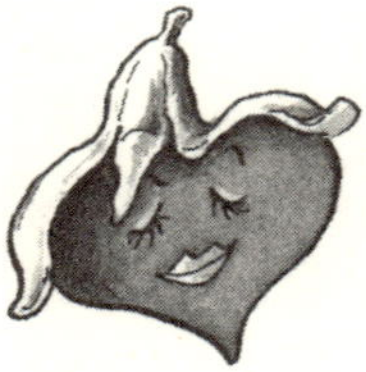

Meine Schwestern, meine Familie? Im Zweifel weiß ich sie immer hinter mir. Was mir dabei einfällt? Vertrauen. Wärme. Und dass alles andere unwichtig wird, wenn wir in Schwierigkeiten sind.

Jetzt stehe ich bestimmt schon eine halbe Stunde hier auf dem Parkplatz der Raststätte und trete mir meine müden Füße platt. Ich bin kurz davor, meine extrem schicken High Heels auszuziehen und barfuß zu gehen. (Honesto, an so was Schockierendes hab ich in meinem ganzen Leben noch nicht gedacht!)

Ich weiß nicht mal genau, wo wir eigentlich sind, mir ist immer noch schlecht, und ich halte Ausschau nach jemandem, der freundlich genug ist, uns sein Handy zu leihen oder mir ein paar Euro zu schenken, damit ich drinnen im Restaurant noch mal das Münztelefon benutzen kann. Komisch, gestern Nacht ging das leichter. Ob es an meiner, ähm, Aufmachung liegt?

Stinkeklamotten, im unteren Teil hinten mit braunem Pilzragout garniert. Vermutlich ein heillos verwischtes Make-up. Und meine Haare …, ach, an die möchte ich gar nicht denken! Okay, vielleicht sollte ich erst mal die

Toiletten des Restaurants besuchen und tapfer einen Blick in den Spiegel wagen. Ja, das Wichtigste zuerst.

Vorsichtig betrete ich die Waschräume. Irgendwie erwarte ich jeden Moment, dass der Besitzer auftaucht und mich rausschmeißt, weil ich aussehe wie eine Landstreicherin. Trotzdem gehe ich mutig weiter. Was getan werden muss, muss getan werden.

Wie? Auch die Toiletten kosten Geld? Ja, wie machen das denn all die Menschen, die obdachlos sind und auf der Straße leben? Gehen die nie aufs Klo? Müsste es nicht auch Orte geben, wo sich Leute frisch machen können, die absolut kein Geld und nicht mal eine Wohnung haben? Hm, über solche Sachen hab ich noch nie nachgedacht.

Ich versuche, diese ernüchternden Erkenntnisse zu verscheuchen, und werfe entschlossen einen Blick in den Spiegel. WaaaaAAAAAAA!

Das bin nicht ich. Das bin NICHT ICH! Das ist ein Albtraum, oder? Das Ganze hier ist *mit Sicherheit* ein Albtraum! Ich möchte bitte aufwachen! Und zwar sofort!

Aus einer der Toilettenkabinen kommt eine Frau, bemerkt mich, bleibt einen Moment stehen und glotzt dabei, als hätte sie noch nie eine junge Dame gesehen, die die eine Hälfte der Nacht im Müll und die andere in Waldmatsch verbracht hat. Doch ich kann mich noch so elend fühlen (oder so aussehen), bei solch einem Blick setzt sofort meine wunderbare und lang trainierte innere Haltung ein und außerdem Dodos und meine hilfreichen *Golden Regeln*.

Eine Lady verliert NIE die Haltung und noch weniger den berechtigten Stolz (auf sich selbst!), egal, in welcher Lage sie sich befindet! Den Kopf IMMER hoch! Was auch passiert ist, es war

NICHT dein Fehler (schließlich bist du ja eine Lady und benimmst dich nur ladylike, also OHNE Fehler), daher niemals schuldbewusst aussehen!

Ich recke mein Kinn selbstsicher – *nicht* schuldbewusst, sondern angemessen stolz – ein paar Zentimeter höher. Was schert mich brauner Matsch am Hintern und – HUCH? – diese kleinen vermoderten Reste in meinem Haar von ... von ...

Oink, sind das *Bananenschalen*? (Ich hoffe es! Und nicht etwa irgendwas anderes, worüber ich, äh, gar nicht nachdenken will.)

Ich zaubere exactamente den Ausdruck der Königin von England auf mein Gesicht. Gelernt ist gelernt. Eine Lady ist eine Lady – wo immer sie ist, wie immer sie aussieht, und – ähm – wie immer sie riecht (oder was sie im Haar trägt)!

Die Dame starrt noch ein paar Sekunden. Stumm. Vermutlich weiß sie nicht, wie sie auf mich reagieren soll. Dann wendet sie sich ab, wäscht sich die Hände und verlässt den Raum, ohne mich noch eines weiteren Blickes zu würdigen, dafür aber mit einem beißenden Hauch von Abscheu in ihrer Miene.

Zum Glück brauche ich ja bloß zu Hause anzurufen und Bescheid zu geben, wo wir sind, dann ist dieser kleine Horrortrip endlich zu Ende. Ich bin mir sicher, Cornelius sitzt schneller im Wagen, um uns abzuholen, als ich aus der Telefonzelle wieder raus bin.

Ach, stimmt! Das war die Kleinigkeit, die ich noch in Erfahrung bringen muss. Wo sind wir eigentlich?

Nachdem ich mit Wasser und Spucke – und dem mir zum Glück gegebenen Talent – an mir und meiner Erscheinung notfallmäßig rumgefummelt habe und wieder nach draußen auf den Parkplatz trete, gucke ich etwas besorgt zum Wäldchen rüber. Ob Dodo unser kleines Melanie-Problem im Griff hat? Nicht, dass die Kleine wieder Paranoia kriegt und noch mal abhaut! Das wäre ja Blödsinn und führt zu nichts. Wir müssen sie schleunigst entweder zu ihrer Tante oder zurück zu ihrem Vater bringen. Sie kann nicht weiter wild ohne Geld rumreisen und ihr Essen aus Müllcontainern fischen. De ninguna manera – auf keinen Fall!

Netterweise ist sie nach der kleinen Pilzeinlage endlich ein bisschen aufgetaut und scheint uns allmählich zu vertrauen. Jedenfalls hab ich Melanie versprochen, nur meine eigenen Eltern anzurufen, damit die uns alle abholen. Wie ich Iris kenne, wird sie sowieso sofort Mitleid mit Melanie haben und ihr vermutlich sogar anbieten, erst einmal ein paar Tage bei uns zu bleiben.

Und um Cornelius auf die eigene Seite zu kriegen, braucht man ihn nur zielstrebig an seine alten Hippie-Ideale erinnern. Nicht, dass er heute tatsächlich noch nach all diesem *Love-Peace-und-Happiness*-Kram leben würde. Aber es genügt vollauf, dass er *denkt*, er tue das. Denn als echter Hippie darf er einen Menschen in Not natürlich nicht aus dem Haus weisen.

Auf jeden Fall bin ich mir sicher, dass meine Eltern Melanie helfen werden. Deshalb hat sie, im Gegensatz zu letzter Nacht, als ich Livi das erste Mal anrief, dann auch endlich zugestimmt, dass ich verraten darf, wo wir sind und was passiert ist.

Um Melanies Humpelbein mache ich mir inzwischen keine allzu große Sorgen mehr. Kajalstiftklar, sie muss das untersuchen lassen. Doch es ist kein Blut zu sehen, also ist es keine offene Wunde. Und wenn etwas gebrochen wäre, könnte sie wohl nicht so gut humpeln. Ich nehme an, sie hat sich irgendwas verrenkt oder verdreht oder so was. Das kann ja am Anfang sehr schmerzhaft sein.

»Du bist doch kein Arzt!«, hat Dodo zwar nicht ganz zu Unrecht gemeint, als ich ihr meine Schnell-Diagnose mitgeteilt habe.

Allerdings lebe ich, wie alle meine Schwestern, bereits seit meiner Geburt mit meinem Vater zusammen. Da lernt man so allerhand. Cornelius bricht, verrenkt und zerrt sich mit Genuss und Ausdauer regelmäßig alles, was der Körper an Knochen, Muskeln und Sehnen so zu bieten hat. Insofern können sich eigentlich alle aus unserer Familie als Medizin-Profis bezeichnen.

Dagegen konnte Dodo natürlich nichts sagen. Die Arme hat null medizinische Erfahrung. Ihre Eltern brechen sich so gut wie nie was.

Jetzt brauche ich nur noch ein Handy oder ein paar Euro. Ach ja, und unseren genauen Standort. Aaaah, maravilloso, wunderbar, wir sind praktisch schon wieder zu Hause!

Ich lächele das erste Mal an diesem Morgen. Ich bin richtig froh, Iris und Cornelius als Eltern zu haben und zu wissen, dass sie mir immer helfen werden – egal, was passiert. Auch wenn Cornelius gelegentlich kleine Brüllanfälle kriegt, ich hab ihn echt lieb.

Natürlich nicht so lieb wie Javier …

No es posible – das gibt es doch nicht! Ich denke ja schon wieder an Javi!!!

Oh, allein die Erinnerung an ihn knallt mir in den Bauch, wie sonst nur Iris' Knallerbsensuppe mit Cayennepfefferzwiebeln! Es tut immer noch so weh, dass ich mich richtig zusammenkrümme! Auuuuu!

»Alles in Ordnung, junge Dame?« Ohne dass ich ihn bemerkt habe, ist ein älterer Mann an mich rangetreten. »Geht es Ihnen nicht gut?« Er beugt sich zu mir runter, seine Hand – leicht angedeutet als stützende Geste – über meinen Rücken haltend. »Brauchen Sie einen Krankenwagen?«

Ich richte mich auf. Einen Krankenwagen? Och, nein danke, geht schon. Eine Dusche wäre mir momentan sehr viel lieber und, wo Sie schon fragen, außerdem meine Handtasche. Aber erst mal ein Handy! Und verlässlich wie immer setzt mein praktisch denkendes Gehirn genau da und keine Sekunde zu spät wieder ein.

Entschlossen verdränge ich die Gedanken an Javi und wende mich der Herausforderung der aktuellen Gegenwart zu. Denn: Ha! Ich meine, BINGO! Wäre doch gelacht, wenn dieses Handy nicht gerade eben vor mir aufgetaucht wäre!

»Oh, vielen Dank für Ihre Hilfe!«, hauche ich noch zwei Nummern leidender. »Meine zwei Freundinnen und ich …« Ich nicke vage zum Wäldchen rüber. »… wollten nur kurz in dem Wäldchen dahinten ein paar Pilze sammeln gehen. Wissen Sie, als Überraschung für unsere wartenden Eltern zu Hause.«

(So was rührt ältere Leute immer.)

Ich erlaube mir eine dramatische Pause und lasse dabei einen tiefen Seufzer hören, den ich so kunstvoll beherrsche, dass er klingt, als hätte ich ihn eigentlich unterdrücken wollen. (Oh, ich bin sooo gut!)

Dann mache ich weiter: »Aber als wir zurück auf den Parkplatz kamen, war unser Schulbus weg.« Augenaufschlag von unten nach oben. (Immer wieder nützlich – in den unterschiedlichsten Lebenslagen.) »Kann man das glauben? Die sind einfach abgefahren! Ohne uns!« Als kleine Zugabe lasse ich etwas Wut durchschimmern: »Die haben nicht mal abgezählt, ob alle da sind!«

Der ältere Herr scheint das durchaus zu glauben und reagiert ganz wunderbar. Fast perfekt, möchte ich sagen. Bei meinen ersten Sätzen guckt er erst erschrocken, dann betroffen, um kurz danach schmerzvoll den Kopf zu schütteln.

Und zu meinem letzten Satz bemerkt er ganz richtig: »Das ist ja unfassbar! Lehrer haben doch eine Aufsichtspflicht!«

Ich nicke heftig zustimmend und halte das für den idealen Moment, um zum eigentlichen Punkt meiner Geschichte zu kommen. »Meine Freundinnen und ich haben nicht mal ein Handy oder Geld zum Telefonieren! Unsere Sachen sind natürlich alle im Bus! Sonst hätten wir schon längst unsere Eltern anrufen können, damit die uns abholen kommen.«

»Ja, aber du meine Güte!«, ruft der Mann mitfühlend. »Natürlich müsst ihr das schnellstens tun! Hier!« Er fasst in seine Hosentasche und zieht sein kleines Mobiltelefon heraus. »Es geht ja nicht, dass junge Damen einsam und allein auf Raststätten stehen!«

Während ich dankbar nicke, lasse ich ein zartes, zaghaftes Lächeln auf meinen Lippen sehen. Und auch das verfehlt seine Wirkung nicht.

»Wenn ich den jungen Damen vielleicht eine kleine Mahlzeit oder etwas zu trinken im Restaurant dort drüben anbieten kann?«, beeilt sich der nette Herr sehr höflich zu fragen. »Um die Wartezeit etwas zu verkürzen.«

Ja, und den Hunger in meinem Magen, denke ich, es muss inzwischen fast Mittag sein. Was für eine großartige

Idee! Mir ist sofort deutlich weniger schlecht. Eine weitere Mahlzeit von abgelaufenem Baguette hätte ich nicht verkraftet.

Nachdem er mir verraten hat, wie die Raststätte heißt, an der wir gestrandet sind, wähle ich eilig Livis Nummer. Ist bestimmt besser, *sie* bringt Iris und Cornelius alles schonend bei. Meine älteste jüngere Schwester hat in solchen Dingen ein gutes Händchen. Ich selbst sollte mich hier lieber um die wichtigeren Dinge kümmern.

Ob die in dem Restaurant da Avocado-Häppchen haben? Damit könnte ich auch gleich meinen ausgetrockneten Händen etwas Gutes tun. Die Stoffe da drin sind nämlich muy, muy bien – sehr, sehr gut für die Haut. (Schön langsam einreiben!) Ach, wie wunderbar, dass ich so ein praktisch denkender Mensch bin!

Diskreterweise zieht sich der Mann ein paar Schritte zurück, sodass ich ungestört telefonieren kann.

»Livi? Hörst du mich? Wo bist *du*? Es rauscht so. Was sagst du? Du bist am Flussufer?« Was macht sie denn am Fluss? Ist keine Schule heute?

Was haben wir eigentlich für einen Tag? Dienstag? Merkwürdig, nur eine Nacht zwischen Müll und Autobahnraststätten und schon verliert man fast die Orientierung.

»Livi, hör zu, Dodo und ich sind auf einer Raststätte kurz vor der holländischen Grenze. Ist bestimmt ganz leicht zu finden, ich diktiere dir gleich den Namen. Wir haben nur ein klitzekleines Problem. Ich hab dir doch vor ein paar Stunden von Melanie erzählt… Wie?… Ja, genau, das Bein! Also, die Sache ist die…«

Malea

Hat James Bond eigentlich Schwestern? Oder Hunde? Falls nicht, erklärt das wahrscheinlich, warum er so viel Zeit hat, all seine Aufträge zu erledigen. Mit Schwestern (und Hunden) hat man nämlich noch haufenweise anderes zu tun.

Puh, endlich! Meerwasserspritzige Neuigkeiten! Livory rasten eben mit Überschallgeschwindigkeit ins Haus. Tessa hat angerufen! Wir wissen jetzt, wo sie und Dodo sind!

So schnell habe ich Cornelius und Iris noch nie vom Sofa aufspringen sehen. Dabei hatte Cornelius nachts fast gar nicht geschlafen. Doch Livory hatten kaum zu Ende erzählt, da waren unsere Eltern auch schon draußen. Anscheinend stehen Tessa und Dodo an irgendeiner Autobahnraststätte in der Nähe von Holland. Haben sie da etwa die ganze Nacht gestanden? Na ja, wenigstens ist es warm draußen.

Wie sie da eigentlich hingekommen sind, hab ich nicht ganz mitgekriegt. Aber das Nette ist, dass sie unterwegs sogar noch jemanden kennengelernt haben. Ein Mädchen, das Melanie heißt. Die holen Iris und Cornelius jetzt auch mit ab. Ob die ebenfalls in einem Zug verloren gegangen ist?

Iris hat nur schnell noch Rema zugebrüllt, sie solle Dodos Eltern anrufen, damit die Bescheid wissen. Denn die sind wohl auch die halbe Nacht rumgefahren, um Tessa und Dodo zu suchen. Dann hörten wir auch schon unser Auto davonbrausen.

Nachdem sie mit Dodos Eltern telefoniert hat, lässt sich Rema auf einen Stuhl sinken. »Dem Himmel sei Dank, die Kinder leben und sind wohlauf!«

Auch Walter Walbohm seufzt erleichtert. »Meine Güte, meine Güte, was macht man alles mit!«

Ich lächele Rema und Walter freundlich zu. »Ich wusste von Anfang an, dass Tessa und Dodo nicht verloren gehen.«

Da lächeln auch Walter und Rema. Vielleicht hätte ich ihnen das früher sagen sollen?

Livory haben sich natürlich gleich wieder nach oben in Livis Zimmer verkrümelt, aber Kenny ist aus ihrem Versteck gekommen. »Gibt's was zu essen?«

»Aber natürlich, Kennylein«, antwortet Rema und steht wieder auf, »ich mach gleich was. Was möchtet ihr denn?«

Hurra!

Wenn Iris so was sagt, ist das natürlich eine Fangfrage und endet in den meisten Fällen mit gegrilltem Gurken- und Thunfischrotkohleintopf oder ähnlich köstlichen Dingen – würgs –, die sich ganz bestimmt *keiner* gewünscht hat. Aber wenn Rema das fragt …!

»Oh, Remi!«, rufe ich glücklich. »Dürfen wir uns was aussuchen?«

»ICH darf mir was aussuchen!«, schreit Kenny, die

kleine Fischkröte. »Ich bin die Kleinste. Also darf ICH aussuchen!«

Rema steht vor dem Kühlschrank und grinst. »Und Walter ist der Älteste. Also darf Walter aussuchen!«

Walter Walbohm guckt ehrlich erstaunt. Und ich erst. Auf die Idee, dass Walter auch mal was aussuchen könnte, bin ich noch gar nicht gekommen. Walter ist so lieb und macht eigentlich immer das, was *wir* wollen.

Kenny scheint ebenfalls zu überlegen. Jedenfalls hat sie aufgehört zu schreien.

»Klar, Remi, klar!«, nickt sie jetzt. »Heute darf Walter aussuchen!« Dann grinst sie unseren Nachbarn an. »Aber nix, was ich nicht mag, Walter, ja?«

Walter lacht. »Auf keinen Fall was, was du nicht magst. Wie wäre es mit …« Er überlegt. »… mit Stachelbeeren in Tomatencreme auf Fischgrätenschnipseln?«

»WAS?« Kenny und ich klingen etwa gleich entsetzt. Was für ein Meerschrott soll das denn sein?

Da lacht Rema so laut, dass sie sich für einen Moment glatt wieder setzen muss. »Hahaha – haaaaaach! Oh, Walter, guck dir die Gesichter der Mädchen an, hihihi!«

Flubschige Fischgräte, ich glaube, die haben uns auf den Arm genommen!

Aber dann muss ich auch lächeln. Weil ich mich freue, dass Rema endlich wieder fröhlich aussieht. Und weil ich mich noch mehr freue, dass Tessa bald wieder zu Hause ist. UND weil es heute ganz bestimmt keine krümeligen Fischgräten oder Obst mit Ketchup geben wird. Hurra!

»Vielleicht könnten wir Spaghetti Carbonara machen?«, schlage ich vor. Das sind Spaghetti mit einer superleckeren Soße aus Eiern und Sahne und Knoblauch und Schinken. Jammi!

»Spaghetti alla Carbonara!«, wiederholt Walter Walbohm andächtig. »Na, das ist ja fast eine noch bessere Idee!«

»Ja, nicht?«, bestätige ich und grinse noch mehr. »Wollen wir alle zusammen kochen?«

Und genau das machen wir. Rema hackt Knoblauch und reibt Käse. Kenny steht auf einem Hocker und rührt in den blubbernden Spaghetti, damit die im Wassertopf nicht anpappen. Ich brate den Speck und den Schinken in der Pfanne vor. Na ja, eigentlich ist das Tofu, der nach Speck und Schinken schmeckt. Livory essen ja kein Fleisch mehr und ich mag Tofu auch gern. Und Walter deckt den Tisch. Ehrlich, so ein Tag ohne Schule ist zwischendurch auch mal ganz schön toll!

Livory kommen natürlich im perfekten Moment von oben runter. Ich schätze, die haben genau gerochen, wann das Essen fertig war.

»Essen!«, haucht Gregory andächtig, als hätte er seit Monaten nichts bekommen.

Dabei gibt es bei ihm drüben jetzt auch regelmäßige Mahlzeiten. Seit Goldi, sein Vater, mit eingezogen ist, ist Sibylle, seine Mutter, richtig mütterlich geworden. Allerdings ist sie immer noch viel weg, weil sie ja Fernsehmoderatorin ist und ständig im Fernsehstudio Sekt trinken muss.

»Und wie lecker das riecht!«, haucht Livi noch andächtiger.

Na ja, ich muss zugeben, zumindest was Geschmack und Geruch von Mahlzeiten angeht, sind wir auch nicht gerade verwöhnt. Aber ansonsten ist Iris die mütterlichste Mutter, die man sich vorstellen kann. Fast schon eine richtige Glucke!

Oh, wo ich gerade an hühnerliebe Glucken denke, kommt unsere auch schon in die Küche getrippelt. Aurora! Vermutlich hat sie ebenfalls leckeres Futter gerochen.

»Toooock-tock-tock!«, gackert sie ganz aufgeregt und schlägt mit ihren Flügeln rum, als würde sie hoffen, dadurch die Töpfe und Pfannen auf dem Herd zu erreichen. Doch für mehr als ein bisschen flattern reichen ihre Flügelschläge nicht.

»Weg, Aurora, weg! Wir sind beschäftigt!«, versucht Kenny sie zu verscheuchen.

Doch verscheuchen lässt sich Aurora nur, wenn sie verscheucht werden *will*. Und bei so einem köstlichen Duft will sie das nicht.

Hups, was wutscht mir denn jetzt zwischen die Beine? Oh, Hugolein! Noch einer ist vom Appetit angelockt worden, mein kleiner Hund! Ich beuge mich runter und kraule ihn hinter den Ohren. Sofort drängelt er sich genießerisch zwischen meinen Beinen durch, dreht um und drängelt gleich noch mal durch. Hihi, es ist richtig schwer, dabei stehen zu bleiben. Meerwasserklar, Hugo will spielen.

»Nach dem Essen gehen wir raus!«, verspreche ich.

Heute, am Dienstag, ist zwar kein Welpentraining im Tierheim, aber Auslauf braucht Hugo natürlich trotzdem. Und Momo wollte ich ja auch wieder abholen.

Genau als wir alle die erste fett beladene Gabel mit aufgerollten Spaghetti in den Mund schieben, knallt die angelehnte Küchentür gegen die Wand und Hase steht mit hängender Zunge und gierigem Blick in der Küche.

»NEIN!«, ruft Rema erschrocken und beugt sich schützend über ihren Teller.

Diese Reaktion ist keine Wellenlänge übertrieben, denn Hase ist riesig und braucht nicht mal seinen Kopf zu heben, um aus Remas Teller zu schlabbern.

»Raus, Hase!«, befiehlt Livi streng.

Doch das muss Hase irgendwie falsch verstanden haben, denn als Antwort kommt er schwanzwedelnd zu ihr rübergetrottet und lächelt sie hechelnd an.

»Nein, ich sagte NICHT, komm her, ich geb dir was von meinen Spaghetti ab«, versucht Livi in noch strengerem Ton zu sagen.

Darauf wedelt Hase noch glücklicher.

»Ich glaub, er mag dich«, grinst Gregory.

»Der mag nur Aurora!«, gibt Livi augenrollend zurück. »Die hockt unter dem Tisch direkt vor meinen Füßen, deswegen wedelt er vor mir rum.« Dann beugt sie sich zu Hase runter. »Los, geh brav raus mit deiner Hühnerfreundin und spiel im Garten!«

»Wie kommt der Hund überhaupt schon wieder hierher?«, fragt Walter Walbohm und schüttelt den Kopf. »Der reinste Bauernhof ist das bei euch!«

»Bei *uns*?«, wiederholt Rema und grinst. »Wem gehört denn Aurora, hm?«

»Nun ja«, muffelt Walter und steckt sich schnell die zweite Gabelladung in den Mund.

Denn natürlich gehört Aurora Walter. Der hat eine tolle Tierretter-Karriere hinter sich. Ich glaub, ich würde auch Tierretter werden wollen, wenn ich nicht schon Geheimagentin werden würde. Das sind beides tolle Berufe, finde ich.

In diesem Moment klingelt es an der Tür und wir wissen, wieso Hase schon wieder hier ist. Livi, die aufgemacht hat, kommt hinter Henry zurück in die Küche.

»Guten Tag! Und, oh, Entschuldigung, ich wollte nicht beim Essen stören!«, grüßt Henry.

Henry ist immer so höflich.

»Ich wollte nur fragen, ob es schon Neuigkeiten von Tessa gibt.« Er hat die Stirn zu Falten geknittert und guckt ziemlich besorgt.

Henry ist in Tessas Stufe, und er und Tessa … Na ja, ist ja auch egal. Jedenfalls glaube ich nicht, dass da wirklich was war zwischen denen. Trotzdem ist er natürlich der Grund, warum Tessas Javi sich aus dem Meerstaub gemacht hat.

Ich stecke mir auch schnell die nächste Portion Spaghetti in den Mund, dann brauche ich nicht zu antworten.

Das übernimmt stattdessen Rema. »Setz dich hin, junger Mann! Es ist reichlich da. Gregory, würdest du ihm einen von den Tellern hinter dir aus dem Schrank reichen?« Dann wendet sie sich wieder zu Henry. »Du kannst beruhigt essen. Tessa hat sich gemeldet. Ihr und Dodo geht's gut, und Iris und Cornelius sind gerade losgefahren, um sie abzuholen.«

»Oh, klasse!« Henry strahlt sofort wie eine Süßwasserperle bei Mondschein.

Knackiger Knallfrosch, dass mir das jetzt erst auffällt! Das kommt natürlich daher, dass ich mit dieser ganzen Liebesmatsche echt nichts zu tun habe (auch wenn James Bond mein Vorbild ist, und auch wenn der ständig am Knutschen ist – aber da spule ich bei den DVDs immer vor), sonst wäre das meinem Agentenblick nie entgangen. Doch jetzt kann man es nicht mehr übersehen.

Dass Henry IMMER NOCH meerestief in Tessa verknallt ist, das sieht ein Blindfisch mit Sonnenbrille!

Kenny

Henry ist voll nett, und er ist gar nicht fett.
Hase ist noch netter, aber er ist auch viel fetter.
(Hihihi!)
Henry und Hase – kriegen leider auf die Nase.
Warum das ist, das weiß ich nicht.

Henry muss echt hungrig sein, denn er schiebt sich einen voll dicken Bissen in den Mund.

Beim Kauen lächelt er trotzdem. »Kommftt Tessa dann fjetfzt bald?«

»Aber nein«, meint Rema, »die werden erst spät in der Nacht zurück sein. Tessa und Dodo sind ziemlich weit weg.«

»Oh!« Henry guckt erstaunt hoch und schluckt den dicken Bissen runter. »Ach so.« Er fummelt mit der Gabel in seinem Teller rum und sieht plötzlich wesentlich weniger hungrig aus. »WIE weit weg sind sie denn?«

»Sehr weit«, antwortet Rema und guckt dann fragend zu Livory rüber. »Habt ihr nicht was von der holländischen Grenze erwähnt?«

Livory nicken.

»Oh!«, macht Henry noch mal. »Wie kommen sie *da* denn hin?«

»Ich glaube, die beiden haben einen falschen Bus erwischt, nachdem sie aus Versehen während der Fahrt aus dem Zug gestiegen sind«, mischt sich jetzt Walter ein. »War doch so, Livi, oder?«

Livi, und natürlich auch gleich Gregory, also doch wieder Livory, nicken heftig. Obwohl sie auch ein bisschen husten müssen.

»Genau«, bestätigt Livi. »Den falschen Bus.«

»Bis zur holländischen Grenze?«, fragt Henry erstaunt. »Und das haben sie nicht gemerkt?«

Das finde ich jetzt aber doof von Henry. Es kann doch wohl jeder mal einen falschen Bus nehmen, oder? Die anderen finden das bestimmt auch doof, denn keiner antwortet Henry.

»Noch ein bisschen mehr Carbonara?«, fragt Remi. Remi ist immer so lieb.

Doch Henry sieht jetzt komischerweise voll satt aus. »Ah, nein danke! Ich wollte mich nur nach Tessa erkundigen. Dann kommt sie morgen wieder zur Schule?«

»Wir werden sehen«, meint Rema. »Vielleicht sind die beiden nach der langen Reise einfach zu müde und wollen sich noch einen Tag erholen.«

»Ah ja«, sagt Henry, »klar.«

Ich lächele ihn freundlich an. Denn irgendwie sieht er plötzlich ganz traurig aus. Dabei ist es doch schön, dass Tessa und Dodo endlich gemerkt haben, dass sie im falschen Bus sitzen und bald nach Hause kommen, oder nicht?

Malea guckt gar nicht freundlich. Die glotzt Henry schon die ganze Zeit so blöd an, dass man denken könnte, er wäre ein fieser Verbrecher und sie die Agentin, die ihn verschattet oder wie das heißt.

Oh, das erinnert mich aber daran, dass Bentje und ich uns heute wieder mit Romy verabreden wollten! Wegen unseres Geheimclubs! Wir müssen uns ja noch überlegen, was wir genau machen wollen, wenn wir *nicht* schnüffeln. Ich glaub, ich muss schnell zu Bentje rüberlaufen. Vielleicht hat sie sich ja schon in der Schule mit Romy verabredet. Ich will unbedingt weitermachen mit dem Geheimsein und …

»AU!«

»Was ist passiert, Kenny?« Meine liebe Remi reißt besorgt die Augen auf. »Hast du dir auf die Zunge gebissen?«

»Neeee«, maule ich, »das war Aurora!«

Muffelig gucke ich unter den Tisch. Wieso pickt die mir denn so fiese in den großen Zeh? Hängen da etwa Spaghetti dran? Nö, total sauber, meine Füße. Nur Aurora guckt sehr böse zu mir hoch. Nanu? Können Hühner eigentlich die Gedanken im Kopf hören? Ich meine, weil ich eben dachte, dass ich zu Bentje …? Und weil Aurora bestimmt viel lieber will, dass ich sie in meinem Puppenwagen rumschiebe?

Sie ist schon seit ein paar Tagen ein bisschen komisch. Dabei haben Bentje, Romy und ich den ganzen Sonntag mit ihr gespielt. Aber außer mir scheint sich sonst keiner mehr um sie zu kümmern. Malea ist nur noch mit Hugo unterwegs und hat jetzt sogar noch einen anderen Hund aus dem Tierheim, mit dem sie immer spazieren geht. Klar, dass Aurora da enttäuscht ist. Arme Aurora! Früher war sie unser einziges Haustier – wenn man die Schnecken und Frösche und Ameisen mal nicht mitrechnet. Und jetzt ist plötzlich Klein-Hugo überall.

Ich stecke meinen Kopf noch mal unter die Tischplatte

und beschließe, Aurora das Picken nicht übel zu nehmen. Vielleicht muss man manchmal dolle picken, damit die Leute einen wenigstens bemerken!

»Komm her, Auroralein! Wenn du willst, nehme ich dich mit zu Bentje.«

Obwohl das eigentlich keine gute Idee ist. Bentjes Mama ist ja, wie gesagt, ein bisschen merkwürdig. Die bügelt immer und kreischt schon völlig verrückt, wenn Hühner ganz freundlich ein bisschen in ihrem Wohnzimmer und ihrer Bügelwäsche rumflattern. Echt, als ob dabei was Schlimmes passieren könnte! Aber Bentje und ich können ja gleich los und Romy abholen und mit ihr und Aurora woanders hingehen. Ich glaube, Aurora findet Wohnzimmer, in denen Leute kreischen, sowieso nicht so schön.

Ich schiebe meinen leeren Teller zur Seite und stehe auf. »Kann ich zu Bentje gehen?«

Remi zieht mich zu sich rüber und gibt mir einen Kuss. »Ja, mach das nur, Liebes! Aber bitte sei zum Abendessen um sechs zurück! Nicht, dass noch mehr von euch verloren gehen!«

»Aber nein, Remi!«, verspreche ich. »Bentje und ich fahren doch gar nicht Bus.«

Und dann rase ich raus und hole meinen Puppenwagen aus dem Garten. Und – wusch – schon ist Aurora hineingehüpft. Ich glaube, die hat sich wirklich gelangweilt.

Oh, liebe, süße Aurora, ich hab dich soooo lieb! Auch wenn wir noch hundert andere Haustiere kriegen, du bleibst meine Allerallerliebste!

Malea

Manchmal hat man einen guten Tag. Einen wirklich guten Tag. Manchmal fällt einem was ein, was so genial ist, dass man sich fragt, warum das nicht schon immer alle gemacht haben. Und manchmal, manchmal ist man dann richtig stolz auf sich!

Kenny und Aurora sind abgeflattert, nur Hase und Hugo liegen in der Mittagshitze mit hechelnder Zunge auf der Küchentürschwelle zum Garten. Henry hechelt leider auch noch hier rum.

Irgendwie macht es mich ein bisschen stinkig, dass der hier ist und an unserem Tisch sitzt und offensichtlich ganz verrückt nach Tessa ist und … Ich meine, hat der kein schlechtes Gewissen? Dass der sich überhaupt zu uns ins Haus traut! Immerhin hat Tessa ja wohl seinetwegen ihren Javier verloren.

Eigentlich mochte ich Henry immer. Aber ich mag es nicht, dass meine Schwester unglücklich ist. Und dass Tessa nie die Absicht hatte, sich von Javier zu trennen, das war ja wohl meerwasserklar! Ich begreife nicht, wieso das Henry nicht genauso klar war.

Sind Jungen vielleicht grundsätzlich ein bisschen verbrettert und vernagelt? Henry sieht ehrlich so aus, als hätte er erwartet, dass Tessa bereits hier ist und ihm um den Hals fällt, sobald sie ihn sieht. *Würde* sie ihm um den Hals fallen, wenn sie hier wäre?

Oh, ich hoffe SEHR, dass sie das NICHT täte! Denn sonst kann man vielleicht verstehen, dass Henry anscheinend immer noch denkt, er und Tessa würden ganz bald ein Paar werden.

Ich kenn Tessa, die ist einfach so. Die fällt auch dem Milchmann um den Hals. Das heißt aber nicht, dass sie ihn heiraten will!

Stinkige Meerwurst, ich mag diesen ganzen Liebesmatsch wirklich jeden Tag weniger! Ich schwöre, ich werde mich NIE verlieben. Außer in Tiere. Menschen verstehen sich dauernd falsch. Und verhalten sich dann total dämlich.

Ich meine, da muss man sich nur Henry angucken! Sitzt da, schaufelt stumm die restlichen Spaghetti in sich rein und macht ein Gesicht, als hätte Rema ihm gerade gesagt, dass es die Weihnachtsgeschenke dieses Jahr erst zu Ostern gibt. Ehrlich, der Kerl macht mich sauer.

Ich kann mir das nicht länger angucken.

»Ich geh auch noch ein bisschen raus, ja?«

Und eine Minute später schnappe ich mir Hugos Leine und schlendere runter zum Ort.

Auf dem Weg fällt mir wieder meine geniale Idee ein und ich kriege sofort bessere Laune. Oh, Tessa wird Augen machen! Bestimmt hält sie das auch für eine mega-weltenretter-tolle Idee. Denn das ist es.

Ja, ja, meerwasserklar, ich weiß schon lange, dass man die Welt nur Stück für Stück retten kann. Aber dieses hier ist ein ganz besonders geniales Stück, finde ich! Ich freu mich richtig doll, dass mir das eingefallen ist!

Ich glaube, ich hole Momo ab und geh dann einfach gleich rüber zur Lauschigen Eiche.

Momo ist eine meerschaumfeine Hündin. Sie ist schon vierzehn Jahre alt – was für einen Hund mega-alt ist –, aber das merkt man nur, wenn man so schnell geht, dass sie nicht mehr mitkommt. So rumtollen wie Hugo kann sie nicht mehr. Doch ihre Augen, und überhaupt ihr ganzes Gesicht, sind total wach. Und wenn ich vor ihrem Zwinger auftauche, kann sie es kaum erwarten, rauszukommen. Denn die Welt will sie natürlich immer noch sehen, jeden Tag. Auch wenn sie alt ist. Oder vielleicht gerade, weil sie alt ist!

Schnuppern und schnüffeln und alles und jeden angucken, das tut sie für ihr Leben gern. Und natürlich gekrault werden, das liiiiiebt sie. Ha! Und genau da setzt Malea Bonds geniale Idee an.

Moment mal! Ist das vielleicht genau das, was Frau Heinzig in der Schule meint, wenn sie sagt, dass man manchmal aus zwei Minuszeichen ein Pluszeichen machen kann? Denn GENAU DAS tue ich ja. Und – hey – das macht Spaß! Sagte ich schon, dass ich mich freue?

Bestens gelaunt hopse ich mit Hugo über ein paar Stöckchen im Park und lasse ihn dann frei laufen. Inzwischen kommt er (fast) jedes Mal brav zurück, wenn ich ihn rufe. Bestimmt ist es am besten, ihn hier ein bisschen rumtoben zu lassen, damit er nicht mehr ganz so aufgedreht ist, wenn wir die alte Dame Momo abholen.

Hugo liebt Momo und Momo liebt Hugo. Was natürlich ein Glück ist, denn sonst wäre es schwierig, mit beiden gleichzeitig spazieren zu gehen.

Momo wuselt um Klein-Hugo herum wie eine Mama um ihr Baby. Sie leckt ihn und schmiegt sich an ihn, aber sie passt auch auf. Sie schubst ihn vom tiefen Wasser am Fluss weg und zeigt ihm flachere Stellen. Und wenn Hugo von größeren Hunden angeschnuppert wird, kommt sie sofort dazu, um sicher zu sein, dass ihm auch keiner was tut. Und Hugo genießt das total!

Für mich ist das übrigens auch ganz praktisch. Wenn Momo dabei ist, geht Hugo ganz bestimmt nicht verloren. Momo lässt ihn nicht aus den Augen. Und wenn er wirklich mal zu weit weg läuft, bellt sie zu ihm rüber in diesem Mama-Ton, den sogar ich verstehe: *Hugoooo, komm sofort wieder her! Ich hab dir doch gesagt, du sollst in unserer Nähe bleiben!*

Tja, und was tut Klein-Hugo? Er gehorcht. Erstaunlich, oder?

Aber die wirklich Erstaunliche ist natürlich Momo. Sie ist mir sofort aufgefallen, als Sanni mich mal im Tierheim rumführte. Ich hatte Hugo im Büro bei einer Freundin von Sanni gelassen und so konnte sie mir alle Hunde in Ruhe zeigen.

Ich weiß noch, wie erschrocken ich war, dass die meisten Hunde im Tierheim schrecklich traurig aussehen. Dabei sind die Leute, die dort arbeiten, total nett und lieb zu den Tieren. Aber wenn man jeden Tag für so viele Hunde zu sorgen hat, bleibt natürlich nicht viel Zeit für jeden einzelnen.

Wir blieben vor einem Zwinger mit einem riesigen braun-schwarz-zotteligen Hund stehen. Er sah ein bisschen böse aus.

»WRUUUUFFFF!«, machte der Hund und knurrte bedrohlich, als wir bloß die Gitterstäbe anfassten.

»Das ist Momo«, stellte Sanni vor. »Momo sitzt schon über zwei Jahre bei uns. Wir haben alles versucht, sie zu vermitteln, aber es ist schwierig. Sie ist schon sehr alt. Doch das größte Problem ist, dass sie jeden ankläfft und manchmal sogar beißt, wenn Leute sich ihr nähern. Jedenfalls, wenn sie die Leute nicht kennt.« Sanni seufzt. »Das macht sie natürlich nicht aus Bosheit, sondern aus Angst. Sie hat sehr, sehr schwere Zeiten hinter sich, in denen sie viele schlechte Menschen kennengelernt hat und oft um ihr Leben fürchten musste. Kein Wunder, dass sie misstrauisch ist. Sobald sie aber merkt, dass es jemand gut mir ihr meint, wird sie ganz weich und zutraulich.«

Sanni guckte mich traurig an. »Leider glauben mir das die Leute nur selten. Und gehen weiter und nehmen dann lieber einen Hund, der nicht vor lauter Angst so tut, als sei er schrecklich gefährlich.«

»Ooooh, puuh,«, machte ich und kriegte sofort Mitleid mit der armen Momo.

Ich kniete mich hin und blieb eine Weile bewegungslos dort am Gitter hocken. Irgendwann hörte Momo tatsächlich auf zu bellen und die Zähne zu fletschen und reckte stattdessen neugierig ihren Kopf vor. Und dann … machte sie einen Schritt auf mich zu. Und nach ein paar Minuten noch einen. Lächelnd streckte ich ihr meine Hand entgegen. Doch – WUPPS – sofort war sie wieder hinten in ihrer Ecke und zeigte mir ihre Zähne.

Sanni nickte, als hätte sie nichts anderes erwartet. »Es braucht Geduld, bis diese armen Kreaturen ihre Angst überwinden. Die meisten Menschen haben diese Geduld leider nicht.«

Ich musste noch lange über Momo nachdenken, als

ich damals vor ein paar Wochen mit Hugo nach Hause ging. Und über noch etwas musste ich nachdenken: Selbst wenn jemand Momo abholen würde, wäre all den anderen ja immer noch nicht geholfen. Das ist wie mit diesem komischen Vergleich von einem Strohhalm im Heuhaufen. Oder in diesem Fall im Misthaufen. Was nützt es, einen einzigen Halm zu retten? Damit ist die ganze Mistwelt der heimatlosen Tiere ja noch genauso traurig wie vorher.

Doch da hat Sanni ganz heftig den Kopf geschüttelt und gesagt: »Merk dir diesen Satz, Malea, und vergiss ihn nie: *Ein einziges Tier zu retten, verändert nicht die ganze Welt, aber die ganze Welt verändert sich für dieses Tier.*« Sie guckte mich prüfend an. »Verstehst du, was ich damit sagen will?«

Ich nickte. Meerwasserklar verstand ich das.

Dachte ich.

Aber eigentlich denke ich jetzt immer noch darüber nach. Und – ehrlich gesagt – je MEHR ich darüber nachdenke, desto MEHR verstehe ich es allmählich wirklich. Immer mehr und mehr und mehr. *Ein einziges Tier zu retten, verändert nicht die ganze Welt, aber die ganze Welt verändert sich für dieses Tier!*

Ja, diesem einen Tier hat dieser eine Mensch dann tatsächlich seine GANZE Welt gerettet! Und wie gut ist das denn? Meerwasserklar – das könnte auch James Bond nicht besser hinkriegen.

Ich hab mich dann eine Woche lang jeden Tag eine halbe Stunde vor Momos Käfig gehockt. Und schon am dritten Tag hat sie sich von mir streicheln lassen. Am vierten Tag hab ich sie an einer Leine im Tierheim rumgeführt. Und am siebten Tag hat Sanni vorgeschlagen, zusammen mit ihr eine Runde draußen im Park zu drehen.

Danach war die Sache wellenbrecherklar. Momo wich mir nicht mehr von der Seite. Sobald ich sie jetzt abhole, geht sie total brav neben mir. Sie bleibt stehen, wenn ich stehen bleibe, und guckt dann mit treuen Augen zu mir hoch, als ob sie fragen würde: *Wo jetzt hin, Malea? Wo immer du hinmöchtest, ich komme ich mit!*

Ich kapiere jetzt, was das Besondere an Hunden ist. Ich meine, Mimi, die tut immer genau das, was sie selber möchte. Die würde nie neben mir stehen bleiben und katzenfreundlich schnurren: *Wo möchtest du mich denn jetzt hinhaben, liebe Malea?*

Neeee, wenn die neben mir stehen bleibt, dann schnurrt sie allerhöchstens in vorwurfsvollem Ton: *Wo bleibt eigentlich mein Fresschen, Malea, hm? Sollte das nicht schon vor einer halben Stunde hier gestanden haben, hm-hm?*

Ich glaube, Katzen und Hunde könnten unterschiedlicher nicht sein. Trotzdem kommen Hugo und Mimi inzwischen gut miteinander aus. Das größere Problem ist leider Aurora. Aber Aurora hat ja den Garten, wo sie hinflattern kann. Und schlafen tut sie sowieso immer bei Walter Walbohm. Da stört sie keiner.

Trotzdem, jetzt, wo ich an sie denke ... In den letzten Tagen ist sie nicht besonders gut drauf gewesen. Komisch. Ob sie krank ist?

Als sich Hugo nach tausend (oder so) geworfenen Stöckchen endlich ausgetobt hat und sich hechelnd auf der Wiese rollt, beschließe ich, rüber zum Tierheim zu gehen, um Momo zu holen.

»Komm, Hugo!«, rufe ich. »Jetzt bist du genug gerannt, jetzt gehen wir noch ein bisschen omi-langsam spazieren.«

Hugo lächelt freundlich hechelnd zu mir rüber. Sonst

tut er nix. Vor allem nicht aufstehen. Er liegt immer noch auf dem Rücken, die Beine hoch in die Luft gestreckt.

Ich grinse. Mein Hugo ist so süß!

»Komm, komm, Hugo!«, rufe ich noch mal. »Wir holen Momo ab. *Mooomoooooo*!«

Haha, das wirkt!

Zack – steht Meerhummeln-im-Hintern-Hugo sofort wieder auf seinen kleinen Beinen, wedelt aufgeregt mit dem Schwanz und kommt begeistert angehüpft. Wenn er vorher genug toben konnte, geht er danach sogar ganz gern an der Leine. Und wenn seine geliebte Momo dabei ist, ist er sowieso der bravste Hund der Welt.

Mit einem gut gelaunten Hugo neben mir, steuere ich auf den Ausgang des Parks zu.

Malea

Hat James Bond jemals Tiere gerettet? Und wenn nein, warum nicht? Warum geht es immer nur um Menschen auf der Welt?

Das Tierheim liegt am Ende einer Straße nicht weit vom Park entfernt. Heute Morgen war es etwas kühler, doch jetzt knallt die Hitze wieder vom Himmel, dass ich wünschte, ich hätte auch so eine lange Zunge wie Hugo. Dann könnte ich mir auch Kühlung herbeihecheln.

Ich beschließe, bevor wir den Park wieder verlassen, einen kleinen Umweg zum See zu machen. Da kann Hugo noch ein bisschen Wasser schlabbern. Ich gehe extra nicht auf einem der Wege, sondern dicht neben einer langen Reihe von Büschen. So sind wir beide im Schatten. Schade, dass der Park so weit weg vom Bella Roma ist! Eine Kugel Eis wäre jetzt auch keine schlechte Idee. Vielleicht geh ich auf dem Weg zur Lauschigen Eiche dort vorbei und gönne mir meinen täglichen Agentenlohn.

Ich hab zwar heute noch kein Agententraining gemacht, aber meine mega-weltenretter-tolle Idee, die ich gleich in die Tat umsetzen werde, die rettet die Welt ganz bestimmt ein kleines Stückchen. Und gute Agenten tun das auch, Stückchen für Stückchen. Also ist meine Idee auch Agentenarbeit. Auf jeden Fall ist sie mindestens eine Kugel Eis wert!

Auf dem Weg zum See gibt es an einer Stelle unter drei hohen Bäumen ein riesiges Schachbrett aus hellbraunen und schwarzen Steinen, das in den Rasen gebaut ist. Daneben steht ein Holzhäuschen, in dem bei Regen die hüfthohen Spielfiguren stehen. Ein paar Senioren, die ich aus der Lauschigen Eiche kenne, sitzen auf den Bänken rund um das Spielfeld herum. Ab und zu steht einer auf und schiebt einen der Spielsteine auf ein neues Feld. Ich finde es klasse, dass man draußen Schach spielen kann, statt langweilig drinnen auf einem minikleinen Brett.

»Hallo Malea!« Einer der alten Männer winkt zu mir rüber. »Wieder auf dem Weg zur Hundeschule?«

»Heute nicht!«, rufe ich zurück. »Aber ich hole einen der alten Hunde zum Spazierengehen ab.«

»Sehr gut!«, lobt mich ein anderer Mann. »So ein bisschen Bewegung tut uns alten Hunden ganz gut.«

»Hahaha!« Das finden seine Freunde sehr lustig.

Ich lache auch ein bisschen. Aber mehr, weil mir da gerade noch mehr zu meiner mega-weltenretter-tollen Idee eingefallen ist. Oh, jaaaaa, Bewegung für die Senioren! Das findet die Chefin Andrea bestimmt auch super. Jetzt ist meine Laune wirklich wellenbrechergut!

Fröhlich hüpfen Hugo und ich weiter an der Hecke entlang.

Der Spielplatz ganz hinten vor den Bolzplätzen neben dem See ist wie immer ziemlich voll. Eine herrliche Auswahl von Menschen, die man beschatten könnte. Leider habe ich heute schon zu viel vor, um jemanden profimäßig zu beschatten. Aber vielleicht könnte ich trotzdem eine winzige Runde extra Agententraining einschieben, bevor ich Momo abhole?

Während ich überlege, gucke ich runter zu Hugo. Der hechelt mit breitem Grinsen begeistert zu mir hoch. Na, dann!

Mit Hugo an der Leine schlage ich mich links in die Büsche und schleiche geduckt an den Spielplatz ran. Mein Trainingsziel ist heute natürlich, dass mich keiner bemerkt. So viel wie da los ist, ist das auch nicht schwierig.

Mühsam und ohne Rücksicht auf Verluste (als Geheimagentin ist man hart im Nehmen!) robbe ich mich durch die dichten Äste und Blätter in den Büschen näher ran. Hinter mir trottet mein treuer Agentenhund gemütlich auf dem – von mir – freigebahnten Weg.

Hugo findet es immer total lustig, wenn ich auf allen vieren irgendwo geheim schleiche. Vermutlich kapiert er nicht, was für wichtige Arbeit das Agententraining ist. Ich fürchte, er hält das für ein Hundespiel. Weshalb er meistens begeistert und anspornend bellt.

»Leise, Hugo!« Beruhigend lege ich meinen Finger vor die Lippen. »Wir üben nicht, *Hunde* zu sein. Wir üben, *Geheimagenten* zu sein. Geheim, verstehst du? LEISE!«

»Wuff!«, macht Hugo, drängelt sich an mir vorbei und hüpft mir zwischen die Vorderpfoten.

Na, toll, jetzt hab ich auch noch acht Kilo schwarzweiße Haare im Gesicht. Tja, als Agentenhund muss Hugo noch ne Menge lernen!

»Nur ein paar Minuten«, flüstere ich beschwörend. »Hier in der Hecke ist es auch viel kühler. Fast wie ne richtige Meeresbrise, oder?«

Inzwischen bin ich fast bis zum Spielplatz durchgerobbt. Bis jetzt hat mich noch keiner bemerkt.

Hey, da ist ja Carla aus meiner Klasse! Und – nee, oder? Ist das etwa *Tanja* neben ihr? Kartoffel-Tanja? Blöde-Nuss-Tanja? Kann ich doch gar nicht glauben! Die zusammen? Oder nervt Tanja die arme Carla wieder? Na, das werden wir gleich rausfinden! Wozu ist Malea Bond in der Nähe?

Ich krieche in den Büschen so nah ran, wie es geht. Ein paar Äste im Gesicht sind eine Kleinigkeit für mich. Etwas hinderlich ist nur mein Agentenhund. Jetzt will Hugo plötzlich buddeln. Die kühleren Temperaturen hier im Gebüsch haben ihm offenbar neue Energie gegeben. Uuuh, das Scharren raschelt und knackt!

»Schschttt, Hugo, still!«

Doch die auf dem Spielplatz sind viel zu sehr mit anderem beschäftigt, um auf buddelnde Hunde oder robbende Geheimagentinnen zu achten. Da – jetzt bin ich nah genug, um zu hören, was sie reden!

Carla sitzt auf der großen Schaukel, oder besser gesagt, sie steht im Sand mit der Schaukel unter ihrem Po, und will offensichtlich losschaukeln. Nur kann sie das nicht, weil Tanja mit ihren zwei Freundinnen Lisa-Marie und Susen direkt vor ihr steht, sodass sie keinen Schwung holen kann.

Die beiden Blöd-Frösche sind also auch da! Meerwasserklar, nerven geht besser, wenn man Verstärkung hat! Allein würde sich Tanja wahrscheinlich nicht trauen, mit Carla zu streiten. Die alte Stänkerkuh!

Doch Geheimagentin Bond ist ebenfalls am Tatort!

»… haben wir ihn denn noch nie gesehen?«, fragt Tanja gerade und guckt Carla so böse an, als hätte die Tanjas letztes Stückchen Schokolade aufgegessen.

Ha, mein Agentenhirn rattert sofort los! Meerwasser-klar, es geht wieder um …

»Weil er in Australien ist«, unterbricht Carla meine Gedanken. Ihre Stimme ist ein bisschen fiepsig. So fiepsig ist Carla sonst nicht.

Ich merke, wie ich wütend werde. Genau, wie ich dachte! Es geht schon wieder um Carlas Vater. Als ob das Tanja überhaupt was angehen würde!

»Und warum bist du dann nicht auch in Australien?«, fragt Lisa-Marie.

Lisa-Marie malt sich schon die Augen an. Obwohl sie auch erst zwölf ist. Böse starrt sie Carla an. Ihre schwarz bepinselten Augen sehen dabei aus wie kleine Schlitze.

Carla sagt gar nichts. Sie guckt nur stumm auf den Sandboden.

Mann, was soll denn auch so ne blöde Frage? Es gibt ja wohl eine Menge Kinder, die mit ihren Müttern zusammen wohnen, und der Vater wohnt woanders.

»Ist doch komisch, dass er überhaupt NIEMALS hier ist!«, stichelt Tanja weiter.

»Genau!«, sagt Susen.

Susen sagt nie viel. Auch nicht in der Schule. Nur *»Genau!«*, das sagt sie ganz oft. Meistens, wenn Tanja oder Lisa-Marie was gesagt haben. Susen ist ne totale Matschpfeife.

Und wieso überhaupt *komisch*? Was soll denn daran ungewöhnlich sein? Australien ist megaweit weg. Da liegen endlose Meere dazwischen.

Lisa-Maries Augen werden immer schlitziger. Jetzt macht sie sogar noch einen weiteren Schritt auf Carla zu. Carla muss mit ihrer Schaukel direkt einen Schritt zurückgehen, sonst hätte sie Lisa-Maries Schlitzaugen im

Gesicht hängen. Da wäre ich auch lieber zurückgegangen. Doch das macht mich noch wütender. Was glauben die eigentlich, wer sie sind? Tanja und ihre meermatschigen Freundinnen haben überhaupt kein Recht, solche Fragen zu stellen. Wo ihr Vater ist, das geht doch wohl nur Carla ganz allein was an.

»Wir glauben nämlich …«, beginnt Lisa-Marie.

Und Tanja beendet sofort den Satz: »… dass du dir diesen Vater nur ausgedacht hast!«

»Wir glauben, dass du lügst!«, zischt Lisa-Marie hinterher.

»Genau!«, ruft Susen.

Oh, das Gesicht von Carla! Ich kann sogar von hier sehen, wie sich ihre Augen mit Tränen füllen. Doch das scheint die Zickenbande nicht zu stören.

»Oh ja, wir glauben, dass es diesen *Vater in Australien* überhaupt nicht gibt und auch nie gegeben hat!« Tanja scheint das richtig Spaß zu machen. Sie betont das Wort *Vater,* als würde sie von stinkigem Schimmelkäse sprechen.

»Du hast dir das alles nur zusammengelogen, um dich wichtig zu machen, oder?«, zischt Lisa-Marie ungefähr einen Zentimeter vor Carlas Nase.

Iiih! Jetzt hat Carla bestimmt Lisa-Maries eklige Spucke an der Backe.

Lisa-Marie schiebt ihren Kopf immer weiter vor zu Carla. Sie sieht aus wie eine alte, rückenkranke Hexe, die blöde Schnepfe!

Und Carla weicht immer weiter zurück. Da – jetzt stolpert sie sogar und fällt rückwärts in den Sand. Die Schaukel hat dadurch einen mächtigen Schubs bekommen, baumelt nun alleine über ihr und – NEIN – knallt ihr auch noch gegen den Rücken. Autsch!

Tanja, Lisa-Marie und Susen lachen laut. Doch Carla bleibt einfach im Sand sitzen. Nur hinter ihr baumelt still die Schaukel, bis auch die langsam zum Stillstand kommt.

Ich fasse es nicht. Wieso wehrt sich Carla denn nicht? Meerwasserklar, es sind drei gegen einen. Trotzdem könnte sie doch was sagen. Carla ist doch sonst nicht schüchtern.

Auf der anderen Seite… Sprudeliger Meerstrudel, vielleicht kann man nicht viel sagen, wenn man Angst hat? Vielleicht hätte ich auch Angst, wenn *ich* allein dort stehen würde und diese dummen Matschhirngurken würden *mich* so angucken und von mir hören wollen, dass es meinen Vater gar nicht gibt. Dabei weiß doch jedes Truthahnbaby, dass JEDER Mensch einen Vater hat. Egal ob der in Australien, auf dem Mond oder im Zimmer nebenan wohnt. Sonst wäre man ja gar nicht geboren worden.

Als die drei Zicken zu Ende gelacht haben, setzen sie wieder ihre fiesen Hexengesichter auf.

»Los, gib zu, dass du dir diese Story nur ausgedacht hast!«, fordert Tanja.

»Ja, gib das sofort zu!«, zischt Lisa-Marie.

»Genau!«, kräht Susen. »Zugeben!«

Carla wird immer kleiner im Sand. Sie versucht, keinen der drei anzugucken. Und je mehr Carla in sich zusammenschrumpft, desto hexiger werden die Hexen.

»Wir verlangen, dass du dich vor die ganze Klasse stellst und laut sagst, dass du fett gelogen hast!«, brüllt Tanja jetzt runter in Carlas Ohr.

»Und sag auch, dass du ein feiges Huhn bist!«, zischt Lisa-Marie und muss dabei ein bisschen kichern. Ganz offensichtlich findet sie ihre Boshaftigkeit total witzig.

»*Feiges Huhn*!«, giggelt Susen. »Hihi, genau!«

Okay, da langt es mir! Mit einer kräftigen Bewegung trenne ich die Äste vor mir, zwänge mich durch die Hecke ins Freie und trete auf den Spielplatz. Und dann hole ich *sehr* tief Luft.

»SAGT MAL, HABEN SIE EUCH BANANEN INS GEHIRN GEMATSCHT ODER SEID IHR IMMER SO KLUNKERKOTZIG DOOF?«, brülle ich in Richtung Tanja, Lisa-Marie und Susen.

»Wuff!«, macht Hugo aufgeregt hinter mir. »Wrruffwuff!«

Es ist ziemlich praktisch, dass die drei dummbeuteligen Saftköpfe vor mir komplett verdutzt von meinem Auftritt sind. Ein paar Sekunden lang klappen ihre Münder nur stumm auf wie die von Karpfen im Fischteich.

Diese Sekunden nutze ich, um noch tiefer Luft zu holen. »ICH HAB IN MEINEM LEBEN NOCH NIE SO EINEN SCHWACHSINN GEHÖRT!«

Oh, Malea Bond kann auch böse gucken! Und wie böse!

Carla guckt zu mir hoch, als wäre ich ein Engel, der gerade von einer Wolke schwebt und sie aus den Klauen von fiesen Raubvögeln rettet.

Mein Herz klopft. Vielleicht vom lauten Brüllen. Vielleicht, weil ich nicht jeden Tag Menschen vor Raubvögeln rette. (James Bond allerdings tut das. Der muss ein mächtig gut trainiertes Herz haben.)

Doch Tanja scheint sich schnell zu erholen. »Und was geht dich das an, Malea?«

»Was geht dich Carlas Vater an?«, frage ich angriffslustig zurück.

»Ich werde nicht gern angelogen!«, brüllt Tanja zu mir rüber, als wäre ich schwerhörig.

»Carla hat uns alle angelogen!«, zischt Lisa-Marie.

»Genau!«, ruft Susen.

»Jeder Mensch hat einen Vater!«, sage ich laut. Ich meine, so dämlich können doch nicht mal diese drei Holzhirnis sein, dass sie das nicht wissen.

Tanja zieht eine fies grinsende Grimasse. »Klar. Aber Carlas Vater heißt garantiert weder Jan Brandt, noch lebt er in Australien.«

»Carlas Vater sitzt bestimmt im Gefängnis«, behauptet Lisa-Marie, »und es ist ihr nur zu peinlich, das zuzugeben.«

»Genau!«, kichert Susen.

»Das stimmt nicht!«, kommt endlich wieder ein Ton aus Carlas Mund. »Das stimmt ÜBERHAUPT nicht!«

Ihre Lippen zucken. Auf ihren Backen kann ich noch ein paar Tränen glänzen sehen, die sie sich jetzt entschlossen wegwischt. Dann steht sie langsam auf. Und ballt ihre Fäuste. Und plötzlich klingt ihre Stimme nicht mehr so fiepsig.

»Ich HABE einen Vater.« Sie guckt Tanja direkt in die Augen. »Und der wohnt in Australien.« Mit jedem Wort wird sie mutiger. »Und außerdem ist das meine Sache, wo mein Vater wohnt oder wie er heißt.«

Tanja lacht verächtlich. »Weil er bestimmt Kotzrad Kackspecht heißt und im Zoo im Affengehege wohnt.«

»Affengehege, hihihi«, kichert Susen.

»Das tut er NICHT!«, brüllt Carla. »ER HEISST JAN BRANDT. Und er wohnt in Australien.«

»Dann beweis uns das doch!«, zischt Lisa-Marie.

Susen hört auf zu kichern und guckt Lisa-Marie bewundernd an. »Genau!«

Das scheint ein mieser Schlag in Carlas Gesicht zu sein.

Ihre geballten Fäuste, die sie eben stark gemacht haben, öffnen sich langsam, und die mutige Carla schrumpft wieder.

Mir tut Carla leid. Es muss schwierig sein, von einem Vater zu erzählen, der nie auftaucht. Auch wenn man weiß, dass man recht hat. Und wie könnte man überhaupt beweisen, wo der Vater wohnt?

Tanja verschränkt die Arme vor der Brust und guckt verächtlich. »Siehst du, Malea? Sie KANN es nicht beweisen. Es gibt keinen Jan Brandt in Australien.«

Oh, das macht mich sooo wütend!

»Gibt es doch!«, höre ich mich da plötzlich sagen. »Ich hab ihn nämlich selbst kennengelernt.«

Schnell gucke ich zu Carla rüber. Los, Carla, mitspielen! Jetzt bitte nicht überrascht gucken!

Wäre Carla ebenfalls Geheimagentin, würde sie natürlich sofort begreifen, was ich gerade tue, und mir ohne mit der Wimper zu zucken den Rücken decken.

»Du hast Carlas Vater kennengelernt?« fragt Tanja misstrauisch. »Ach, echt?«

»JA, echt!«, bestätige ich laut, und dann in Carlas Richtung: »Weißt du nicht mehr? Letzten Sommer, als wir dich und deine Mutter mit deinem Vater im Freibad getroffen haben?«

Carla hat offenbar Mühe, sich zu erinnern.

»Dein Vater war doch so braun gebrannt«, erinnere ich sie aufmunternd nickend. »Erinnerst du dich nicht mehr, wie er mir und meinen Schwestern erzählt hat, dass er schon ganz lange in Australien lebt und dort so braun geworden ist?« Und zu Tanja gewandt füge ich hinzu: »Da ist es viel, viel heißer als bei uns. Deswegen verbrennt die Sonne einen viel schneller.«

»Das weiß ich«, raunzt Tanja, »ich bin ja nicht doof.«

»Genau«, murmelt Susen leise.

Doch nach einem vernichtenden Blick von mir hält Susen die Klappe.

Ha-ha! Ich kann den Dreien ansehen, dass sie verunsichert sind. Sie wissen offenbar nicht, was sie jetzt tun sollen. Oh, ich fühle mich großartig! Das würde auch James Bond nicht besser hinkriegen.

Das, was ich mache, ist ja nicht wirklich lügen. Ich meine, ich erzähle ja nichts, was nicht stimmt. Carlas Vater lebt ja wirklich in Australien. Ich helfe also nur nach, um den miesen Hexen hier die Mäuler zu stopfen.

»Stimmt!«, sagt Carla endlich. »Ich erinnere mich. Das hatte ich schon fast vergessen.« Sie lächelt. »Du hast ihn ja kennengelernt.« Sie lächelt noch mehr. Sie lächelt richtig glücklich.

»Ppppfff«, macht Tanja, »mir doch egal! Wir wollten sowieso gerade zu mir gehen und uns noch eine DVD angucken.« Sie macht ein paar Schritte aus dem Sand raus und dreht sich dann noch mal um. »Es ist viel zu heiß, um blöd auf dem Spielplatz rumzustehen. Dein Vater interessiert mich gar nicht.«

»Ja, es gibt wirklich wichtigere Themen auf der Welt«, behauptet auch Lisa-Marie und stiefelt Tanja hinterher.

»Genau!«, nickt Susen und folgt den beiden eilig.

Ich schüttele nicht nur den Kopf, sondern angewidert meinen ganzen Körper, als ich den Dreien hinterhergucke. »Was für unglaubliche Matschkröten!«

Carla nickt heftig zustimmend. »Ich glaub aber, die lassen mich jetzt endlich in Ruhe.« Sie lächelt. »Danke!«

»Kein Problem«, sage ich. »Dein Vater ist bestimmt ein klasse Typ. Auch, wenn ich ihn *nicht* kennengelernt habe.«

Carla nickt noch mal. »Ja, das ist er.« Dann überlegt sie. »Vielleicht lernst du ihn ja mal kennen.«

Ich lächele. »Ja, das wäre nett.«

Und dann mache ich mich endlich auf den Weg zum Tierheim. Viel später als geplant. Aber als Geheimagentin kann man sich seine Abenteuer eben nicht aussuchen. Man muss zur Stelle sein, wenn man gebraucht wird.

Tessa

Ich denke drüber nach, auch diesen Ratschlag in unser Buch »Flirten, Stylen und andere Lebenstipps von Tessa-Tiara Martini und Dorothea Dunst« aufzunehmen: Ihr könnt das Essen, das ihr zu Hause kriegt, nicht mehr sehen? Schließt euch für zwei Tage in ein dunkles, muffiges Zimmer ein ohne JEDES Essen – und lasst euch ja nicht früher raus! Dann probiert das Essen bei euch noch mal. Ich wette, es schmeckt himmlisch!

Oh, qué delicioso – wie lecker! Tomatencremesuppe (ohne Iris' Blumenschnipsel drin – maravilloso, herrlich!), dann Spargel mit Lachs und Pommes frites, und zum Schluss Walnusseis mit Brombeeren, Vanillesoße und Schlagsahne, jammiiiiii!

Der nette ältere Herr wollte uns sogar noch einen zweiten Nachtisch aufdrängen, aber Dodo und ich sind ja Ladys. Und eine Lady frisst sich nicht voll wie ein gieriges Kind.

Obwohl Dodo und ich ihr eindeutige Blicke zugeworfen haben, hat das gierige Kind, das ich meine, nicht nur die Riesenportion Eis aufgemümmelt, als hätte es sieben Tage kein Essen gekriegt (okay, wie lange hat sie wohl nichts Richtiges gegessen?), sondern auch noch, ohne mit einer ihrer bildhübschen Wimpern zu zucken, eine fette Schokoladentorte in sich hineinbefördert. Ebenfalls mit Sahne.

Der ältere Herr hat es zum Glück mit Fassung getragen. Er hat immer wieder gelacht über Melanies Appetit und sogar behauptet, er habe selten so nette Gesellschaft wie die unsere gehabt beim Essen. Ein richtiger Kavalier und Gentleman.

Als er weiterfahren musste, hat er uns noch diverse Male gefragt, ob er noch irgendwie weiterhelfen könne. Ich muss sagen, es gibt tatsächlich richtig nette Menschen auf der Welt.

»Woran denkst du, Tessie?«

Hups, hab gar nicht gemerkt, dass Dodo und Melanie schon aus dem Waschraum zurück sind. Unser Gentleman hat uns sogar noch ein paar Euro dagelassen, damit wir wenigstens zur Toilette gehen können. Aber das und das Geld fürs Essen werden Dodo und ich ihm auf jeden Fall zurückerstatten. Er hat uns für alle Fälle seine Karte dagelassen, so haben wir seine Adresse. Wien – da war ich noch nie! (Vielleicht wäre das mal eine Idee für ein Wochenende? Mit Dodo?)

»Och, an nichts«, behaupte ich und genieße noch einen kleinen sachertorten-süßen Moment die Vorstellung, mit Dodo in Österreichs Hauptstadt durch die alten Prachtstraßen zu schlendern.

»Ah, du hast so sinnend in die Gegend geguckt«, meint meine beste Freundin und lächelt lammfromm, »ich dachte, du denkst schon wieder an Javier.«

Schluck? Nein. Dachte ich zur Abwechslung mal nicht. Aber jetzt! Peng. Treffer. Schiff versenkt. Danke auch,

Dodo! Mir rutscht sofort mein Lächeln aus dem Gesicht und eine kleine, kalte Faust boxt tief rein in meinen Magen. Javi. Er ist für immer weg. Schmerz …

Ich atme vermutlich so bittertraurig aus, dass sogar Dodo kapiert, dass sie nicht besonders taktvoll war.

»Oh, Mist, Tessie, ich wollte nicht …« Schnell legt die Gute einen Arm um meine Schultern.

»Schon gut«, murmele ich und versuche tapfer, mich wieder auf was anderes zu konzentrieren.

Aber ich höre doch genau hin, als Dodo jetzt – als Antwort auf Melanies erstaunt aufgerissene Augen – für unser Anhängsel kurz zusammenfasst, wer Javi ist und was passiert ist. Äh, *zusammenfasst*? Wie, bitte, erzählt denn meine treue Freundin diese schmerzvolle Geschichte? Mooo-ment!

»Spinnst du?« Ich muss da aber entschieden korrigieren. »Ich habe NICHT mit einem anderen Jungen rumgeknutscht!«

Dodo unterbricht ihre lebhafte Schilderung. »Na, komm, Tessa! Wie nennst *du* denn das, was du mit Henrys Lippen gemacht hast?«

Glaub ich ja wohl nicht! Wie indiskret ist das denn? Meine allerbeste Freundin braucht wohl einen kleinen Tritt in ihren famosen Hintern. Das geht doch Melanie alles überhaupt nichts an! Aber die Kleine hängt natürlich an Dodos Lippen. Das muss ich unterbinden!

»Dodo!«, weise ich sie energisch zurecht und muss mich sehr zurückhalten, um nicht zu schnauben. (Ladys schnauben nicht. Leider.) »Melanie ist noch viel zu klein für solche Einzelheiten!«

Ich hoffe, Dodo begreift, was ich ihr damit durch die Pusteblume sagen will. Nämlich, wie empört ich darüber bin, dass meine Freundin intime Geheimnisse meines Privatlebens in aller Öffentlichkeit breit tritt! Und jetzt schnaube ich doch.

»KLEIN?« Melanies zartes Stimmchen hinter uns schnaubt ebenfalls ein bisschen. »Ich bin zwölf!«

»Ehrlich?« Dodo und ich fahren beide gleichermaßen verblüfft herum. »Du bist schon *zwölf?*« Ich hätte sie allerhöchstens auf neun geschätzt.

»Im Herbst werde ich dreizehn«, bestätigt Melanie. Und guckt Dodo sofort wieder erwartungsvoll an, als würde sie um Fortsetzung der spannenden Knutschgeschichte bitten.

Aber nicht mit mir!

»Es langt!«, raunze ich so eindeutig, dass Dodo richtig erschrocken guckt, aber setze etwas versöhnlicher hinzu: »Ich würde lieber über was anderes reden.«

»Hat dich dein Freund verlassen, weil du einen neuen Freund hast?«, fragt Melanie ungerührt.

»NEIN!«, kreische ich vielleicht ein wenig zu laut. »Ich ... Na schön, mein Freund hat mich verlassen, aber nur, weil es da Missverständnisse gab. Und natürlich habe ich KEINEN neuen Freund.«

Und ich will auch keinen, denke ich. Ach, Javi ...!

»Missverständnisse ...,«, wiederholt Melanie. »Die sind nie gut. Man sollte lieber alles klären.«

»Ha!«, entfährt es mir. Denn das ist natürlich eine grandiose Idee, tssss! Als ob ich das Klären nicht endlos versucht hätte!

Aber: Qué debo hacer? Was soll ich noch tun? Ich habe wirklich alles probiert! Ich habe Javi SMS geschickt, ich habe versucht anzurufen. Er hat nicht mal abgenommen und auf keine meiner Nachrichten geantwortet. Dann habe ich ihm sogar einen Brief geschrieben. Einen richtigen. Auf Papier. Nicht etwa eine herzlose E-Mail, nein, einen richtigen Brief in einem Umschlag. Mit Briefmarke und seiner Adresse in Barcelona drauf. Alles, alles, alles habe ich mir von der Seele geschrieben. Und, ja, natürlich habe ich in dem Brief auch zugegeben, dass ich Fehler gemacht habe. Bien, gut, vermutlich hätte ich *nicht* mit Henry knu… – ähm – Henry *nicht* so intensiv zu seinem Fußballsieg gratulieren sollen. Und, ja, vielleicht hätte ich auch einige andere Dinge anders machen sollen. Aber wer hätte denn auch ahnen können, dass Javier das so persönlich nimmt?

Okay, okay, okay… Ich versuche vermutlich schon wieder, jegliche Schuld von mir zu schieben. Aber – jolín, verdammt! – ich *fühle* mich wirklich nicht sooo schuldig! Ein bisschen schuldig, ja. Ein kleines bisschen. Aber ich habe Javier doch nicht richtig betrogen oder so!

Es war ein Liebesbrief. Es war mein allerersters, richtiger, sehr langer und SEHR ehrlicher Liebesbrief. Ich wusste gar nicht, wie doll lieb ich Javi wirklich hab. Das floss plötzlich alles aus meiner Hand (und dem Kuli) aufs Blatt. Sogar auf sehr edle Blätter. Auf volle drei Seiten teuerstes Papier, das ich aus Iris' Arbeitszimmer geklaut habe. Ob Javier den Brief überhaupt gelesen hat?

»Hach!« Mein Seufzen kommt aus tiefster Seele. Dodo und Melanie, die leiser weitergequatscht haben (hoffentlich nicht über meine privaten Angelegenheiten!), reißen sofort ihre Köpfe besorgt rum.

Melanie streicht mir sogar schüchtern über den Arm. »Ihr kriegt das bestimmt wieder klar!«

Ich lächele gequält. »Claro!« Sicher!

Doch dann – es ist schockierend, wie drastisch sich

bereits eine Nacht im Müll auf die Manieren auswirkt! – ja, dann schnaube ich das zweite Mal an einem Tag und tue mir selbst aufrichtig leid. »Claro! Ich wette, in siebzig Jahren, wenn ich gemütlich im Schaukelstuhl sitze und meine Urenkel abzähle, denke ich nicht mal mehr dran!«

Okay, ein bisschen Selbstmitleid ist vielleicht nachvollziehbar. Die letzten Wochen, einschließlich der letzten vierundzwanzig Stunden, waren nicht gerade ein wohltuender Aufenthalt auf einer Schönheitsfarm. Weniger wegen der paar Bananen in meinen Haaren, mehr wegen der blöden Missverständnisse zwischen Javi und mir, die überhaupt nicht in der Welt sein sollten. Wenn ich jetzt an die Zukunft denke, sehe ich nämlich nur noch langweilig blonde Urenkelkinder vor mir und nicht mehr solche mit hinreißend spanisch-schwarz-glänzendem Haar, wie es doch hätte sein sollen!

Zum Glück wechselt Dodo endlich das Thema. »Ich hab Melanie gerade von deiner Geburtstagsparty am Samstag erzählt! Und dass du in deiner Band singen wirst!«

Melanies Augen werden immer größer. »Du bist Sängerin?«

»Na ja …« Ich atme aus, denn der kalte Schmerz in meinem Bauch ist noch nicht ganz weg. »Ja, ich singe in einer Schulband. Die heißen *Straight Out Of The Sky*. Aber alle sagen nur SOS zu den Jungs. Und wir hatten eigentlich vor, auf meiner Party im Garten eine Bühne aufzubauen und …«

»Was heißt *eigentlich*?«, fragt meine praktisch veranlagte Freundin sofort dazwischen.

»Na ja …«, murmele ich noch mal. »Wenn ich ehrlich bin, ist mir jetzt gar nicht mehr so sehr nach singen …«

»Was soll denn *das* heißen?« Dodo stemmt die Hände in die Hüften und guckt mich streng an. »Sagst du mir nicht ständig, dass man sich von Rückschlägen nicht die Lebensfreude nehmen lassen darf?«

»Hrmpf«, grunze ich. Denn wo meine kluge Freundin recht hat, da hat sie recht. Auf der anderen Seite: »Ich glaube, ich hab nicht mal mehr Lust auf die Party…«

»Pah!«, macht Dodo. »Der Appetit kommt beim Essen!«

»Wie bitte?« Was für eine selten dämliche Bemerkung ist das denn?

»Sagt meine Mutter immer«, verteidigt sich Dodo.

»Den Satz kannst du in deinem Kopf gleich wieder schreddern!«, raunze ich.

Oh, meine Manieren gehen wirklich den Müllberg runter! Automatisch versuche ich, wenigstens mein Haar etwas zu ordnen (wenn mein Leben schon so aus den Fugen ist), und fummele noch zwei Teile aus meinen Locken, die wie Überreste eines Teebeutels aussehen. Yiak! Nicht weiter drüber nachdenken! Dodo hat völlig recht. Besser an unsere goldenen Regeln denken: *Von Rückschlägen im Leben lässt sich eine Lady nie die Lebensfreude nehmen!*

Tapfer versuche ich, das zu beherzigen. Doch der Gedanke, dass ich Javi vermutlich nie, nie, NIE wieder sehen werde in meinem Leben, ist einfach… niederschmetternd. Und eine teebeutelige Bananenfrisur hebt mein Wohlbefinden auch nicht zwangsläufig.

Genau da fällt mein Blick wieder auf Melanies Gesicht. Sie sieht so jung aus, wirklich nicht wie fast dreizehn. Und doch so entschlossen. Müde, aber auch tapfer. Sie hat ein Zuhause, das sich nicht mehr wie ein Zuhause anfühlt, und einen Vater, der womöglich gar nicht weiß, wie es seiner Tochter geht. Bestimmt wird sie sich irgendwann mit ihrem Vater wieder aussöhnen und sich hoffentlich auch an die neue Frau im Haus gewöhnen, doch die nächsten Wochen werden bestimmt nicht einfach für Melanie. Ich dagegen habe zwar verrückte Eltern, aber ein warmes und freundliches Haus, in das ich gleich zurückkommen werde. Und ICH tue mir leid, weil ich ein bisschen Müll im Haar habe und mein Freund mich verlassen hat? Caramba! Teufel auch! So sehr ich Javi auch liebe, es gibt noch andere Probleme auf der Welt!

In diesem Moment sehe ich einen großen Familien-Siebensitzer auf die Raststätte rollen. Unser Auto!

Sofort winke ich, damit Cornelius und Iris uns auch gleich sehen. »Guck, Dodo, da! Da hinten sind sie!«

»Endlich!«, seufzt Dodo und fährt sich ebenfalls schnell durchs Haar. (Keine einzige Bananenschale. Wieso hat *sie* denn überhaupt keinen Müll in ihren braunen Locken?)

Oh, ich glaube, ich war noch nie so froh, meine Eltern zu sehen! Wie wunderbar, endlich nach Hause gefahren zu werden, wo eine göttliche Badewanne wartet und duftende Öle und mein eigenes Zimmer mit dem bequemsten Bett der Welt – jaaaa!

Meine Nerven, wir haben in den letzten dreißig Stunden wirklich eine Menge mitgemacht!

Livi

Meine ältere Schwester, von mir auch liebevoll Teflon-Tessa genannt, ist ein Phänomen, das man eigentlich bewundern muss. Krisen, Rückschläge oder traumatische Erlebnisse gleiten an ihr ab wie sonst nur das Hundeshampoo an unserem Hugo. Ohne sichtbare Spuren zu hinterlassen.

Gregory und ich sind gerade aus der Schule zurückgekommen und ich kann es kaum glauben: Auf dem Tisch bei uns in der Küche liegen tatsächlich noch drei übrig gebliebene Stücke von den köstlichen Brötchen, die Cornelius heute Morgen zur Feier des Tages geholt hat. Je ein und ein halbes für Gregory und mich. Das perfekte Mittagessen. So viel Glück hat man in unserer Familie selten!

Am leckeren, fett gedeckten Frühstückstisch morgens hatten wir alle prächtigste Laune. Kein Wunder! Man merkt erst, wie viel Sorgen man sich um seine Schwester gemacht hat, wenn sie endlich wieder heil da ist.

Die, die nicht mitgefeiert hat, war natürlich Tessa, weil sie oben in ihrem Zimmer schlief. Tief und fest. Als hätte sie zehn Tage Schlaf nachzuholen und nicht nur letzte Nacht. Bin gespannt, ob sie jetzt endlich auf ist.

Leise schleiche ich die Treppe hoch und horche an ihrer Tür. »Tessa?«

Ich meine, ehrlich, es ist nach zwei!

Cornelius und Iris fanden es zwar richtig, dass Tessa sich morgens gründlich ausschlafen und noch nicht zur Schule gehen sollte. (So kurz vor den Sommerferien machen wir sowieso nichts Wichtiges mehr.) Aber die schlummert jetzt schon über zwölf Stunden!

Gestern Abend, als sie endlich zu Hause ankam, haben wir noch mindestens zwei Stunden in der Küche gesessen und uns von Tessa alles haarklein erzählen lassen. Danach musste sie allerdings eine Stunde in der Wanne liegen. Und ich glaube, ich habe mitten in der Nacht noch einen Fön gehört. Aber irgendwann muss sie wohl ins Bett gewankt sein.

Das mit Melanie ist echt der Hammer. Einfach abgehauen, die kleine Nudel! Zum Glück sind Iris und Cornelius nicht so doof und spießig und haben sie deswegen nicht zur Schnecke gemacht, wie vielleicht andere Erwachsene das getan hätten. Keine überflüssigen Vorwürfe oder so. Iris hat Melanie stattdessen einfach ihr Handy in die Hand gedrückt und sie nur ermuntert, ihre Tante anzurufen.

Die Tante war – genauso wie ihr Vater – natürlich schon in heller Aufregung gewesen. Die haben nicht nur die Polizei benachrichtigt, sondern auch selbst die Umgebung abgefahren. Genauso wie Cornelius. So übel kann der Vater also doch nicht sein. Trotzdem wird Melanie jetzt ein paar Wochen bei ihrer Tante wohnen, bis sich alles wieder etwas beruhigt hat. Cornelius hat sie sogar selbst noch dorthin gefahren und sich davon überzeugt, dass alles in Ordnung ist.

Bei uns ist hoffentlich auch bald wieder alles in Ordnung.

»Kommst du runter?«, ruft Gregory von unten. »Ich hab die Brötchen im Ofen warm gemacht. Die wären dann jetzt so weit.«

Hihi, ich kann direkt den Hunger in seinem letzten Satz hören! Die Vorstellung, mal keine gehäckselten Gänseblümchen mit Reis, Rote Bete und Weintrauben (zusammen in einer Pfanne gebraten!) zu Mittag zu essen, ist einfach berauschend.

»Ich komme!«, rufe ich mit gedämpfter Stimme zurück. Soll Tessa schlafen, so lange sie will, die Ärmste verdient es.

Malea ist von der Schule aus heute sofort zur Lauschigen Eiche gegangen. Anscheinend hat sie von der Leiterin des Seniorenheims eine SMS gekriegt, in der sie um Mithilfe gebeten wird. Dort wird jemand vermisst und Malea – Weltenretterschatz, der sie ist! – hat sofort zugesagt, suchen zu helfen.

So was! Verschwinden hier bei uns in der Stadt eigentlich plötzlich ständig Menschen? Allerdings nehme ich an, dass der Vermisste aus der Seniorenresidenz – im Gegensatz zu Tessa – vermutlich ein bisschen altersverwirrt ist und einfach nicht mehr den Weg nach Hause gefunden hat – die arme Seele! Diese Krankheit nennt man Alzheimer und leider haben das erstaunlich viele alte Menschen. Sehr, sehr traurig. Ich hoffe, sie finden die Arme oder den Armen schnell, sodass ihr oder ihm nichts passiert.

Schnell hüpfe ich die Treppe runter und will gerade durch die Eingangshalle an der Haustür vorbei, da …

»AUUU!« Denn ich renne nicht an der Haustür *vorbei*, sondern knallfrontal in sie rein.

Halb verdattert, halb böse reibe ich mir meine Nase. Direkt hinter der Tür taucht ein bestürztes Gesicht auf. Das Gesicht gehört Cornelius.

»OLIVIA!« Der Ärmste guckt noch verdatterter als ich. »Olivia, oh, mein Röschen, hast du dir wehgetan?«

Nee, denke ich, ich nicht, DU hast mir wehgetan!

Doch trotz meiner vermutlich leicht angedellten Nase muss ich fast lachen. Cornelius guckt wie Henrys riesiger Labrador Hase, wenn der beim Spielen aus Versehen jemanden umgenietet hat. Völlig verblüfft, ehrlich betroffen und sehr, sehr hilflos, was nun zu tun ist.

»Ach du lieber Himmel, Olivia, das tut mir so leid! Ich hatte ja keine Ahnung, dass du gerade hier…«

»Schon gut! Konntest du ja nicht wissen«, grunze ich und nehme dann eilig Kurs auf die Küche, denn ich kriege gerade ein bisschen Sorge um unsere Brötchen…

In diesem Moment schwebt meine duftende Schwester Tessa von oben die Treppe runter und an mir vorbei. Pfirsich und Vanille. Hellgrüner Stretch-Mini, sommerbunte Paisley-Bluse und eine kunstvoll toupierte Hochsteckfrisur. Sie war anscheinend bereits im Bad und nicht mehr in ihrem Zimmer.

Ich muss gestehen, sie sieht klasse aus, doch so würde ich mich nicht mal für eine Party stylen. Tessa dagegen hat sich nur fürs Frühstück »mal eben was übergeworfen«, wie sie es nennen würde. Überkandideltes Huhn! Doch ich lächele. Und freue mich. Denn heute stört mich nichts. Heute bin ich einfach nur glücklich, dass meine Pfirsich-Schwester wieder bei uns ist.

»Aaaah, Frühstück!« Tessa lässt sich auf einen Stuhl fallen und inspiziert die Brötchen, die Gregory gerade in den Korb auf dem Tisch füllt. »Lecker!«

»Hast du gut geschlafen, mein Schatz?«, fragt Iris, die sich hinter Tessa und Cornelius auch noch in die Küche drängt (ist hier ein Nest? Unser frisch aufgebackenes Mittagessen!), und streicht Tessa über die Wange.

»Wie im Paradies!«, murmelt Tessa und greift schon nach dem Korb mit den duftenden Stücken.

»Oh, Gregory, du hast die restlichen Brötchen von heute Morgen aufgebacken! Wie lieb von dir!«, lächelt Cornelius und setzt sich eilig ebenfalls an den Tisch.

»Köstlich!«, mümmelt Iris, als sie eifrig in ein knuspriges Mohnstück beißt, und lächelt die anderen am Tisch an. »Es waren noch genau drei Brötchen da.«

»Ihr könnt euch gar nicht vorstellen«, lobt auch Tessa, »wie gut so stinknormale Sachen schmecken, wenn man eine Zeitlang *gar nichts* essen konnte.«

Oh, doch, das kann ich!

Stumm sehen Gregrory und ich dabei zu, wie Tessa, Iris und Cornelius sich die kross gebackenen Brötchen zwischen die Backen schieben. Sagte ich schon, dass es in unserer Familie ein wahres Glück ist, wenn man essbares Essen bekommt? Weil ich nicht weiß, was ich sonst tun soll, reibe ich mir meine schmerzende Nase.

»Was hast DU denn gemacht, Livi?«, fragt Tessa mit vollem Mund.

»Och …«, mache ich, »bin gegen die Tür gerannt.«

»Sagt mal …« Iris schluckt den letzten Bissen runter und schaut plötzlich zu mir und Gregory rüber. »… wollt ihr beiden denn gar nichts essen?«

Gregory grinst nur, wie er gerne grinst.

Ich zucke mit den Schultern.

»Da vorne ist noch ganz viel Schwarzbrot«, meint Cornelius und deutet auf unsere Brotkiste.

Schwarzbrot? Na, danke! »Gregory und ich wollten sowieso gleich zu ihm rüber. Da können wir uns ja ein paar Eier oder so machen.«

In diesem Moment flattert etwas laut Gackerndes unter dem Sofa hervor. Aurora!

»Tooooock!«, tockert unser süßes Huhn. »Tock-tock-tock-tooooock!«

»Sie hat ein Ei gelegt!«, ruft Cornelius. »Diesen Kampfschrei stößt sie immer nach erfolgreicher Arbeit aus.«

»BINGO! Sie hat gehört, dass ihr euch Eier braten wollt«, grinst Tessa und streichelt Aurora übers Gefieder. »Sehr aufmerksam von dir, du Liebe!«

»Tooooock!«, macht Aurora noch mal, als wolle sie genau das bestätigen, und guckt mich freundlich mit ihren kleinen schwarzen Knopfaugen an.

Gregory lacht, reckt seinen Kopf unter das Sofa und angelt mit seinem Arm nach etwas. Und ein paar Sekunden später befördert er erst eins, dann zwei, dann drei … ja, ganze sieben herrlich große, frische Hühnereier ins Tageslicht.

»Jamm-jamm«, grinst er, »das sollte reichen!«

»DA hat sie die Eier also in den letzten Tagen versteckt«, lacht Iris, »und ich hab mich schon gewundert, dass ich im Garten keine mehr gefunden habe. Draußen ist es ihr anscheinend zu heiß geworden.«

»Kluges Huhn!«, lobt Tessa und krault Aurora unter dem Kinn. (Dort hat sie es besonders gern.) »Hach, ich bin so glücklich, wieder zu Hause zu sein!«

Ich umarme meine Schwester von hinten und gebe ihr einen Kuss. Und erstaunlicherweise kreischt sie dabei nicht mal, dass ich womöglich ihre Haare zerdrücke.

Stattdessen drückt sie mich zurück. »Ach, Livi!« Sie

lächelt erst mich, dann Gregory an. »Man weiß erst, wie gut man es hat, wenn man es *nicht* mehr hat.«

Ich lächele auch. Doch ich habe das traurige Gefühl, dass Tessa diesmal nicht gutes Essen, Betten oder Badewannen und noch nicht mal unsere Familie gemeint hat. Nicht umsonst nenne ich sie Teflon-Tessa. An ihr bleibt nichts haften. Tessa hat immer Glück. Sogar in den unmöglichsten Situationen. (Ich kann nicht glauben, dass die drei an der Raststätte zum Drei-Gänge-Menü eingeladen worden sind!) Doch manchmal gibt es Dinge, die man auch mit Glück nicht ändern kann.

Ja, klar haben Gregory und ich ziemliches Schwein, dass wir heute noch was Leckeres zu essen kriegen. Aber vor allem haben wir Riesenglück, dass wir *uns* haben!

Und da drücke ich Tessa noch mal.

Und Tessa drückt zurück. Und versteht, dass ich verstanden habe.

Ach, wie sehr wünschte ich, dass ich ihr nicht nur mein Brötchen überlassen, sondern auch das, was Tessa wirklich schmerzt, wieder für sie richten könnte!

Malea

Einer allein kann die Welt nicht retten. Das müssen ganz viele Stück für Stück machen. Wenn jeder von uns ein klitzekleines Stück direkt vor seiner Haustür retten würde, hätten wir die Welt im Nu in Ordnung. Da bin ich mir sicher.

Die sind alle voll nett in der Lauschigen Eiche. Als ich sagte, dass ich direkt von der Schule gekommen bin, hat mir Andrea, die Leiterin, sofort eine Portion von dem Mittagessen, das es heute für die Senioren gab, kommen lassen. Gemüseauflauf und Kirschpudding – wellenwunderbar lecker!

»Damit du auch Kraft hast, wenn du uns suchen hilfst!«, meinte Andrea.

Es ist die süße, runzlige Frau Flieder, die verschwunden ist. Andrea sagt, sie habe die Polizei noch nicht benachrichtigt, weil Frau Flieder ja das verrückte Huhn der Lauschigen Eiche ist und gerne mal verrückte Sachen macht. Einmal, sagt Andrea, ist Frau Flieder – ohne jemandem Bescheid zu geben – einfach ein Wochenende nach Dänemark gefahren. Weil sie gerne das Meer sehen wollte, wie sie hinterher erzählte. Andrea will also noch bis zum Abend warten. Wenn sie dann immer noch nicht da ist, muss sie natürlich die Polizei einschalten.

Frau Flieder ist schon seit dem Wochenende jeden Morgen aus dem Haus gegangen, hat beim Mittagessen gefehlt und ist erst spät abends wieder zurückgekommen. Andrea denkt, dass das ein weiteres Zeichen dafür ist, dass kein Verbrechen geschehen sei, sondern dass Frau Flieder nur wieder auf eigenen Wegen unterwegs ist.

Als Geheimagentin habe ich dazu natürlich sofort genickt. Man muss alle Zeichen sammeln, die man finden kann. Diese Zeichen nennt man Indizien. Und DANN muss man überlegen, was *wahrscheinlich* wäre. Und wahrscheinlich ist in diesem Fall tatsächlich, dass die lustige Hilde Flieder sich wieder irgendwas Verrücktes ausgedacht hat.

»Was ist denn mit ihren Freundinnen hier?«, habe ich Andrea sofort gefragt. »Wissen die nicht, wo Frau Flieder sein könnte?«

»Hildes beste Freundin Lore«, hat Andrea geantwortet, »hat nur mit den Schultern gezuckt und behauptet, sie wisse nichts.«

Das ist natürlich erstaunlich. Vor allem, dass Lore dabei so ruhig geblieben sei. Ich meine, um seine beste Freundin macht man sich doch Sorgen, oder nicht?

»Das ist NOCH ein Indiz!«, habe ich natürlich sofort gerufen und mich vor Aufregung beinahe an einem Kirschkern verschluckt. »Wenn die beste Freundin nicht mal besorgt ist, dann weiß sie bestimmt, dass es Frau Flieder gut geht und nichts Beunruhigendes passiert ist.«

Ist ja wohl meerwasserklar! Wenn Miriam oder Sophie oder Lasse plötzlich verschwinden würden, dann wäre ich total panisch. Weil ich mir natürlich sofort vorstellen würde, dass sie vielleicht von fiesen Kerlen geraubt worden wären oder sonst was Schreckliches. Auf jeden Fall wäre mir das ganz sicher nicht egal und ich würde nicht einfach nur mit den Schultern zucken.

Andrea sah das ganz genauso. »Siehst du, deswegen habe ich die Polizei noch nicht informiert. Aber wenn Frau Flieder heute Nacht wieder nicht auftaucht, dann MUSS ich etwas unternehmen.« Sie seufzte. »Ich meine, sie kann natürlich nach Dänemark fahren, so oft sie möchte, aber sie muss uns Bescheid sagen. Damit wir wissen, dass nichts Schlimmes passiert ist. Doch Hilde …« Sie seufzte noch mal. »… hat einen Dickkopf wie zehn Esel!« Sie lachte. »Allerdings wie nette Esel!«

Da musste ich auch lachen, weil ich mir die runzelig rapunzelige Hilde Flieder als lustigen Esel vorstellte. Ich mag Frau Flieder echt gern.

Während wir zusammen aßen, erzählte ich Andrea, dass Tessa ebenfalls verschwunden war (das hatte Andrea übrigens schon gehört) und jetzt aber wieder aufgetaucht ist (das hatte Andrea auch schon gehört – unsere Stadt ist nicht so groß). Und dann sagte ich noch, dass das mit Frau Flieder bestimmt auch so sein wird.

»Das will ich hoffen«, meinte Andrea und stellte das Geschirr zu den riesigen Spülmaschinen rüber. »So, aber jetzt wollen wir anfangen zu suchen, ja?«

»Auf jeden Fall!«, nickte ich. »Malea Bond ist bereit zum Dienstantritt!«

Doch dann fiel mir noch was ein. Jetzt, wo ich schon mal hier war und mit Andrea redete (die ist sonst nämlich ständig beschäftigt), konnte ich ihr ja auch gleich von meiner mega-weltenretter-tollen Idee erzählen.

»Du sagst doch immer«, fing ich an, »dass viele von den alten Leuten hier gar keine Lust mehr haben rauszugehen. Nicht mal, um im Garten zu sitzen.«

»Das stimmt«, sagte Andrea und sah dabei etwas traurig aus. »Dabei haben wir einen so schönen großen Park.«

Ich nickte zufrieden und erzählte ihr von Momo und Hugo und meiner mega-weltenretter-tollen Idee. Dann wartete ich.

»Malea!«, sagte Andrea nach einigen Sekunden fast feierlich und fing ganz, ganz langsam an, ebenfalls zu lächeln. »Malea, ich glaube …, ja, ich glaube, das ist tatsächlich eine RICHTIG GUTE Idee! Wann kannst du anfangen?«

»Morgen?«, fragte ich.

»Abgemacht!«, sagte Andrea und hielt mir die Hand zum Einschlagen hin, als ob wir jetzt Geschäftsleute wären. »Ich zahle dir zehn Euro für einen Nachmittag.«

»WAS?« Ich war völlig von der Welle. »Nein! Ich meine, ich will kein Geld. Ich gehe doch sowieso mit Momo spazieren und …«

Doch dann dachte ich, dass ein wenig extra Taschengeld irgendwie schon wellenbrecher-cool wäre. Ich könnte mir nicht nur die doppelte Portion Agentenlohn kaufen, sondern auch diese megatolle Riesentaschenlampe, die ich im Kaufhaus am Markt gesehen habe. Damit könnte ich mich auch nachts zum Agententraining nach draußen schleichen …

Aber bevor ich noch weiter überlegen konnte, entschied Andrea: »Abgemacht! So, und jetzt suchen wir Frau Flieder!«

Und das taten wir. In der ganzen Stadt.

Wir waren ungefähr zwanzig Personen, die suchten.

Auch die Köchinnen und der Hausmeister halfen mit. Und sogar einige von den älteren Leuten. Nur die engsten Freundinnen von Hilde Flieder blieben seelenruhig im Aufenthaltsraum sitzen und behaupteten, es wäre zu heiß, um rauszugehen. Na, wenn DAS kein hammerhaihartes Indiz war! Trotzdem suchten wir weiter. Ich suchte zusammen mit Melinda, die in der Küche arbeitet, unten am Fluss. Aber wir fanden genauso wenig wie die anderen. Vor allem keine Hilde Flieder.

Jetzt bin ich auf dem Weg nach Hause, um noch kurz mit Hugo spazieren zu gehen. Rauschende Welle, als Geheimagentin hat man echt wenig Zeit! Ein Glück, dass wir so kurz vor den Sommerferien wenigstens keine Hausaufgaben mehr haben!

Morgen hole ich mit Hugo auch wieder Momo ab. Und dann gehen wir alle zusammen zur Lauschigen Eiche und werden mal sehen, wie meine mega-weltenretter-tolle Idee funktioniert. Oh, darauf freue ich mich schon!

Als ich in die Kastanienallee einbiege, sehe ich Hase von der anderen Seite auf mich zugaloppieren. »Hase, was machst du denn hier?«

Nur ein paar Sekunden später sehe ich, was Hase hier macht. Hinter ihm her biegt Meermatsch-Prinz Henry um die Ecke. Der schon wieder? Ich wette, der will wieder Tessa bequatschen. Jetzt, wo er denkt, dass das Feld endlich Javi-frei ist …

Ich gucke sofort unfreundlicher. Ich glaube nämlich nicht, dass es Tessa hilft, wenn der sie nun auch noch blauhimmelig angrinst. Ich meine, wenn er unbedingt mit Tessa zusammen sein will, kann er dann nicht wenigstens warten, bis sie über Javier hinweg ist?

Natürlich ist Henry kein übler Kerl. Und eigentlich geht mich das ja auch nichts an. Ich … hm … ich weiß auch nicht, was ich gegen ihn habe. Vielleicht möchte ich mich nur einfach schützend vor meine Schwester stellen und zu Henry sagen: *Lass sie doch erst mal in Ruhe ihre Wunden lecken, du blubberige Kaulquappe, du!*

»Hallo Malea!« Seine Stimme klingt hell. Und freudig. Ganz offensichtlich hat er von Tessas gesunder Heimkehr gehört.

»Hallo Henry.« Meine Stimme klingt dunkler. Und deutlich weniger begeistert.

»Hat Tessa ausgeschlafen?«

»Woher soll ich das wissen? Ich komme gerade erst von der Schule nach Hause.« Weil Henry so blöd guckt, setze ich noch etwas höflicher hinzu: »Ich war in der Lauschigen Eiche. Eine von den Seniorinnen wird vermisst und ich hab suchen geholfen.«

»Oh, ehrlich?«, fragt Henry sofort. »Brauchen die noch jemanden, der hilft? Ich könnte …«

»Nee, nee, nicht nötig«, unterbreche ich ihn.

Also, hilfsbereit ist er ja. Hm. Vielleicht würde Tessa ja mit ihm wieder glücklich werden?

»Na, dann guck ich mal, ob Tessa Zeit hat«, verkündet er, öffnet die Gartenpforte zu unserem Haus und marschiert zur Tür. *Mit federndem Schritt*, nennt man das wohl.

Ich federe etwas lahmer hinterher. Nach all dem Gelatsche durch die Stadt bin ich ganz schön müde. Vielleicht mach ich erst mal ein kleines Päuschen, bevor ich mit Hugo gehe.

HUPS! Äh, vielleicht doch nicht?

Denn, hihi, als ich durch die Tür trete, fegt mir ein

schwarz-weißes Fellbündel entgegen wie wilder Meerschaum in der Brandung! Die Brandung ist Hugoooo!

»Wrriiff, wruufff!«, bellt Hugo aufgeregt. »Wiff-wiff-wruuuuuuff!«

Und das ist nicht schwer zu verstehen: *Wo warst du? Ich hab schon so lange gewartet! Gehen wir jetzt endlich raus? Au jaaaaaa-uff!*

Kenny

Es gibt ein Spiel, das Malea mal mit mir gespielt hat und das heißt: Wenn du für ein Jahr auf einer einsamen Insel leben müsstest, wen würdest du mitnehmen, wenn du nur eine einzige Person mitnehmen dürftest? Da habe ich gesagt: »Ich würde Aurora mitnehmen. Und weil Aurora auch auf diese Insel kommt, darf sie auch jemanden mitnehmen, und Aurora nimmt Walter Walbohm mit. Und Walter nimmt Remi mit. Und Remi nimmt Mama mit. Und Mama nimmt Papa mit. Und Papa nimmt Tessie mit. Und Tessie nimmt Livi mit. Und …« »Stoooop!«, hat Malea gerufen. »Tessa würde Javier mitnehmen.« »Gar nicht!«, hab ich gesagt. »Javi ist ja gar nicht mehr da.« »Trotzdem!«, hat Malea gesagt. Malea will immer recht haben. Aber das wäre voll doof. Denn Tessa soll doch Livi mitnehmen. Und Livi nimmt dann Malea mit. Und dann sind wir alle zusammen auf der Insel, und das ist dann voll toll und eben genauso, wie es sein sollte. »Und Livi würde sowieso Gregory mitnehmen«, hat Malea behauptet. Das fand ich noch doofer. Dann kommt ja alles durcheinander. »Ist aber so«, hat Malea gesagt. Ob das wohl stimmt?

Bei uns im Haus ist nicht mehr ganz so viel los. Tessie ist endlich wieder da, aber fast nur im Badezimmer oder bei Dodo. (So wie immer also.) Malea kam eben nach Hause und ist gleich wieder abgehauen, weil sie mit Hugo draußen noch ein bisschen geheim sein will. Henry kam auch, aber der will sowieso bloß Tessa besuchen und hatte keine Lust, mit mir und Aurora Verstecken zu spielen. (Ich hab ihn gefragt.)

Als ich Malea fragte, wo sie die ganze Zeit war, hat sie gesagt, dass bei den Flauschigen Leichen auch jemand verschwunden ist und dass sie suchen helfen musste.

»Ich kann auch suchen helfen«, hab ich sofort angeboten.

Doch Malea sagte, das sei nicht nötig.

»Wer ist denn verschwunden?«, hab ich gefragt und gehofft, dass es keine von den lieben Omis ist, die wir kennen.

Das dürfe sie nicht überall rumerzählen, sagte Malea.

»Ist das ein Geheimnis?«, hab ich gefragt und meine Stirn in tiefe Falten gelegt, damit Malea auch merkt, dass ich Geheimnisse nicht gut finde. (Außer es sind meine eigenen.)

»So ungefähr«, hat Malea gesagt.

Also echt, ist das Hühnerkacke oder ist das Hühnerkacke? Wieso haben eigentlich alle Geheimnisse? Nur unser Geheimclub hat immer noch nichts Richtiges zu tun. Und ein Geheimnis haben wir schon gar nicht. Bald hab ich keine Lust mehr auf so einen doofen Geheimclub!

Livory sind auch dauernd geheim und jetzt schon wieder drüben bei Gregory. Wahrscheinlich, weil sie da noch geheimer sein können.

Sinan hat heute in der Schule gefragt, wieso Bentje und Romy und ich dauernd zusammenhocken und gar nicht mehr mit den Jungs spielen, und da hat Romy gesagt: »Weil das ein Geheimnis ist!«, und ihm die Zunge rausgestreckt.

Da war aber nicht nur Sinan sauer, sondern ich auch. Bentje fand allerdings, dass es besser sei, wenn wenigstens die anderen denken, dass wir ein Geheimnis haben. Also besser, als wenn wir *gar* keins haben. Das hab ich nicht so richtig verstanden.

»Wir haben doch dann immer noch kein Geheimnis«, hab ich gesagt.

»Doch, haben wir!«, meinte Bentje. »Wir haben das Geheimnis, dass unser Geheimclub kein Geheimnis hat.« Sie beugte sich dicht zu mir und Romy ran und wisperte mäuschenleise: »Aber das ist mega-mega-geheim!«

Da hab ich mir an die Stirn getippt und Bentje dabei knallgerade angesehen. Die spinnt doch! Eigentlich fällt Bentje ja immer was ein. Aber ich finde, das war kein toller Einfall.

Und war das klar oder war das klar? Da war Bentje natürlich beleidigt und hat *mir* die Zunge rausgestreckt.

Als Sinan das sah, hat er gelacht und gesagt: »Ihr habt doch alle einen Vogel!«

Blöderweise stand Moritz aus unserer Klasse direkt daneben und hat das gehört und noch lauter gelacht und gerufen: »Das stimmt! Kenny hat einen Vogel! Der heißt Aurora und ist ein Huhn!«

Und – pah – da hat sofort die ganze Klasse gekräht und gelacht und getockert und hat Bentje und Romy und mir einen Vogel gezeigt. (Dabei krähen Hühner überhaupt nicht. Nur Hähne tun das.) Die Jungs fanden das so superduperkomisch, dass sie sich vor Kichern auf dem Rasen gerollt haben und so taten, als ob sie vor lauter Rumgackern Bauchkrämpfe bekämen.

Insgeheim hab ich gehofft, dass sie die wirklich kriegen. Denn *ich* fand das nicht so komisch.

Doch dann kam unsere Lehrerin und sagte, die Pause sei zu Ende und wir sollten wieder reinkommen. Und alle Jungs standen auf und waren fit wie Turnschuhe. Ohne Bauchkrämpfe.

Ich hatte noch den ganzen Vormittag schlechte Laune. Deswegen bin ich nach der Schule auch gleich rüber zu Remi und Walter Walbohm. Bei schlechter Laune möchte man nicht auch noch Mamas verkohlte Salat-Rouladen oder so was essen.

Bei Rema und Walter gab es voll leckere Sachen, aber ich war immer noch etwas maulmuffelig. Wenn man maulmuffelig ist, geht das mit dem Reden nicht so gut. Kauen klappt aber prima. Deswegen stellte mir Rema noch ein paar Kekse zum Nachtisch hin. Danach fühlte ich mich ein kleines bisschen besser.

»Wie geht's denn Tessa?«, fragte Rema.

»Weiß nicht«, sagte ich, »ich bin ja von der Schule zu euch gekommen. Aber sie hat jetzt bestimmt genug geschlafen.«

»Hach«, machte Remi und sah nicht so aus, als ob sie das freue.

»Findest du das nicht gut, dass Tessa so viel schläft?«

Da lachte Rema und sagte, dass sie das doch, doch ganz prima fände. Sie hätte eigentlich gemeint, ob Tessa noch sehr traurig wegen der Trennung von Javier ist.

»Ach so«, sagte ich und rührte ein bisschen in meinem Eis-Kakao mit Maaschmällo-Klumpen und dachte darüber nach. Denn das ist wirklich echt traurig.

»Du, Remi?«, fragte ich dann. »Warum sagen wir Javi

nicht einfach, dass er nicht so doof sein und endlich wieder mit Tessa zusammen sein soll?«

»Weil man sich in die privaten Angelegenheiten von anderen nicht einmischt«, behauptete Walter Walbohm da sehr laut und lachte nicht.

»Hmpff«, machte Rema und hustete und guckte böse auf ihren Keksteller. (Obwohl sie Kekse fast so gerne mag wie ich.)

»Hast du was in den Hals gekriegt, Remi?«, fragte ich besorgt und hämmerte sicherheitshalber, so fest ich konnte, auf ihrem Rücken rum.

»Ist schon gut, Kennylein«, meinte Rema. »Ich mach mir nur Sorgen um Tessa.«

»Hmppp«, grunzte da Walter Walbohm und warf die leere Keksschachtel in den Mülleimer, und dann überlegte er wohl, was er sonst noch sagen konnte. »Wollen wir vielleicht mal rausgehen?«, fragte er.

Au ja, das wollten wir! Und weil es immer noch so heiß ist, haben wir uns nach dem Essen vier große Plastikschüsseln mit kaltem Wasser geholt und uns auf Walters Terrasse in den Schatten gesetzt und unsere Füße in das kalte Wasser getunkt und Mau-Mau gespielt. (Die vierte Wasserschüssel war für Aurora. Da planscht sie jetzt immer noch drin.)

Das hat echt Spaß gemacht. Bis Rema und Walter Walbohm in eine Münzen-Ausstellung in der Stadt wollten und mich rüber zu uns geschickt haben.

Ja, und hier bin ich jetzt. In einem fast leeren Haus. (Das kommt bei uns nicht oft vor.)

Livory sind immer noch nicht wieder aufgetaucht. Papa ist mit seinen Rainbow-Kumpels irgendwo unterwegs. Mama ist einkaufen gefahren. Bloß Tessa ist da.

Und Henry.

Hm. Ich gehe mal leise die Treppe hoch.

Tessas Tür ist zu. Ich meine, ihre Tür ist auf die Art *zu*, dass man echt weiß, dass die zu sein SOLL. Ich finde das spannend. Besonders, weil nicht nur Tessa, sondern auch Henry hinter dieser Tür ist.

Ganz vorsichtig halte ich mein Ohr gegen das Holz.

»KENDRA MARTINI!«, bellt genau in diesem Moment was hinter mir, was *nicht* Hugo ist.

Ich drehe mich um und lege vorwurfsvoll meinen Finger vor die Lippen. »Psst, Papa! Nicht so laut! Sonst hören dich Tessa und Henry.«

»Henry ist da drin?«, fragt Papa etwas leiser. »Schon wieder?«

Ich nicke. »Vielleicht will Tessa ja jetzt mit Henry zusammen sein.«

Papa guckt wie Aurora, wenn Bentje und ich ihr das schicke Hochzeitskleid anziehen wollen, das Rema genäht hat. Irgendwie nicht so richtig begeistert. Obwohl das doch schön ist.

»Dann wäre Tessa aber doch wieder glücklich oder nicht, Papa?«, flüstere ich leise.

Papa räuspert sich und überlegt ein bisschen. Und dann fällt ihm was ein. »CORNELIUS!«, bellt Papa viel zu laut. »Ich heiße Cornelius!«

Und klar, da geht natürlich die Tür auf und Tessa steht mit finsterfedrigem Gesicht vor uns. »LAUSCHT IHR ETWA?«

Livi

ICH HABE DICH SO LIEB
Ich habe dich so lieb,
ich würde dir ohne Bedenken
eine Kachel aus meinem Ofen schenken.
(Joachim Ringelnatz, 1883–1934)

Es ist Donnerstagmorgen und bei uns tobt schon wieder das Chaos. Neben mir am Tisch sitzt jemand mit Lockenwicklern im Haar und Gurkenmaske im Gesicht. Der Jemand ist meine glücklicherweise gesund heimgekehrte Schwester. Dauernd springt sie auf, weil ein paar der pflegenden Gurkenscheibchen runterfallen und sie die dann mit frisch abgeschnibbelten aus dem Kühlschrank ersetzt.

Ich persönlich habe frühmorgens keinen Appetit auf rohes Gemüse, doch heute macht mir nicht mal der rüberwabernde Gurkengeruch etwas aus. Ich freue mich ganz ehrlich über Tessas Anblick. Es ist so schön und vertraut, endlich wieder ein grünes Gesicht beim Frühstück zu sehen. Tessa hat ganz recht. Man weiß erst dann, wie gern man etwas hat, wenn es nicht mehr da ist. (Hm, am Ende sollte ich auch mal so ne Maske probieren?)

Cornelius will Zeitung lesen. Er rennt wie ein aufgescheuchtes Huhn durch die Küche, weil er mal wieder seine Brille sucht (die, wie immer, hoch auf seiner Stirn thront, aber ihm das nicht verrät). Ich sage auch nichts, sondern esse still vor mich hin. Man darf sich von Chaos nicht aufsaugen lassen. Iris verrät ebenfalls nichts. Ich habe die starke Vermutung, weil sie selber mit der Zeitung noch nicht fertig ist und sie deswegen noch nicht Cornelius überlassen will.

Aurorachen ist – im Gegensatz zu Cornelius – erstaunlicherweise mal gar nicht aufgescheucht, sondern mault still unter dem Tisch. Das tut die Ärmste schon seit Tagen. Ich fürchte, seit Malea sich nur noch mit Hugo beschäftigt, ist unser Huhn nicht mehr ausgelastet.

»Willst du heute Nachmittag nicht mal wieder mit Aurora spielen?«, frage ich Kenny.

»Klar, Livi, klar!«, meint Kenny. »Bentje und Romy kommen auch. Vielleicht gehen wir ein bisschen mit ihr in der Stadt spazieren.«

»Aber bitte nicht zu weit!«, murmelt Iris hinter der Zeitung.

»Nö, nö«, murmelt Kenny genauso leise zurück.

»Wieso bist du denn plötzlich so dicke mit Romy?«, fragt Agentenhirn Malea und zieht laut hörbar den Rest ihres Kakaos durch den Strohhalm.

Kennys Gesicht leuchtet auf und mit hörbarem Stolz in der Stimme verkündet sie: »Weil wir einen Geheimclub haben!«

Malea fällt fast der Strohhalm aus dem Mund. »Ihr habt einen *Geheimclub*? Was macht ihr denn so furchtbar Geheimes?«

»Das verraten wir nicht«, erklärt Kenny mit wichtigem

Ausdruck. »Das ist ja das Ding bei einem Geheimclub. Was wir machen, das ist geheim!«

Doch Malea lässt nicht locker. Sofort fliegt eine Angel mit fettem Köder Richtung Kenny: »Ich verrate dir auch, wer in der Lauschigen Eiche verschwunden war.«

Und Klein-Kenny beißt an. »Ehrlich?«

Malea nickt.

»Das ist sowieso kein Geheimnis«, mischt sich jetzt das grüne Gesicht mir gegenüber ein. »Und außerdem ist sie ja Gott sei Dank seit gestern Abend wieder da.«

»WER denn?«, fragt Kenny. »Wer ist wieder da?«

»Andrea will nicht, dass die Leute darüber reden«, gibt Malea zu bedenken.

»Eben wolltest du es mir selbst verraten! Und außerdem sag ich es keinem«, verspricht Kenny. »Ich bin ja Mitglied in einem Geheimclub. Ich kann total geheim sein. Immer.«

Tessa grinst. »Es war die süße Frau Flieder.«

»Und wo war sie?«, fragt Kenny wie aus der Pistole geschossen.

Malea und Tessa zucken gleichzeitig die Schultern.

»Das wissen wir nicht, weil sie das keinem erzählt hat«, grinst Rema. »Und das ist auch richtig so. Warum soll Hilde Flieder nicht auch ein Geheimnis haben? Solange die Leute in der Seniorenresidenz wissen, dass sie sich keine Sorgen um sie machen müssen, kann sie ja wohl tun und lassen, was sie möchte.«

»Klar«, nickt Kenny und sieht ein bisschen enttäuscht aus, »klar.«

Cornelius hat währenddessen sein beliebtes Kurz-Vorm-Brüllen-Stadium erreicht. »Das GIBT ES doch nicht! Wo ist denn das VERFLIXTE DING?!«

Doch bevor noch jemand aus Mitleid antworten kann, dass das Ding wie immer auf seiner Stirn sitzt, hören wir ein leichtes Sabschen. Im gleichen Moment sehen wir unseren Vater auf wundersame Weise – man könnte fast sagen, elegant und einbeinig wie ein Eistänzer – ruckartig durch die Küche gleiten. Leider wird die bemerkenswerte Vorstellung davon beeinträchtigt, dass er vier Sekunden später auf dem Hintern landet.

»WAS ZUM DONNERWETTER …?«, flucht Cornelius, geht aber nahtlos über zu: »AUUUU! Oooooh! Hilfe! Ich glaube, ich hab mir mein Steißbein gebrochen!«

Das schreckt sogar Iris auf. Sie lässt die Zeitung fallen und rennt zu ihm. »Cornelius! Was machst du schon wieder?«

»ICH?«, brüllt Cornelius. »ICH mache gar nichts! Ich ging nur ganz harmlos herum und dann …« Unter seinem Po fummelt er etwas Grünes, Matschiges hervor.

Rema, Malea, Kenny und ich müssen uns doll beherrschen, um nicht laut loszulachen.

»WAS IST DAS?«, brüllt Cornelius. »Ich kann nichts sehen. Ich finde meine Brille nicht.«

»Ach, Papa«, erbarmt sich Kenny endlich, »du hast sie doch auf dem Kopf!«

Cornelius tastet hoch zur Stirn, zieht sich mit einem missmutigen Grunzen seine Brille auf die Augen und starrt das Stück Gurke an, das er in der Hand hält. Direkt danach fällt sein Blick auf Tessas Gesicht und sofort wieder zurück zu dem Teil in seiner Hand.

Ich kann durch all die Gurkenscheiben natürlich nicht sehen, ob Tessa unter ihrer Packung blass wird, doch sie hat es auf einmal mächtig eilig.

»Also, ich muss dann!« Hastig stopft sie sich den Rest

ihres Croissants in den Mund und ist schon halb durch die Tür. »Ipf mupf noch ipfs Bad, und in der erpfsten Pfstunde haben wir Mathe. Da pfill ichpf nichpf zu sfät kommen!«

Weg ist sie.

Mathe? Bitte? *Tessa*? Seit wann kennt sie überhaupt ihren Stundenplan auswendig? Da lachen ja die Hühner!

Nun gackert Kenny doch los. »Oh, Papa, du siehst so komisch aus!« Doch wie immer siegt schnell ihr Mitleid. »Hast du dir wehgetan?«

Cornelius starrt ein wenig verdattert auf den leeren Türrahmen, durch den Tessa eben so zügig entschwebt ist.

»Aaaalso wirklich!«, fängt er an.

Doch dann beschließt er, sich lieber Kenny vorzuknöpfen.

»Cornelius!«, bellt er. »Ich heiße CORNELIUS!«

»Klar, Papa, klar«, nickt Kenny seelenruhig und angelt sich ein Stück Melone vom Obstteller.

Als Cornelius sich aufgerappelt und beschlossen hat, dass er sich doch nicht das Steißbein gebrochen hat (was mich freut, weil er sonst möglicherweise Tessas Party am Samstag verpasst hätte), muss ich komischerweise lächeln. Ich mag meine Familie echt total gern. Und irgendwie fühle ich mich gerade heute Morgen unheimlich wohl hier mit all den Verrückten um mich herum.

Oder liegt die Tatsache, dass mich heute nichts, aber auch gar nichts stressen kann, an etwas anderem? Hat es möglicherweise mit gestern Abend zu tun, dass ich in mir so supersanft ruhe und völlig entspannt das Chaos um mich herum betrachte? Ja, dass ich alles, was passiert, geradezu genieße und sogar mit einem tiefen Lächeln quittiere? Denn so ist es. Ich finde alles … einfach angenehm und nicht, wie früher manchmal, anstrengend oder nervig oder ärgerlich. Oh, wie viele Dinge ich ärgerlich fand!

Heute nicht.

Heute ist alles schön. Tessa ist schön. Gurkenmasken im Gesicht sehen eigentlich richtig malerisch aus und duften frisch und verführerisch. Das Durcheinander- und Übereinanderreden meiner Familie ist melodisch weiche Hintergrundmusik zu einem guten Start in den Tag. Sogar Cornelius' Flüche fühlen sich wohlig vertraut an und … warm. Ich lächele schon wieder. Ach, das ganze Leben ist einfach herrlich!

Es ist erstaunlich, wie anders man die Welt sieht, wenn einem was unheimlich Schönes passiert ist. Es ist so, als ob das Schöne auch auf alle anderen Dinge um einen herum abfärbt. Als hätte plötzlich alles, was man für hässlich hielt, plötzlich einen Goldschimmer, den man früher nicht bemerkt hat.

Gestern Abend nach dem Essen fragte mich Gregory, ob ich Lust hätte, noch mal zum Fluss runterzugehen. Ich liebe das Glitzerwasser, kurz bevor die Sonne untergeht, so sehr. Ganz still Hand in Hand schlenderten wir und genossen einfach nur, uns zu haben.

Als ich mich ins Gras setzen wollte, schlug Gregory vor: »Wollen wir nicht noch bis zum Waldrand gehen und uns auf die Bank setzen?«

Das war eigentlich ein bisschen weit. Doch es war so ein schöner Abend und auch endlich angenehm kühler, dass ich nickte. »Okay.«

Und wie gut, dass ich mitgegangen bin!

Schon auf dem Weg dahin konnte ich nicht anders: Wie immer musste ich an all die Herzen denken, die in die alte krummbuckelige Bank eingeritzt sind. Einige sind möglicherweise schon hundert Jahre alt und *»A. + C. für immer!«* sind vielleicht schon längst an glücklicher Altersschwäche gestorben. Doch wir können noch heute lesen, wie lieb sie sich hatten. Ist das nicht… beeindruckend?

Seufz!

Ich habe, wie immer, natürlich tapfer gegen diese blöde Rührseligkeit von mir angekämpft. Ich meine, wer – mit klarem Kopf – will schon diesen ganzen Rosa-Rührei-Herzen-Mist mitmachen? Ich jedenfalls nicht. Das ist doch peinlich. Mega. Oder etwa nicht?

Ich hatte mir auf jeden Fall fest vorgenommen, nichts in der Richtung zu Gregory zu sagen. Niemals! Ich wollte nicht, dass er mich für eins von diesen sentimentalen Häschen hält, die bei jedem Hollywood-Film gleich ne dicke Packung Taschentücher bereitliegen haben. Schließlich geht es im Leben um weitaus wichtigere Dinge.

Unsere Umwelt geht mehr und mehr kaputt, und es ist so wichtig, den Leuten klarzumachen, was da überhaupt passiert. Die meisten wissen das ja noch nicht mal. Von den katastrophalen Zuständen in der Nutztierhaltung will ich gar nicht erst anfangen. Es gibt SOOOO viel zu tun! Weswegen ich echt keine Lust hab, meine kostbare Zeit damit zu vergeuden, rosa Herzen auf meine Mathehefte zu kritzeln.

Trotzdem musste ich wieder die Bank bewundern, bevor ich mich neben Gregory setzte. Aber ehrlich, so uralte Botschaften von Liebenden sind ja schon irgendwie was Besonderes, oder? Die kann man sowieso nicht mit rosa Mathe-Herzen vergleichen.

Gregory lächelte. Sein ganz eigenes Gregory-Lächeln.

Da wurde mir doch ein ganz klein winziges bisschen rosa zumute. Wenn Gregory lächelt, kann mein Bauch nur mitlächeln. Und glückliche Piekser aussenden. Und dann sah ich es. Das neue Herz. Ein Herz, das vor ein paar Tagen noch nicht da gewesen ist. Ein frisch geritztes.

»Livi und Gregory fourever«, stand in dem Herz. *Livi und Gregory für immer.*

In meinem Bauch platzte eine so fett rosa Wolke und sendete kribbelige Glücksschwaden in jede Ecke meines restlichen Körpers, dass ich kaum gerade stehen bleiben konnte. Ich konnte nur auf das Herz gucken. Und dann auf Gregory. Und in sein Lächeln. Und mitlächeln. Ganz tief.

Oh, ich hab Gregory so, so, sooo gern!

Doch dass da jetzt auch ein Herz von Gregory und mir ist, das werde ich niemandem verraten. Das bleibt zwischen uns beiden. Denn das gehört nur uns. Und ist deswegen unser Geheimnis. Hier kommt sowieso kaum ein anderer hin. (Na gut, außer vielleicht Hilde Flieder – wenn es denn tatsächlich Frau Flieder war, die wir am Montag gesehen haben.)

Die nächste halbe Stunde saßen Gregory und ich einfach nur auf unserer krummbuckeligen Bank, hielten uns an den Händen und sahen der Sonne zu, wie sie auf dem gegenüberliegenden Ufer hinter den großen Pappeln verschwand. Und ab und zu guckte ich das Herz an, das rechts von mir frisch im Holz strahlte. Okay, vielleicht habe ich es auch ein paar Mal gestreichelt. Man will ja schließlich, dass sich so ein neues Herz willkommen fühlt in der Welt.

Und nach einer ganzen Weile gingen wir langsam nach Hause.

Ich habe Gregory natürlich nicht gesagt, dass er das englische Wort in seinem »*für immer*« falsch geschrieben hat. (Richtig müsste es ja *forever* und nicht *fourever* heißen.) Denn was macht das schon für einen Unterschied? Gregory hat es nicht so mit Sprachen. Es kann ja nicht jeder in jedem Fach gut sein. Wichtig ist, dass *ich* weiß, was es bedeutet.

Es bedeutet, dass Gregory und ich uns lieb haben.

Vielleicht sogar wirklich *für immer*.

Egal in welcher Sprache.

Und deswegen lächele ich.

Auch heute Morgen noch.

Auch wenn meine ältere Schwester Gurken im Gesicht trägt. Und auch wenn Cornelius – und überhaupt der ganze Rest meiner verrückten Familie – ein bisschen durchgeknallt ist. Denn: Muss man sie nicht alle gern haben?

»Wo steht das neue Müsli, das du gekauft hast, Schatz?«, fragt Cornelius gerade.

Anscheinend fängt er jetzt auch endlich an zu frühstücken.

»Steht auf der Anrichte«, antwortet Iris zwischen zwei Bissen Toast und dem Umblättern zur letzten Seite der Zeitung.

Mit einer großzügig gefüllten Schüssel setzt sich Cornelius an den Tisch, gießt sich Milch darüber und fängt gut gelaunt an zu kauen. Ohne dass Iris das registriert, klaut er ihr die vordere Hälfte der Zeitung und vergräbt sich nun ebenfalls darin.

Währenddessen wurschtelt Malea auf dem Sofa mit

ihren Schulsachen rum. Weil sie irgendwas nicht finden kann, hat sie einfach die ganze Schultasche ausgekippt und verteilt alles gleichmäßig auf dem Küchenboden vor ihr.

Stört mich nicht. Ich lächele. Schließlich können wir ja problemlos darübersteigen!

»Und was hast du heute Nachmittag noch so vor?«, fragt Rema mich und hält mir gleichzeitig ein Nougathörnchen unter die Nase. »Möchtest du das letzte?«

»Nein, danke«, wehre ich ab, »bin schon total voll.«

Erleichtert behält Rema das Hörnchen auf ihrem eigenen Teller.

»Ich wollte Tessa nach der Schule noch bei ein paar Vorbereitungen zur Party helfen«, erzähle ich. »Und außerdem ist ja Donnerstag. Da haben wir später noch unsere Umwelt-AG.«

»Ach ja, stimmt«, nickt Rema. »Würdest du bitte vorher Tessa daran erinnern, dass sie mir Bescheid gibt, wenn *ich* noch irgendwie helfen kann?« Sie guckt zur Tür, als ob sie hoffe, dass Tessa dort wieder auftauchen könnte. »Sie musste ja so schnell weg. Das hab ich eben in der Eile vergessen.«

»Mach ich, Remi!«

Cornelius, der seine Schüssel bereits ratzfatz leer gegessen hat, lässt seinen Teil der Zeitung sinken und klopft gegen Iris' Teil. »Hör mal, Schatz, ich will wirklich nicht nörgeln, ich weiß ja, dass du gerne ganz – ähm – ganz *besondere* Sachen für uns kaufst, aber dieses neue Müsli …« Er kann einen kleinen Rülpser nicht unterdrücken. »Ähm, dieses Müsli brauchst du meinetwegen nicht noch mal zu kaufen. Es war doch … SEHR knackig. Und auch etwas – nun ja – *eigenwillig* im Geschmack.«

Iris guckt irritiert hinter der Zeitung hervor. »Ach, findest du?«

Cornelius lächelt entschuldigend. Und muss gleich noch mal rülpsen.

»Ich geh jetzt los«, verkündet Malea und guckt mich an. »Kommt ihr mit?«

Ich muss grinsen. Sie spricht mich mit »ihr« an, dabei sitze ich hier ganz allein. Aber ich weiß, dass die anderen uns nur noch als Doppelpack betrachten. Das ist okay.

»Ich glaube, wir kommen nach«, antworte ich und schiele zur Küchentür. »Gregory ist noch nicht fertig.«

Malea zuckt die Achseln. »Dann bis später!«

Auf dem Weg zur Tür greift sie zu der Packung mit Leckerli, um sich ein paar einzustecken. Ich nehme an, sie will von der Schule wieder direkt zur Lauschigen Eiche.

»Iris?« Malea guckt nicht sehr erfreut. »Du sagst doch immer, dass die Dinger hier so teuer sind und dass ich nicht so viele verfüttern soll und jetzt …« Sie hält vorwurfsvoll die Packung hoch. »Jetzt sind da ja kaum noch welche drin. Das war nicht ICH!«

»Was? Ehrlich?« Iris guckt noch irritierter. »Ja, aber *ich* gebe Hugo fast nie Leckerlis.«

Und dann wandern die Blicke von Iris und Malea zu unserem gerade ein drittes Mal rülpsenden Vater.

»ICH auch nicht!«, verteidigt sich Cornelius sofort.

Allerdings sieht er etwas verwirrt aus. Sein Blick wandert runter zu seiner bis zum letzten Bissen sauber ausgekratzten Schüssel, in der vorher die knackigen Müslibrocken in Milch einweichten.

Seine Augen weiten sich. »Das … das waren HUNDEKUCHEN?«

Oh, ich muss so lachen, dass ich mich fast verschlucke! Sagte ich es schon? Ich hab meine Familie echt soooo gern!

Malea

Wenn James Bond jemand blöd kommt, schmettert der ihm einfach einen Kinnhaken von unten auf die Sechs, sodass der aus seinen Latschen gehoben wird und – peng – gegen den nächsten Baum fliegt. Wenn mir jemand blöd kommt, strecke ich dem die Zunge raus oder ich hole mir Hilfe. Ich hab ja genug Schwestern. Was tut aber jemand, der keine Schwestern hat?

Ich bin ganz schön müde. Ich glaube, ich bin die letzten zwei Tage eine wüstenwellenlange Marathonstrecke gelaufen. Fünfhundert Kilometer oder so. Mindestens.

Als Hugo heute Morgen freudestrahlend an meinem Bett stand und mir ungeduldig übers Gesicht schleckte, weil es draußen schon wieder hell war und weil das bedeutet, dass ich jetzt nicht mehr schlafen soll, weil er jetzt wieder raus darf, da war mir selbst gar nicht so freudig zumute wie sonst. Doch dann dachte ich daran, was ich heute Nachmittag machen will, und ich fühlte mich sofort hundertzwanzig Prozent fitter.

Auf unserer kleinen Morgenrunde einmal um den Block erzählte ich Hugo von meiner mega-weltenretter-tollen Idee. »Und wenn es so gut klappt, wie ich mir das vorstelle, nehme ich dich das nächste Mal mit.«

»Wuff!«, machte Hugo zustimmend.

Jetzt liegt er mit Aurora im Garten und wartet darauf, dass Rema oder Walter Walbohm Stöckchen mit ihm spielen, während ich in der Schule bin und danach in der Lauschigen Eiche.

In der ersten Stunde haben wir Sport. Danach ist mir heute echt gar nicht. Dabei mag ich Sport sonst richtig gern. Aber es ist schon wieder so heiß und, wie gesagt, ich habe bereits genug gesportet in den letzten Tagen.

Livory gehen heute erst später zur Schule. Ich glaube, die haben mich absichtlich vorgehen lassen, weil die Händchen halten wollen oder so 'n meermatschigen Kram. Dass denen das nicht zu peinlich ist!

Tessa ist auch noch zu Hause, weil sie plötzlich beschlossen hat, noch einen weiteren Tag schulfrei zu haben. Sie hat Iris und Cornelius bequatscht und gemeint, dass sie nach all den emotionalen (was auch immer das ist) Strapazen noch zu erschöpft ist.

Ach, und ich hab keine anstrengenden Tage hinter mir, oder was? Mann! Ich kann Livi allmählich verstehen. Die Welt ist ungerecht. Und zwar hammerhaihart ungerecht.

Doch dann fielen mir wieder die alten Leutchen in der Lauschigen Eiche ein und meine mega-weltenrettertolle Idee, und da hatte ich sofort so supergute Laune, dass mir das bisschen Schule egal war. Oooooh, das wird wellenbrechergut!

»Hey, Malea!«

»Oh, hey Carla!« Hab sie gar nicht kommen sehen. »Was machst du denn hier?«, frage ich freundlich und bleibe stehen, um auf sie zu warten. »Wohnst du nicht auf der anderen Seite der Stadt?«

Carla nickt und beeilt sich, um mich einzuholen. »Ich hab bei meiner Oma übernachtet, weil meine Mutter für zwei Tage nicht da ist.«

Carlas Mama ist total nett. Dabei fällt mir wieder ihr Vater ein. Ob der auch so nett ist?

Gerade will ich sie danach fragen, immerhin habe ich ja behauptet, ihn schon kennengelernt zu haben, als ich nach der nächsten Biegung Lasse hinten am Zeitungskiosk stehen sehe. »Halloooo Laaaaa-sse!«

Lasse dreht sich um und schwenkt zur Begrüßung seinen Arm, an dem mindestens zehn kleine weiße Papiertütchen hängen. Meerwasserklar, er hat sich mit Proviant für einen langweiligen Schultag eingedeckt.

»Hier, weiße Mäuse! Wollt ihr?« Großzügig hält uns Lasse eins der Tütchen hin.

»Danke!«, grinst Carla und greift zu.

Ich verzichte lieber. Von zu viel Zuckerzeug am Morgen wird mir übel. Allerdings ist es auch mal nett, ohne Tessa und Livory zur Schule zu gehen. Man trifft ganz andere Leute.

Wir quatschen ein bisschen über die Schule, dann erzählt Lasse das Neueste von Kartoffel-Tanja. »... aber da hat Sophie zu ihr gesagt, dass sie, wenn Tanja so blöd ist, das nicht macht und dass sich Tanja ihre Party in die Nase stecken kann und dass sie sowieso keine Lust hat, da hinzugehen!«

»Hihihi ...«, kichern Carla und ich.

Bravo, Sophie! Zeig der Ziege, was du von ihr hältst! Tanja denkt doch echt, sie ist die Königin von allen und jeder muss vor ihr auf den Knien liegen.

»Genauso wie neulich in der Klasse bei dir mit deinem Vater«, setzt Lasse noch in Carlas Richtung hinzu und beißt in eine grün-rote Gummischlange. »Lass dir das nicht gefallen!«

»Nö«, macht Carla und schiebt entschlossen die Unterlippe vor.

Dann guckt sie mich unauffällig verschwörerisch an. Und ich grinse unauffällig verschwörerisch zurück.

Lasse stopft sich die restliche Schlange in den Mund. »Is wapf?«

»Nö«, grinsen Carla und ich zusammen.

Aber weil Lasse so fragend guckt, erzähle ich doch noch kurz von Dienstagnachmittag auf dem Spielplatz. Warum Tanja und ihre Hofdamen Lisa-Marie und Susen dann plötzlich aufgegeben haben und abgezogen sind, erzähle ich aber nicht. Dass ich behauptet habe, Carlas Vater zu kennen, war ja sowieso nur eine Weltenretter-Notlüge. Kein Grund, die noch weiter auszudehnen.

»Echt, diese stinkmorchelige Tanja ist so ne blöde Nuss, die sollte man beim nächsten Regen mal kräftig in ne Regentonne tauchen – mit ihrem Kartoffelgesicht nach unten!«, ist Lasses Kommentar.

Oh, ja, meerfrisch-feine Vorstellung!

»Vielleicht spült ihr ein Bad das Gehirn ein bisschen klarer!«, raunzt Lasse.

»Hihihi …«, kichern Carla und ich.

Ich mag Lasse echt gern.

Kurz vorm Schulgelände verabschiedet er sich. »Ich hau dann mal ab. Wir sehen uns in der Zweiten!« Mit seinen weißen Papiertütchen in der Hand rennt er den kleinen Hügel runter zu den Sportanlagen.

Die Jungs haben Fußball und wir Mädchen Handball.

Voll ungerecht wie so vieles auf der Welt. Ich spiele total gern Fußball und Handball finde ich stinkdoof.

Ich will auch gerade losrennen, da zupft mich Carla am T-Shirt. »Du, ich ... ich wollte dir noch was sagen ...«

»Ja?« Ich lächele freundlich.

Carla druckst ein bisschen rum, als wisse sie nicht, wie sie anfangen soll. »Ähm, also ... danke noch mal, dass du ...«

»Hey, jetzt hör aber auf!«, unterbreche ich sie. »Du hast dich doch schon fünfzig Mal bedankt. Echt kein Problem!« Ich buffe sie kameradschaftlich an die Schulter. »Ich freu mich über jede Gelegenheit, dieser Kartoffelkuh einen Dämpfer zu verpassen.«

»Mhmm ...« Carla nickt zustimmend.

Leider sieht sie immer noch nicht sehr glücklich aus.

»Und dein Vater ist bestimmt total nett«, füge ich ermunternd hinzu, »den hätte ich wirklich Lust kennenzulernen.«

»Mhmmm ...«, macht Carla noch mal und nuschelt dann so leise, dass ich es fast nicht mitkriege: »Ich auch.«

»Hä?«

Carla guckt plötzlich sehr verlegen.

Ich versteh nur Meerbahnhof. »Was meinst du?«

»Ich hätte auch total Lust, ihn kennenzulernen«, wiederholt Carla leise.

»Aber du ...«, fange ich an und breche dann ab.

Weil ich in dem Moment kapiere, was Carla gesagt hat. Oh! »Du .... kennst ihn selbst gar nicht?«

»Nein.« Carla schüttelt traurig den Kopf.

»Ah ...«, mache ich. Weil ich nicht weiß, was ich sonst sagen soll. Sie hat uns alle angelogen?

Carla guckt immer noch total traurig. Und sie sieht

aus, als würde sie sich gerade ziemlich schrecklich fühlen. Was ja wohl auch gerechtfertigt ist. Ich meine, einfach so zu lügen!

Doch dann sehe ich wieder Tanja vor mir. Ihr fieses Gesicht! Und wie verächtlich sie Carla angeguckt hat, als sie behauptet hat, dass Carla ihren Vater gar nicht kenne. Dabei ist das ja gar nichts Ungewöhnliches. Es gibt ne ganze Menge Kinder, die ihren Vater nicht kennen.

Aber ich kann verstehen, dass Carla sich in dem Moment total hilflos und auch sehr verletzt gefühlt haben muss. Ich selbst habe mich ja schon total mies gefühlt. Und mich umso mehr gefreut, als Carla uns dann allen erzählt hat, wie ihr Vater heißt und wo er wohnt und dass sie ihn sehr wohl kennt. Ja, richtig erleichtert war ich da. Also … also kann ich es ihr wohl nicht wirklich übel nehmen, dass sie gelogen hat. Hätte ich vielleicht auch gemacht. Sie hat eben eine Notlüge gebraucht. Hab ich ja auch gemacht. Das kann man verstehen.

»Oh, Mann!«, antworte ich genauso leise und streiche Carla leicht über den Arm, um ihr zu zeigen, dass ich sie verstehe.

Leider guckt Carla immer noch nicht viel glücklicher. »Kannst du das … könntest du das vielleicht für dich behalten?«, fragt sie.

Ich hole Luft, weil ich die brauche, um zu betonen, wie ernst ich das meine. »Aber logisch! Meerwasserklar! Das geht doch sowieso keinen was an, ob du deinen Vater kennst oder nicht!«

Carla atmet erleichtert aus und grinst entschuldigend. »Danke. Ich wollte nur … Ich wollte, dass du das weißt.«

»Danke, dass du mir das gesagt hast!« Dann grinse ich auch. »Das ist jetzt unser Geheimnis. Und wenn du ihn mal kennenlernst, dann sagst du mir Bescheid, ja? Ich möchte zu gern wissen, wie er so ist.«

Carla lacht. »Ich auch!«

Als wir zusammen den Hügel runterrennen, fällt mir ein, dass sie ja immerhin den Namen ihres Vaters kennt.

Ich stoppe sie kurz, bevor wir zu den anderen am Handballplatz kommen. »Warum erzählt dir deine Mutter eigentlich nicht mehr von ihm? Ich meine, außer dass er Jan Brandt heißt und dass er in Australien lebt?«

Carla zieht eine zerknautschte Grimasse. »Meine Mutter erzählt mir gar nichts.«

»Und woher weißt du das dann?«

Carla guckt harmlos und verschmitzt wie ein Bambi-Rehkitz. »Hab ich mir ausgedacht.«

»Du hast dir auch *seinen Namen ausgedacht*?«, wiederhole ich ungläubig.

Carla nickt und beobachtet mich unsicher.

Ich überlege, wie ich das finde.

Dann grinse ich. »Also, ich finde, Jan Brandt ist ein klasse Name!«

»Ja, nicht?« Carla grinst endlich ebenfalls.

Und dann lachen wir beide.

Ich glaube, manchmal sind Notfall-Lügen nicht nur okay, sondern vielleicht sogar wichtig im Leben.

Tessa

Noch ein kleiner Ratschlag aus dem kommenden Bestseller-Buch »Flirten, Stylen und andere Lebenstipps von Tessa-Tiara Martini und Dorothea Dunst« zum Thema Mascara: 1. Niemals Billigprodukte kaufen. 2. Vorzugsweise (also immer) wasserfeste Wimperntusche benutzen. 3. Ab und zu mal in den Spiegel gucken, ob die Farbe noch da ist, wo sie hingehört!

Ich war zur Erholung heute Morgen im Schwimmbad. Hat mich emotional aber leider auch nicht sehr erfrischt. Jetzt muss ich unbedingt mit Dodo reden. Übermorgen ist meine Party, doch irgendwie ist mir total flau zumute. Partystimmung ist auch was anderes.

Dodo ist zur Schule gegangen, jetzt wollen wir uns im Bella Roma treffen. Bueno – gut, ich bin hier, aber keine Dodo ist zu sehen. Wo bleibt die Nudel denn?

Ringelingelingdingdong! Mein Handy – Dodo!

»WO BLEIBST DU?«, brülle ich als freundliche Begrüßung in den Hörer.

»Wo bleibst DU?«, brüllt Dodo zurück. »Ich sitze hier völlig allein im Hirschen vor meinem Kaffee!«

»Du bist im Goldenen Hirschen?« Dodo ist doch echt

ein Erbsenhirn! »Wir wollten uns im Bella Roma treffen!«

»Hast du nicht gesagt, einen Kaffee im Schatten?«, fragt Dodo vorwurfsvoll.

»Hier IST Schatten!« Okay, jetzt klinge ich nicht mehr freundlich.

Was Dodo auch sofort persönlich nimmt. »Meckere mich nicht so an!«

Dabei ist mir echt elend zumute. Könnte auf der Stelle anfangen zu heulen. Dodo sollte mich doch gut genug kennen!

Dodo, am anderen Ende der Leitung, atmet hörbar aus. »Okay, okay, gib mir drei Minuten. Ich komme rüber.«

Hrggh. Ich atme auch aus, als ich das Handy wieder zurück in meine Handtasche stecke. Warum ist das Leben so mies? Gerade jetzt.

Monatelang hab ich mich auf meine große Party gefreut, die mir Iris und Cornelius zum 16. versprochen haben. SOS wollen spielen. Alle sollten tanzen. Es wird eine große Bühne geben. Und jede Menge Köstlichkeiten. Der ganze Garten sollte mit Blumen geschmückt sein. (Hat mir Rema versprochen.) Ich wollte singen. In meinem allerschicksten Kleid. Für …

… für … por mi amor.

Ja, irgendwie habe ich mir alles immer mit Javier vorgestellt. Natürlich habe ich das! Javi ist ein Teil von mir. Von meinem Leben. Und jetzt wird er nicht dabei sein. Und Dodo kapiert nicht mal, wo wir uns treffen wollten!

Oh, mir ist so elend, dass ich wirklich kurz vorm Heulen bin!

Huch? Das ist doch nicht …?

NEIN! Bitte nicht jetzt!

Mit Schreck sehe ich einen Jungen den Weg vom Fluss hochkommen. Der fehlt mir gerade noch! Ich schlucke die Tränen runter und schalte auf Autopilot. Lächeln, Tessa, lächeln! Niemand wird eine Lady zusammenbrechen sehen!

Ich bin gefasst, wie immer, als er jetzt auch mich sieht und zielsicher auf meinen Tisch zusteuert.

»Hallo Henry!«, komme ich ihm zuvor.

»Hi Tessa! Wie nett, dich zu treffen!«

Nett? Hmpf. Lächeln!

Da fällt mir ein … (El cielo me ayude! Himmel hilf mir!) Äh … ist meine Wimperntusche in Ordnung? Ich habe bei dem Gedanken an Javi eben deutlich gefühlt, dass sich ein oder zwei Tränen in meine Augen geschlichen haben.

Hab ich heute eigentlich die wasserfeste Mascara benutzt? Ayuda – Hilfe, ich fürchte, nein! Warum bin ich bloß immer so knickerig und hebe die teuren Sachen für besondere Gelegenheiten auf? Besorgt klimpere ich mit meinen Wimpern, um von möglichen Spuren abzulenken.

Na, klasse, das fasst Henry sofort falsch auf. Erfreut lächelt er. »Wartest du auf jemanden oder darf ich mich setzen?«

Okay, an dieser Stelle muss eine Lady nun definitiv – höflich, aber klar und SEHR deutlich – Ansage machen!

Ich lächele immer noch beinhart. »Ich warte auf Dodo. Und eigentlich haben wir doch alles besprochen, oder?«

Henry geht sofort einen Schritt zurück. »Klar!« Er schluckt. »Logisch! Ich wollte auch nicht … Ich meine, das sollte nicht heißen, dass ich …«

»Schon gut«, unterbreche ich ihn milde. »Aber, wie gesagt, Dodo muss jede Sekunde hier sein.«

»Na, dann«, meint Henry, und ich kann sehen, wie er jetzt selber darum kämpft, sein lockeres Lächeln beizubehalten. »Dann bis morgen in der Schule oder so!«

Ich nicke. Und lächele. Ja, genau. Oder so.

Henry ist gestern Nachmittag sehr enttäuscht gewesen, als ich ihn bat, nicht zu meiner Party zu kommen. Aber ich finde, das wäre irgendwie schräge gewesen. Ich meine, jeder weiß, dass er verknallt in mich ist. (Was man ihm natürlich nicht übel nehmen kann.) Und klar spricht im Prinzip auch nichts dagegen, irgendwann mal wieder Eis zusammen zu essen oder auf die gleichen Partys zu gehen. Aber ich denke, es ist wichtig, dass er versteht, dass wir nichts weiter als Bekannte sind. Und dass wir mit gemeinsamen Aktionen lieber abwarten sollten, bis er seine Gefühle in *richtigere* Richtungen gelenkt hat. Denn *ich* bin NICHT in ihn verknallt. Gar nicht.

Und meine eigenen aktuellen Gefühle (die nichts mit *ihm* zu tun haben) muss ich bitte auch erst mal sortieren. Sprich: Ich muss irgendwie lernen zu überleben. Ohne Javi. (Und dabei kann ich Henry nun wirklich nicht gebrauchen!)

Oh Gott, ich könnte schon wieder heulen!

Wo ist denn bloß mein kleiner Schminkspiegel?

Und wo – zum kratzigen Kajalstift – bleibt Dodo??

Alles completamente mierda, total Scheiße! (Sorry, auch eine Lady hat ihre Tiefpunkte.)

Als ich kurz davor bin, tatsächlich innerlich zusammenzubrechen, taucht endlich das strahlende Gesicht meiner besten Freundin hinter der Hausecke auf. Ich fühle mich sofort einen Millimeter besser. Ich glaube, ich könnte *nie* ohne Dodo leben!

»Dodooooo!« Ich stehe tatsächlich auf und falle ihr in die Arme, als hätte ich sie Jahre nicht gesehen.

Dodo, die Allerbeste, kapiert sofort. Und drückt mich einfach nur. Und hält mich. Und sagt nichts. Weil sie nichts zu sagen braucht.

Während wir uns setzen, streicht sie mir eine Locke aus dem verheulten Gesicht und richtet auch gleich den Rest meiner Haare. (Dodo denkt auch in schwierigsten Momenten immer praktisch. Was würde ich nur ohne sie machen?)

Aufmunternd und energisch presst sie beim Lächeln ihre Lippen zusammen. »Das wird wieder, Tessa, Süße! Wirst sehen.« Sanft streichelt sie meine Hand. »Das ist jetzt ne Scheißzeit. Das ist nicht zu ändern. Aber irgendwann …« Sie seufzt, als fühle sie meinen Schmerz tatsächlich mit. »… irgendwann ist auch das hier nur noch Vergangenheit.«

Ich nicke. Und fange doch wieder an zu heulen. »Aber wann? WANN?«

Doch das Bescheuertste an der Sache ist natürlich: Ich möchte überhaupt nicht, dass all dies Vergangenheit wird. Dass Javi Vergangenheit wird. Dass alles sehr, sehr lange her ist. Ich möchte ganz im Gegenteil…. meinen Javi! JETZT!

Dodo seufzt noch mal herzzerreißend.

Dann bestellt sie. (Hab den Kellner gar nicht kommen hören.) »Eine Eisschokolade für mich bitte. Und eine mit einer großen Extraportion Sahne für meine Freundin.«

Der Kellner nickt und verschwindet eilig. Ich nehme

an, heulende Kundinnen gehören nicht zu den Lieblingsmomenten seines Arbeitslebens.

Die Zeit, die der Schokotrunk braucht, nutze ich, um mich im Waschraum frisch zu machen. Wie kann es bloß sein, dass mich das so mitnimmt? Ich habe mich noch NIE in meinem Leben so elend und hilflos gefühlt.

Wieder erinnere ich mich daran, wie alles gekommen ist. Das blöde Missverständnis, als Javi dachte, dass ich plötzlich mit Henry zusammen sei. Dabei wollte ich das NIE, NIE, NIE. Und JAAAA, zum dreitausendsten Mal ja, ich verstehe allmählich, dass es so ausgesehen haben *könnte*. Weswegen ich jetzt ja auch so überklar und deutlich handele. Damit der verknallte Henry nicht mehr auf falsche Gedanken kommt. Oh, Javi, kannst du denn nicht sehen, wie sehr ich mich bemühe, alles wiedergutzumachen?

Nein, kann er nicht. Weil er nicht hier ist. Und weil er keine meiner SMS gelesen hat. Und bestimmt auch nicht den langen Brief, den ich ihm geschickt habe.

Wie geht es ihm eigentlich? Was denkt er? Hat er mich tatsächlich so schnell abgehakt? Tut es ihm denn gar nicht weh?

Ich fühle mich kühler, als ich wieder raus unter den Sonnenschirm zu Dodo gehe, und sehr viel nüchterner. Die Nüchternheit schmerzt fast noch mehr als das Weinen. Es ist, als ob alle Freude, alle Wärme aus meinem Körper raus sind. Und alle Hoffnung.

»Nimm einen Schluck!«, ermuntert mich Dodo.

Danach reden wir endlich. Erst langsam, dann schneller. Ich erzähle und erzähle. Alles, was Dodo sowieso schon fünfzig Mal gehört hat. Alles, was rausmuss. Noch mal und noch mal.

Und Dodo, meine herzallerliebste Dodo, hört zu. Und versteht. Ab und zu streichelt sie meine Hand, und ab und zu lächelt sie aufmunternd. (Wie können Menschen überhaupt ohne beste Freundinnen leben?) Nach einer langen, langen Stunde fühle ich mich endlich besser.

»Dios mío – meine Güte!«, stöhne ich befreit und wage das erste leichte Lächeln. »Danke, Dodo!«

»Immer, Tessie, immer!«, antwortet Dodo ernsthaft.

Und ich weiß, dass sie das auch meint.

Als wir langsam nach Hause schlendern, fragt sie vorsichtig, ob es denn sehr schlimm wäre für mich, wenn Ramón zur Party käme.

Ich gucke sie an. »Natürlich nicht.«

Obwohl das fett gelogen ist. Dodos Freund Ramón wird mich natürlich jede Sekunde an Javi erinnern. Aber ich kann ja nicht von der ganzen Welt erwarten, ihr Leben zu ändern, bloß weil es mir schlecht geht. Und sowieso – Ramón hat vor Wochen schon den Flug gebucht.

Genauso wie Javi.

Ach, Kacke.

STOPP! Ich beschließe – jetzt und hier –, für heute nicht mehr daran zu denken. Sonst ertrinke ich noch in trostlosem Selbstmitleid. Und das will ich nicht.

»Natürlich muss Ramón kommen!«, versichere ich. »Wäre doch völlig bescheuert, wenn er auch in Spanien bleiben würde.«

»Aaaaah, danke!«, haucht Dodo und sieht so erleichtert aus, dass ich begreife, wie sehr ihr das auf der Seele gelegen hat.

Das muss für sie wie ein Spagat gewesen sein. Treu an meiner Seite zu stehen, aber sich gleichzeitig nach dem eigenen Freund zu sehnen. Oh, ich hab die beste Freundin der Welt!

In der Kastanienallee, auf halbem Weg zu unserem Haus, können wir bereits Kuchenduft riechen. Hui, das riecht ja wie *richtiger Kuchen*! Ohne Hackfleischstückchen oder Rosenkohl als *Auflockerung* im Teig versteckt, meine ich. Aber selbst wenn! Ist es nicht das Wichtigste, überhaupt eine Familie zu haben, die sich freut, dass man Geburtstag hat? Egal, was im Teig ist?

Einen kurzen Moment lang denke ich an Melanie, die all das zurzeit nicht hat. Oh, ich hoffe und drücke ihr ganz fest die Daumen, dass sie sich schnell wieder mit ihrem Vater versöhnt. Aber ihre Tante schien da sehr optimistisch zu sein.

Und jetzt lächele ich richtig und ehrlich. Weil ich mich freue. Trotz allem – ich hab doch verdammtes Glück im Leben, oder nicht?

Rema

Falls es jemanden interessiert, kommt hier das Rezept für Lakritzschlagsahne. (Ist aber nicht ganz einfach zu machen, behauptet Iris.) Man löse die Lakritzpastillen in leicht angewärmter Sahne auf und stelle sie danach zum Kühlen für mindestens eine halbe Stunde in den Kühlschrank. Vor dem Schlagen der Sahne füge man zusätzlich etwa zwei Packungen Sahnesteif hinzu, um die lakritzverseuchte Sahne mit dem Mixer noch fest zu kriegen. Meine bescheidene Meinung: Das schmeckt genauso scheußlich, wie es sich anhört! Iris' Entschuldigung: »Ich habe immer Angst, dass das Essen zu langweilig wird.« Meine ehrliche Antwort: »Oh, Liebes, in DER Richtung brauchst du dir wirklich keine Sorgen zu machen!«

Iris ist doch gestern tatsächlich nicht davor zurückgeschreckt, noch mal Erdbeertörtchen mit Lakritzschlagsahne auf den Tisch zu stellen.

»Tessa zu Ehren«, hat sie allen Ernstes dazu gesagt.

Was hab ich in ihrer Erziehung bloß falsch gemacht? Iris war so ein liebes kleines Kind. Woher kommt nur dieser Drang, uns alle vergiften zu wollen, seit sie erwachsen ist? Walter – mein lieber Walter – lacht, als ich ihm meine Gedanken mitteile.

»Du hast alles richtig gemacht, Renate!«, grinst er und gibt mir einen Kuss.

Hups, ein bisschen stürmisch, ich falle fast dabei um! Bin ja schließlich nicht mehr die Jüngste! »Walter! Bitte!«

Darauf lacht Walter noch mehr.

»Ich meine das ernst«, beharre ich.

Walter hört auf zu lachen, aber behält ein Lächeln in seinem Gesicht. »Im Ernst, Renate! Iris ist ein ausgesprochen sorgender, warmherziger und mitfühlender Mensch und eine wunderbare Mutter. Das weißt du ganz genau. Du weißt es sogar am allerbesten, denn nicht zuletzt *du* hast sie dazu gemacht.«

»Hach ...«, seufze ich wohlig und fühle mich gleich deutlich getröstet. Denn selbstverständlich stimme ich ihm voll und ganz zu. Meine Tochter ist die Beste. Wenn sie ... ach, wenn sie nur nicht so verrückt beim Kochen wäre!

»Trotzdem könnten ihr doch die armen Erdbeeren leidtun«, jammere ich kopfschüttelnd. »Unter schwarzer Lakritze begraben zu werden – also wirklich!«

Walter zieht mich zu sich runter aufs Sofa. »Du solltest dir nicht so viele Sorgen machen!«

»Um die Erdbeeren?« Ich schmiege mich an ihn.

»Blödsinn!«, grunzt Walter. »Um alles andere, meine ich natürlich. Ich bin doch nicht blind.«

Ach, ach, ach, er hat ja recht! Natürlich geht es nicht um Erdbeeren. Ich mache mir Sorgen um unsere Tessa. Das Kind sieht nicht gut aus. Dunkle Schatten, die auch die dickste Schminke nicht wegkriegen, hängen unter ihren Augen, und über ihrer Seele tropfen Regenwolken – trotz des herrlichen Sommerwetters. Dabei versucht sie wirklich, tapfer zu sein. Das muss man bewundern.

Ich kann mich gut daran erinnern, wie schlimm Liebeskummer sein kann. Als junge Frau hab ich oft genug selbst darunter gelitten.

»Du?«, zieht mich Walter auf. »Wohl eher die jungen Herren!«

Als Antwort zwicke ich ihn ins Bein. Nicht doll natürlich. Männer sind schrecklich wehleidig.

»Au!«, schreit Walter trotzdem, doch als Antwort zieht er mich wieder näher zu sich ran. »Hör auf, dir um Tessa Sorgen zu machen! Das Mädchen ist clever und patent und wird ihren Weg im Leben machen.«

Ich seufze brunnentief. »Das weiß ich, das weiß ich doch! Es ist nur … Es ist so hart, sie so leiden zu sehen.«

Walter gibt einen halb zustimmenden, halb ablehnenden Grunzer von sich.

»Wenn es wenigstens eine ehrliche Entscheidung gewesen wäre«, setze ich noch mal an. »Aber Javier scheint ja gar nicht zu wissen, was wirklich passiert ist. Vielleicht würde er seine Meinung ändern, wenn er wüsste, wie sehr sie …«

»Jetzt hör endlich auf!« Walter richtet sich auf und guckt mich energisch an. »Wenn du schon wieder damit anfängst, dass jemand mit ihm reden sollte, dann sage ich dir, was ich dir in den letzten Tagen schon hundert Mal gesagt habe. IN LIEBESDINGE MISCHT MAN SICH NICHT EIN!«

Oi-joi-joi! Langsam klingt er verärgert.

Ich schnaube ein bisschen durch die Nase. Denn sein Ärger verärgert mich auch. Wieso begreift Walter das nicht? Es sind auf der Welt schon schlimme Dinge durch Missverständnisse geschehen. Man sollte doch wohl aufklären, wo man aufklären kann! Oder etwa nicht?

»NICHT! Nein!«, raunzt mir Walter entgegen, als ich das noch mal anmerke. Mit muffeligem Gesicht erhebt er sich und geht rüber zur Küche. »Ich mache jetzt einen Kaffee, und dann ist bitte Schluss mit dem Thema. Möchtest du auch einen?«

Ich schnüffele aus dem offenen Fenster rüber zu Iris' Haus. »Du, ich glaube, der Kuchen drüben ist fertig. Vielleicht gucken wir mal, auf was für Ideen meine Tochter heute gekommen ist?«

Walter steckt seine Nase zurück ins Zimmer und grinst. »Du meinst, wir sollten ein Stückchen probieren, um sicherzugehen, dass der Kuchen genießbar ist?«

»So in etwa«, lächele ich, »oder auch zwei.«

»In Ordnung! Gib mir fünfzehn Minuten! Ich will nur noch schnell Auroras Nest ausmisten und frisch auffüllen. Wenn wir erst drüben sind, kommen wir vor heute Abend da nicht wieder weg.«

»Ist gut«, nicke ich, »dann mach ich solange das Kreuzworträtsel hier fertig.«

Doch das Kreuzworträtsel in der Zeitung kann meine Gedanken leider nicht lange von Tessa fernhalten. Wem würde nicht das Herz wehtun, eine seiner Enkeltöchter so leiden zu sehen? Es ist einfach zu ungerecht!

Außerdem verstehe ich wirklich nicht, was falsch daran sein soll, mit Javier einmal ganz in Ruhe zu sprechen. Danach kann er seine Entscheidung ja immer noch selbst treffen. Wenigstens sind dann die dummen Missverständnisse aus dem Weg geräumt und er wüsste auch, WIE wichtig er Tessa ist. Ich fürchte, das unterschätzt er.

Hach, warum sind Männer bloß so stur?

Ich lasse die Zeitung sinken und horche nach draußen. Walter ist bestimmt noch ein Weilchen beschäftigt. Ich überlege. Also schön, dann sind Männer eben stur. Hält mich ja nicht davon ab, das zu tun, was ICH für richtig halte. Ha!

Wo ist denn das dusselige Telefon? Früher hatten die Dinger noch Schnüre dran, Kabel genannt! An denen brauchte man sich nur entlanghangeln und schon hatte man sie gefunden.

Ah, hier ist es ja! Bestimmt hat Walter die Nummern eingespeichert. Er mag die Jungs ja genauso gern wie wir alle. Ah, hier! Hm, noch mal überlegen …! Tue ich das Richtige?

Entschieden nicke ich mir selbst zu. Absolut.

Und auch wenn alle dagegen sind: Ich mache weder was Verbotenes, noch muss ich jedem verraten, was ich mache, oder? Eine Frau muss tun, was eine Frau tun muss. Ich glaube sowieso fest daran, dass jeder im Leben das tun sollte, was er selbst für richtig hält, und dass man sich auf keinen Fall zu viel auf andere verlassen sollte.

»Hallo? – Ja, hallo, hier ist Renate. – Ja, Renate! – *Rema*! – Genau!« Puh, der hat anscheinend überhaupt nicht mit mir gerechnet! »Wie geht es dir, mein Lieber? Ich rufe an, weil ich …«

Kenny

Hugo ist süß, Momo ist toll, aber Aurora ist die Hühnerfeinste, Zuckerschlaueste, Sommerhübscheste, Allerbeste von allen!

Romy, Bentje und ich schieben mit Aurora und Schacklien und Anton (das ist Romys Puppe, sie findet Mädchenpuppen doof) durch den Park. Bentje sagt, Schacklien sei ein bisschen empfindlich und vertrage die heiße Sonne nicht so gut, deshalb gehen wir hier im Schatten unter den Bäumen lang. Aber es ist wohl eher Bentje, der es zu heiß ist, denn Schacklien sieht total munter aus.

Bentje macht immer ein schreckliches Theater um ihre Schacklien. Sie behauptet, das liege daran, dass Schacklien eigentlich eine Prinzessin sei. *Ich* glaube, das liegt daran, dass Bentje manchmal nicht alle Zacken an ihrer eigenen Krone hat.

Hühner sind aber auch ein bisschen empfindlich. Denn Aurora flattert nur ganz wenig in meinem Puppenwagen rum und tockert dabei leise und jämmerlich und macht sich ganz klein, obwohl sie Ausflüge sonst immer toll findet. Ich weiß gar nicht, was ich machen soll. Sie ist schon seit ein paar Wochen gar nicht mehr wie sonst.

Das kommt bestimmt daher, dass sich alle nur noch um Hugo kümmern. Besonders Malea.

Ich finde, es ist nicht nett, wenn man sich gar nicht mehr um Haustier Nummer 1 kümmert, bloß weil jetzt Haustier Nummer 2 da ist. Aber Mama sagt, dass Haustier Nummer 1 sowieso schon immer am meisten mein Haustier war, und Haustier Nummer 2 ist eben ein bisschen am meisten Maleas Haustier. Und das ist ja auch nicht schlecht. Nur möchte ich, dass mein Haustier wieder glücklich und flatterig und lustig tockerig und eben wie Aurora ist.

Bentje sagt, wenn man Kinder oder Haustiere hat, hat man immer Sorgen. Sie sieht furchtbar wichtig dabei aus, als sie das sagt. Doch da lacht Romy und meint, dass das gekochter Puppenbreiquatsch ist und dass das bestimmt bloß Bentjes Mama gesagt hat. Und außerdem gehe es ihrem Anton jeden Tag gut. Auch wenn er die meiste Zeit des Jahres oben auf Romys Bücherregal verbringt und dort zusammen mit den Büchern fröhlich einstaubt.

Dann erinnern wir uns aber wieder daran, dass wir noch anderes zu tun haben, als uns über Puppenbreiquatsch zu unterhalten, weil wir ja schließlich einen Geheimclub haben. Das finden Romy und Bentje auch interessanter.

Malea hat beim Frühstück erzählt, dass sie gleich nach der Schule wieder ins Tierheim geht, um ihre Momo abzuholen, und dass sie dann mit ihr in die Rauschigen Teiche geht, weil sie da was Wichtiges vorhat. Möchte wissen, was sie da mit einem Hund so Wichtiges macht.

»Wollen wir mal rüber zu den Flauschigen Leichen gehen und die besuchen?«, frage ich.

»Okay«, nicken Bentje und Romy.

Die alten Leute dort sind voll nett und freuen sich immer richtig doll, wenn sie uns sehen. Ich gehe gern da hin. Und heute könnten wir außerdem ganz geheim herausfinden, was Malea da so Tolles zu tun hat.

Das finden Bentje und Romy gut.

Als wir vom Park rüber in den etwas kleineren Park des Seniorenheims kommen, sehen wir aber nichts Besonderes. Nur ein paar alte Leute, die auf den Bänken sitzen und quatschen oder einfach lächelnd in die Gegend gucken. Halt! Da oben am Hang sind noch mehr. Hui, da sind ja richtig viele! Gibt's da vielleicht Eis umsonst?

»Los, da hinten hin!«, kommandiere ich.

Im Galopp karren Bentje, Romy und ich Schacklien, Anton und die weinerliche Aurora den kleinen Hügel rauf, wo oben eine dicke Gruppe von Menschen rumsteht. Irgendwas passiert da. Vielleicht sogar was Geheimes.

»Schnell!«

Ein bisschen außer Atem kommen wir oben an und drängeln uns sofort durch zur Mitte, weil es immer die Mitte ist, wo was Interessantes passiert. Und – boah – da bin ich aber enttäuscht! Denn in der Mitte ist gar nichts Interessantes. Da sitzt nur Malea auf einem Gartenstuhl. Und Momo schnüffelt an einer langen Leine mit ihrer Nase langsam von einem zum anderen.

Ich gucke mich rasch um. Eis irgendwo?

Nö, nix. Pffff. Alle alten Leute gucken bloß auf Malea und Momo und streicheln sie. Also Momo streicheln sie, nicht Malea.

Das kann doch nicht sein! Ich kneife die Augen voll Schäms-Bond-mäßig zu, wie das sonst immer Malea macht, und gucke und gucke und gucke. Voll doll. In jede Ecke, auf jede Omi und jeden Opi. Auf den Boden, hoch zum Himmel und wieder zurück zu Malea und Momo. Absolut gar nichts hier. Außer Malea und Momo. Und all den weißhaarigen oder glatzköpfigen Leuten, die sich richtig darum drängeln, Maleas alte Hündin anzugucken und zu streicheln.

Okay, Momo ist echt hübsch und ganz lieb und zahm, auch wenn sie ein großer Schäferhund ist, aber das kann doch nicht so spannend sein! Ich gucke mich weiter um. Da sehe ich an einem kleinen Tischchen die nette Frau Flieder mit ein paar Freundinnen sitzen.

»Was *macht* ihr denn alle hier?«, frage ich.

Frau Flieder mit dem runzeligen Rapunzel-Gesicht lächelt. »Wir bewundern den schönen Hund, den Malea heute mitgebracht hat.«

Weil ich wahrscheinlich etwas enttäuscht aussehe, sagt Frau Flieder auch noch: »Weißt du, kleine Kenny, viele alte Leute gehen kaum noch aus dem Haus. Viele wollen nicht mal mehr aus ihrem Zimmer. Den Ärmsten ist so langweilig, dass sie nur noch vor dem Fernseher hocken. Denn da ist mehr los als draußen im Garten. Aber Maleas Momo hier hat sie neugierig gemacht. Und da sind sie doch rausgekommen und endlich mal an der frischen Luft. Ist das nicht schön?«

»Hm«, mache ich, weil ich das irgendwie schwer glauben kann. Ich meine, wer hat denn Lust, freiwillig den ganzen Tag nur drinnen zu hocken?

»Wenn du mal so alt bist wie wir, kleine Kenny«, mischt sich jetzt Frau Büntig ein (von Frau Büntig haben wir unsere Katze Mimi), »dann bist du froh über jede kleine Abwechslung, die der Tag dir bietet.«

Ich finde, das ist ganz schön traurig. Ich meine, dass den alten Leuten so langweilig ist.

»Es ist nicht nur die Langeweile«, erklärt die nette Frau Flieder weiter. »Viele von uns können nicht mehr gut gehen und trauen sich dann einfach nicht. Aber so ein Hund…« Sie deutet rüber zu Momo. »… so ein Hund lenkt einen von der Angst ab. Wenn man ein Tier beobachtet, denkt man nicht mehr so viel über sich selbst nach, weißt du?«

Nee, das wusste ich nicht.

Frau Flieder lacht, trotzdem sieht sie irgendwie auch ernst dabei aus.

»Aber du hast doch keine Langeweile oder Angst, Frau Flieder, oder?«, frage ich. »Du gehst doch sogar noch ganz bis zur anderen Seite der Stadt. Wir haben dich ja neulich getroffen. Da hast du auf jemanden gewartet und…«

Das findet Frau Büntig komischerweise komisch, denn sie kichert leise.

Doch Frau Flieder macht ganz eilig »Pssst!« in meine Richtung und sieht sich besorgt um, ob uns jemand zugehört hat.

Ja, es haben noch zwei andere zugehört. Und zwar Bentje und Romy. Aber Bentje war ja sowieso am Sonntag dabei, als wir Frau Flieder gesehen haben. Deshalb findet Frau Flieder das wohl nicht schlimm. Aber warum will sie nicht, dass sonst noch jemand hört, wo sie am Sonntag war?

»Ist das ein Geheimnis, dass du da oben auf dem Berg auf der anderen Seite vom Fluss…?«, frage ich.

»Psssst, Kenny! Nicht!«, wispert Frau Flieder sofort und sieht ganz erschrocken aus. Dann beugt sie sich zu uns rüber. »Ja, das ist ein Geheimnis. Können wir das vielleicht unter uns behalten? Könntet ihr versprechen, niemandem zu erzählen, wo ich war?«

Ein Geheimnis? Ein *echtes* Geheimnis? Eins, das *nur wir* kennen? Nur unser Geheimclub? Oh, Bentje und Romy gucken genauso begeistert wie ich!

»Klar«, sage ich, »klar können wir das.«

»Hat der Mann, der dich gesucht hat, auch was mit dem Geheimnis zu tun?«, fragt Bentje da.

Bentje ist ganz schön schlau, denn – hui! – damit scheint sie voll ins Schwarze getroffen zu haben.

Frau Flieder und Frau Büntig reißen beide ihren Mund total entsetzt auf und flüstern mit noch größer aufgerissenen Augen gleichzeitig: »Von dem dürft ihr KEINEM erzählen!«

Boah!, denke ich leise, boah, wie aufregend ist das denn! Aber nach außen sehe ich ganz locker aus. Weil, wenn es um *echte* Geheimnisse geht, muss man immer locker bleiben. Das weiß ich von Malea.

Doch in meinem Kopf rattert es jetzt voll doll. Frau Flieder hat anscheinend am Sonntag oben auf dem Berg auf den Mann gewartet, der nach ihr Ausschau gehalten hat. Das war ein netter Mann. Warum will sie denn nicht, dass das jemand weiß?

Bentje ist nicht nur schlau, sondern auch mutig. Die fragt einfach, wenn sie was nicht versteht. Aber natürlich haben wir gerade versprochen, dass wir das Geheimnis für uns behalten. Deswegen flüstert Bentje ebenfalls.

»Ist der Mann ein geheimer *Prinz?*« Bentjes Augen leuchten, wie sonst nur, wenn bei uns das Dach einstürzt oder Livi vom Dach runterfällt.

Doch da müssen Frau Flieder und Frau Büntig lachen.

»Nein, nein!«, kichert Frau Flieder. »Das ist kein Prinz!«

»Oh, doch!«, widerspricht ihr Frau Büntig und kichert noch mehr. »Natürlich ist das ein Prinz, oder etwa nicht?«

»Hihihi!« Frau Flieder kann sich gar nicht mehr halten vor Glucksen. »Na gut, vielleicht! Wer weiß! Muss sich erst noch rausstellen.«

»Hahaha!« Frau Büntig liegt fast unter dem Tisch, so doll lacht sie.

Also echt! Die meisten Sachen, die Erwachsene zum Brüllen komisch finden, sind überhaupt kein Stück komisch. Ich hab meine Stirn in genervte Falten gerunzelt, und Romy sieht auch schon leicht verknittert aus.

»Oh, Kenny, oh!«, japst Frau Flieder jetzt. »Nicht böse sein! Es ist nur …«

Frau Büntig hilft ihr und beugt sich zu uns rüber. »Wisst ihr, Hilde hat jemanden kennengelernt, der vielleicht sehr nett ist.«

»Du meinst den Prinzen?«, fragt Bentje.

»Genau!«, nickt Frau Büntig. »Aber solange sich Hilde noch nicht sicher ist, ob er wirklich ein Prinz ist, möchte sie lieber, dass das ihr Geheimnis bleibt, versteht ihr?«

Noch nicht ganz.

»Weißt du, Kenny«, antwortet Frau Flieder, »in meinem Alter finden es manche Leute ungewöhnlich, wenn man sich noch verliebt. Manche machen sich womöglich sogar über mich lustig. Und deswegen … möchte ich das lieber noch ein bisschen für mich behalten. Könnt ihr mir das versprechen?«

Meine Laune hellt sich sofort auf. Frau Flieder und der nette Mann sind Verliebte. Das ist doch voll toll!

»Am Montag haben Bernhard und ich deine Schwester Olivia am Fluss gesehen«, erzählt sie flüsternd. »Da sind wir ganz schnell in die andere Richtung gegangen. Ich hoffe, sie hat uns nicht gesehen.« Sie guckt uns verschwörerisch in die Augen. »Das war mir und Bernhard ein bisschen peinlich, wisst ihr?«

So was! Ja, ist das dämlich oder ist das dämlich? Wie kann es denn peinlich sein, wenn man jemanden lieb hat?

Ich zum Beispiel habe Sinan lieb und deswegen will ich ihn auch bei Tessas Party dabeihaben. Auch wenn Tessa noch nicht mal mich dabeihaben will. (Was übrigens voll gemein ist.) Wenn Frau Flieder aus ihrem Bernhard-Prinzen so ein dickes Geheimnis macht, kann sie ihn ja nirgends einladen. Das ist doch voll schade.

Als ich das sage, nickt Frau Flieder und findet, dass ich recht habe. Trotzdem bittet sie Romy und Bentje und mich, noch mal feierlich zu versprechen, dass wir das niemandem verraten werden.

Na, das tun wir natürlich gerne. Denn ist das klasse oder ist das klasse? Wir haben wirklich ein Geheimnis! Ein echtes. Ein voll fettes. Ein supergeheimes Prinzen-Geheimnis! Jaaaaa, ich finde, unser Geheimclub läuft richtig gut!

Und das finden Bentje und Romy auch.

In total guter Geheimclub-Laune schieben wir jetzt mit unseren Wagen wieder rüber zu Malea und Momo.

Endlich bemerkt uns Malea auch und winkt. »Na? Was macht *ihr* denn hier?«

»Wir wollten mal gucken, was *du* so machst«, gebe ich zurück.

Malea grinst und winkt mich näher zu sich ran. Nanu? Die hat ja ihren Agentenblick drauf. Als ob sie mir was Agentengeheimes anvertrauen will. Mann! Ist heute mein Glückstag? Noch mehr Geheimnisse?

Malea beugt sich rüber zu mir und wispert in mein Ohr: »Das ist meine neueste mega-weltenretter-tolle Idee!«

Sie klingt total mega-weltenretter-stolz. Ich kapiere kein Wort.

Da flüstert sie etwas lauter: »Ich rette die Welt, verstehst du? Also, jedenfalls ein Stück von der Welt.« Sie guckt entschuldigend. »Die Welt muss man nämlich Stück für Stück retten, sonst klappt das nicht.«

»Ah«, mache ich, denn das wusste ich noch nicht.

»Und dieses Stück hier sind die alten Leutchen, die Momo rausgelockt hat«, erklärt Malea. »Na, wie findest du das?«

Ich überlege. So viele Menschen habe ich tatsächlich noch nie im Garten von den Plauschigen Weichen gesehen. Wenn die alle vorher nur in ihren Zimmern gehockt haben, dann wäre das wirklich voll traurig. Und alles nur, weil jetzt ein Hund da ist? Wenn das sooo einfach ist, alte Menschen glücklich zu machen, ja, warum tun das dann nicht mehr Leute?

Warum kommen nicht mehr Mädchen oder Jungs mit Hunden zu Besuch in solche Häuser? Ist denn außer Malea noch niemand auf diese Idee gekommen?

Malea sieht immer noch mächtig stolz aus. Und genauso glücklich, wie die alten Leute hier draußen, die um Momo herum stehen.

Und Momo sieht auch glücklich aus. Und stolz. Sooo viele Menschen, die sie streicheln und bewundern, wo sie sonst nur im Tierheim den ganzen Tag allein hinter Gittern sitzt. Ja, irgendwie sind hier plötzlich ALLE glücklich. Und keiner mehr allein oder einsam oder gelangweilt. Ich glaube, manchmal ist meine Agentenschwester Malea genial.

»Mann!«, sage ich. »Mann! Ist das cool oder ist das cool?«

Malea grinst. »Das ist VOLL cool!«

Obwohl ich sehen kann, dass drinnen im Haus immer noch eine ganze Menge alter Leute hinter den Fensterscheiben stehen und anscheinend nicht mal für Momo rausgehen wollen. Oh je, alle ALLE sind also doch noch nicht glücklich! Und auch aus meinem alten Puppenwagen höre ich trauriges Getockere von Aurora. Die Arme! Sie muss sich bestimmt schrecklich vergessen vorkommen. Keiner kümmert sich um sie.

Das scheint Aurora auch gerade zu denken. Denn mit einem kräftigen Hühnerschlag flattert sie jetzt aus der Karre und hopst auf die alten Leute zu. Mitten im Getümmel, direkt neben Momo, spreizt sie ihre Flügelchen und schießt volle Kanone ihr allerlautestes Hühnergetocker aus ihrem kleinen Schnabel. Ich weiß, was das heißt. HIER!, heißt das. ICH BIN AUCH NOCH DA!

Doch dann wundere ich mich. Weil nämlich etwas wirklich Wundersames passiert!

Auch die Leute drinnen hinter den Fenstern können Aurora nicht übersehen. Wie die gucken! Ein Huhn in ihrem Garten! Und auch noch eins, das sich streicheln lässt.

Oh, Aurora LIEBT es, gestreichelt zu werden! Hihi, wahrscheinlich hat sie beobachtet, wie viele Leute Momo übers Fell gestrichen haben. Und ist eifersüchtig geworden. Das kann man ja verstehen.

Neugierig kommen jetzt auch die letzten, die noch im Haus waren, nach draußen, um sich die Hühnersache näher anzugucken. Langsam wagen sie sich an Aurora ran. Näher und näher. Bis Aurora in hellster Glückseligkeit tockert und ihren Hals reckt und sich groß und schön und stolz macht. Aufmerksamkeit liebt sie!

Oh, wie sich auch mein Herz reckt und streckt und sich groß und stolz anfühlt! Auroralein, meine liebste Aurora! So glücklich habe ich sie schon lange nicht mehr gesehen.

Als ich jetzt zu den Fenstern im Haus rübergucke, steht da keiner mehr. Alle sind draußen. Und alle reden miteinander. Über die Tiere nämlich, denn das ist kein bisschen langweilig. Und alle streicheln Momo und Aurora.

»Du, Malea, du, ich glaube, das ist ne gute Sache«, sage ich zu meiner Schäms-Bond Schwester, »das mit dem Weltretten, meine ich.«

Ja, wirklich. Ist das cool oder ist das cool?

Tessa

Wenn du denkst, es geht nicht mehr, kommt irgendwo ein Lichtlein her! Rema sagt, damals zu ihren Zeiten war das ein beliebter Klospruch. Na ja, vielleicht ist da was dran. Am Donnerstagnachmittag dachte ich, es geht nicht mehr. Heute freue ich mich immerhin ein bisschen auf meine Party. Oder jedenfalls darauf, dass sich viele Leute darauf freuen, dass ich Geburtstag habe. Denn das ist ein schönes Gefühl. La vida no es de color de rosa!, sagt man in Spanien. Das Leben ist kein Ponyhof! Nee, aber ich weiß, dass es trotzdem noch viele bunte Farben für mich bereithalten wird. Und überhaupt – wer mag schon rosa Ponys?

Ich glaube, ich schaffe es.

Ich kann nicht gerade behaupten, dass es mir gut geht, aber ich fühle mich nicht mehr ganz so deprimiert wie vor zwei Tagen. Das war der Totalabsturz. Auf jeden Fall fühlt es sich nicht mehr wie ein frontaler Knock-out an, wenn ich nur an Javier denke. Ich kann jetzt dagegen anatmen. Wie gesagt, ich bin nicht gerade superduperglücklich, aber ich bin sicher, dass es weitergehen wird. Irgendwie. Auch ohne Javi.

Iris und Cornelius und die anderen hatten darauf

bestanden, dass Dodo und ich uns bei Dodo zu Hause für die Party fertig machen. Das Ausschmücken meiner Party-Location im Garten sollte eine Überraschung werden. Und was für eine Überraschung das geworden ist! Der Garten ist nicht wiederzuerkennen. Qué bonito – wie hübsch! Wie wunder-wunderhübsch! Ich bin richtig sprachlos.

»Dodo!«, stammele ich. »Guck mal!«

Vor mir stehen Iris, Cornelius, Rema, Walter Walbohm, Livory, Kenny, Sinan, Bentje und Malea im Halbkreis aufgereiht. Malea hat Hugo an der Leine. Zwischen Kennys Beinen tockert eine fröhliche Aurora. Rema hat Mimi im Arm und Iris eine fette Torte in allen Farben des Regenbogens (hat die etwa Remi gebacken?) mit sechzehn brennenden Kerzen.

In diesem Moment fangen alle an zu singen: »Happy birthday to youuu, happy birthday to youuu, happy birthday, liebste Tessaaaaa, happy birthday to youuuu!«

Ich bin so gerührt, dass mir schon wieder die Tränen runterkullern.

Was? NEIN, verdammt! Schon wieder verschmierte Augen? Auf meiner eigenen Party? Ich fange gerade an, mittelschwer panisch zu werden, da fällt mir wunderbarerweise ein, dass ich heute mal nicht zu sparsam war, sondern mich auf Dodos Anraten hin für die wasserfeste Mascara entschieden habe. Ich kann heulen, so viel ich will – yay!

»Auspusten!!!«, schreien alle, und ich beuge mich zu den Kerzen rüber und puste.

»Das Wünschen nicht vergessen!«, ruft Rema lachend, und ich wünsche. Oh ja, ich wünsche aus vollem Herzen!

Nein, nicht, dass plötzlich ein Wunder geschieht und

Javi aus dem Nichts auftaucht und alles wieder wie vorher ist! Nein, mein Leben ist keine rosarote Hollywood-Blubberblase und auch keiner von Iris' schmalztriefenden Kitschromanen, und es soll auch keiner werden. Ich wünsche mir einfach, dass alles gut wird. Was immer gut ist. Da vertraue ich dem Leben voll.

Das Leben ist groß und bunt und, ja, manchmal herausfordernd und streckenweise auch schmerzhaft. Aber oft versteht man viel später, dass manche Dinge, die sich erst scheußlich anfühlen, sich hinterher als erstaunlich nützlich entpuppen.

Wer hätte zum Beispiel ahnen sollen, dass mir mein Sprung aus dem Zug helfen würde, den Schmerz um Javi besser auszuhalten? Ja, honestamente, ehrlich, wer hätte wohl ahnen können, dass ein Bein, das aus einem Busch ragte, mir einiges im Leben kajalstiftklar machen würde? Aber so ist es. Durch Melanie hab ich begriffen, wie viele Probleme andere Menschen in ihrem Leben haben und wie glücklich ich sein kann, dass ich weder hungrig noch allein bin.

Und genauso muy importante: Wer hätte gedacht, dass sogar die Matschfahrt im Müllbus ihr Gutes haben würde? Also ich sag mal, wer einmal im Müll schlief, der weiß von da an nicht nur sein Bett zu schätzen! Oh, und wie ich das zu schätzen weiß! Nicht nur das Bett, sondern auch meine ganze nervige Familie.

Ich kann gar nicht glauben, dass ich Malea und Kenny verboten hatte, zu meinem Geburtstag zu kommen. Das haben die beiden bestimmt falsch verstanden. Na, jedenfalls hab ich ihnen nach meiner Rückkehr sofort gesagt, dass sie selbstverständlich dabei sein müssen und dass sie auch gerne noch Freunde mitbringen dürfen. Ich werde doch meine eigenen Schwestern nicht von meiner Party aussperren! Vor allem nicht, wenn sie mir so tolle Sachen schenken!

Malea hat im Alleingang die ganze Bühne angemalt, die Iris und Cornelius und Walter Walbohm aus altem Holz zusammengeschreinert hatten. Knallweiß und strahlend prunkt sie am unteren Ende des Gartens in der Sonne und wartet auf die Superband des Sommers: *Straight out of the Sky*! Hihi, mit der besten Sängerin des Universums: *Tessa-Tiara Martini*!

Ich drücke sie ganz doll. »Danke, Malea! Das muss mucho, mucho viel Arbeit gewesen sein!«

Dann drücke ich auch alle anderen und bedanke mich. Für selbst gemachte Marmelade (Walter), eine riesige, wunderschöne Patchwork-Tagesdecke für mein Bett (Rema), Tickets für zwei für ein Rockkonzert (Dodo wird sich freuen!), einen großzügigen Einkaufsgutschein bei Madeleine's, meiner Lieblingsboutique im Ort, und tausend anderen tollen Sachen. Von Iris und Cornelius kriege ich sogar außer dieser Party noch ein Wochenende in Amsterdam geschenkt (da wollte ich schon immer mal hin!), und von Livory eine wunderschön gerahmte, selbst gemachte Fotocollage.

Livi sieht ein bisschen geknickt aus, als sie mir das Geschenk überreicht. »Wir wussten nicht …?«

»Blödsinn!«, sage ich, als ich das Bild ausgewickelt habe. Javi und ich in verschiedenen glücklichen Momenten, eingefangen von Livis Kamera. »Das ist sensationell schön! Und die allerbeste Erinnerung an eine tolle Zeit, die ich mir wünschen kann. DANKE!«

Man sieht richtig, wie Livi und Gregory ein Stein vom Herzen fällt, als ich die beiden drücke und knutsche.

Kajalstiftklar, das will ich gar nicht beschönigen – ein bisschen unglücklich ist es schon, so viele Geschenke zu bekommen, die ganz offensichtlich auf zwei Personen abgestimmt sind. Doch die zweite Person muss ja nicht Javier sein. Ich kann auch mit Dodo eine super Zeit haben. Und was die Collage von mir und Javi angeht: Natürlich will ich Erinnerungen an das Jahr mit ihm haben! Auch wenn es im Moment noch wehtut. Das bedeutet ja nicht, dass ich diese Zeit von nun an aus meinem Leben ausradieren will.

Ich drücke das Bild an mich. »Danke, Livi, danke, Gregory! Darüber freu ich mich wirklich sehr!«

Dann atme ich tief ein und bestaune noch mal den großartig geschmückten Garten. Selbst gebastelte Girlanden aus bunten Blumen umranken die Pfähle unserer Veranda, die Bühne und die Seitenwände des großen Partyzelts, das auf dem Rasen steht. Allein das Binden der Blumen muss eine Wahnsinnsarbeit gewesen sein!

Große Kübel mit roten und rosafarbenen Rosenbüschchen rahmen die Partyfläche ein. Die Tische und Stühle, die wir auch schon für Mattes und Katrin Dornkaters Hochzeit gemietet hatten, stehen im Zelt, und auf den Tischen sind unfassbar viele Kuchenköstlichkeiten, Obstsalate und Fruchtshakes aufgereiht.

Am Abend wird es auch herzhaftes Essen geben, beteuert Iris. Au weia! Na, ich hoffe, die meisten werden von all dem Kuchen noch so voll sein, dass sie Iris' – vermutlich sehr eigenwilligen – Abendkreationen weitflächig aus dem Weg gehen können.

Und dann strömen die Gäste in den Garten. Mehr und mehr und mehr. Ich plaudere und lache und bin froh, dass ich mich extra schick gemacht habe. (Obwohl Javi nicht da ist.) Für mich. Für meine Gäste. Für eine tolle Party.

Doch plötzlich geht mir ohne Vorwarnung die Puste aus. Und zwar noch viel schlimmer als im Bella Roma. Ausgerechnet zwei Minuten bevor ich mit SOS auf die Bühne muss. Mein Herz rast, mit zittern die Knie. Lampenfieber ist das nicht. So was kenne ich überhaupt nicht von mir. Was ist denn jetzt los?

Die Jungs stimmen schon ihre Gitarren, der Drummer ruckelt an seinem Schlagzeug rum und Jasper, der Bassist, nickt mir freundlich zu. »Kommst du?«

»Gleich!«, rufe ich rauf und versuche ruhig und gleichmäßig zu atmen. »Eine Minute!«

Panisch suche ich in dem Gewimmel von Leuten nach Dodo. Ich brauche meine Freundin – sofort!

Je weiter die Minute voranschreitet, desto weniger fühle ich mich in der Lage aufzutreten. In meinem Hirn hämmert der Schmerz um Javi so monstermäßig frisch, als wäre alles gerade eben erst passiert. Dabei hatte ich mich doch schon so gut im Griff!

Es ist, als ob mein gesamtes Selbstbewusstsein innerhalb von Zehntelsekunden aus mir rausfließt. So, als hätte jemand aus einem duftenden Schaumbad den Stöpsel gezogen. Das duftende Schaumbad war ich. Eben noch. Jetzt nicht mehr. Jetzt verblubbert das schimmernde Wasser in einem miesen, kleinen Abwasserrohr.

NO-NO-NO! Das darf Tessa-Tiara Martini nicht passieren!! Aufhören! Ich muss den dämlichen Stöpsel, den der Javi-Schmerz gezogen hat, schnellstens wieder reinstöpseln und das Loch schließen. Ich will kein auslaufendes Schaumbad sein! Schließlich brauche ich mich noch.

Und zwar den ganzen wunderbaren Rest meines ganzen wunderbaren Lebens! Dodooo!

Da! Da ist sie!

Panisch zupfe ich sie aus ihrer Gruppe von Leuten raus, bei denen auch Ramón steht. Zum Glück brauche ich nicht viel zu erklären. Mein Gesichtsausdruck sagt vermutlich alles.

»Ruhig, Tessie!«, wispert Dodo in beschwörendem Ton. »Das schaffst du! Und es wird Spaß machen!«

Ich atme wie ein alter Dieseltraktor mit Asthma. »Haarrrrhhhh....«

Dodo beäugt mich kritisch. Dann entscheidet sie sich für härtere Maßnahmen. »Hör mal, Tessa, guck dir all diese Leute an, die sind für DICH hierhergekommen! Weil sie dich mögen! Weil sie dich bewundern. Weil sie dich auf der Bühne beklatschen wollen. Die interessiert nicht, ob du mit Javi zusammen bist oder ob du *nicht* mit ihm zusammen bist oder ob du dich morgen in einen Gartenzwerg verliebst. Die sind an DIR interessiert. Kapierst du? An DIR!«

Sie lässt mich das einen Moment verarbeiten.

»Kapierst du?«, wiederholt sie. »Es geht NICHT um Javier. Es geht um dich! DU bist der Star dieser Party, niemand sonst.«

Haaarghhh.... Der Dieseltraktor wird langsam ruhiger, als ich begreife, was sie sagt.

Sie hat recht. Mein panisches Gefühl war die Panik, ohne Javi nicht mehr zu sein als ein auslaufendes Schaumbad. Aber das ist natürlich totaler Bananenquark! Ich bin Tessa-Tiara Martini! Mit oder ohne Javi!

»Und ich *kann* singen, oder?«, frage ich zur Sicherheit noch mal die beste Freundin der Welt.

»Du bist die tollste Sängerin, die ich je gehört habe!«, antwortet Dodo so überzeugend, dass sogar ich ihr glaube.

Ich räuspere mich, krächze den blöden Dieselmotor aus meinen Lungen, mache mich groß und gerade und fühle es plötzlich wieder. Ja, ich bin nicht einfach die Freundin eines Jungen, der mich fallen gelassen hat, ich bin eine wirklich gute Sängerin. Vielleicht nicht weltklasse, aber richtig, richtig gut.

JA! Der Stöpsel ist wieder drin. Fest und glücklich.

»Danke, Dodo!« Ich küsse sie auf die Wange und renne mit einem erleichterten Lächeln rüber zur Bühne.

Die Jungs von SOS grinsen mir entgegen, als ich auf das Bretterparkett klettere. »Alles klar, Lady?«

Alles Bingo, Jungs! Hier kommt Tessa-Tiara!

Die Jungs von SOS mögen mich und finden es super, mich in der Band zu haben, das kann ich sehen. Und würde ich die im Stich lassen wollen?

»No! Eso no se hace! Das tut man nicht!«, feuere ich mich an.

Und schon legt Rico, der Drummer, los. Jasper und Richard setzen gleichzeitig ein und vier Takte später öffnet sich mein Mund ganz automatisch.

»I saw you out on the streeeeeets, though no one beliiiieves, what I could have achieeeeved in the …«

Jaaaaaa, das ist das Gefühl, das ich brauche! Ein Raunen geht durch die Menge, der erste Beifall kommt und ich schwebe. In meinem Song, in meinem Leben! Wir knallen die ersten drei rockigen Stücke so hammermäßig runter, dass einige von den Gästen bereits wild vor der Bühne tanzen und auch der Rest der Leute kein Auge von uns lässt. Juchhuuu, wir sind guuuuut!

Weitere drei Lieder später fühle ich mich, als könnte mich nichts und niemand in dieser Welt mehr aufhalten. Kein Liebeskummer, keine Missverständnisse, keine Müllwagen. Mein Leben gehört mir! Nur beim letzten Song, einem langsamen Liebeslied, muss ich doch wieder an Javi denken. Jasper und ich haben es vor ein paar Wochen zusammen komponiert, und eigentlich habe ich den Text damals für Javier geschrieben. Ich weiß, dass ich Javi noch immer liebe, aber ich weiß jetzt auch, dass ich ohne ihn leben kann.

Und so gebe ich mich noch mal ganz meinem Gefühl hin. Dem guten Gefühl, einen tollen Jungen zu lieben. Auch wenn der mich nicht mehr zurückliebt.

»We can ride to the staaaars,
say hello to Venus and Mars,
slide along the Milky Way,
pop into a space café,
no limits, no bars.
In a rocket to the sky,
high above we will fly,
looking down onto mother earth,
knowing what our love is worth
no doubts, no questions why.
Oh-oh yeah, with youuuuuu everything I
dooooo....«

Mann! Ich bin so drin in dem Song, dass ich Javi wieder richtig spüre. Fast, als ob er neben mir stände. Als ob wir nie getrennt gewesen wären.

Ich gebe noch mal alles: »Oh-oh yeah, with youuuuuu....!«

In einer Ecke sehe ich Rema mit Walter Walbohm eng aneinandergeschmiegt tanzen und ich muss sogar während des Singens lächeln. Ach, es ist eine einfach tolle Party und ich liiiiebe es, auf der Bühne zu stehen!

Und genau als ich mein schönstes »with youuuuu….!« ins Mikro schmettere und so richtig doll an Javi denke, geht es mit mir durch. Vermutlich die Hormone. Oder eine Fata Morgana! Heiß genug dafür ist es. Allerdings sollte man wohl trotzdem nicht…?

Caramba, ich hab tatsächlich Halluzinationen! Ich sehe Javi am Eingang zum Garten stehen. Esto no es posible – das ist nicht möglich!

Ganz ruhig bleiben! Das gibt sich bestimmt gleich wieder. Im Kopf gibt's ja ne Menge Kabel, die manchmal nicht ganz nach Plan laufen. Bestimmt nur ein kleiner Kurzschluss. Ich werde bestimmt nicht verrückt. Oder doch?

Wie in Trance singe ich weiter.

Die Fata Morgana lächelt. Mich an! Und jetzt winkt sie. Oh Gott, ich werde wirklich verrückt! NEIN!

Ich singe einfach weiter – so laut ich kann. Ich singe dagegen an.

»No distance too looong,
nothing could ever go wrong,
we'll take each other by the hand.
travel to the promised land,
singing our very own song.
Oh-oh yeah, with youuuuuu everything I
dooooo…«

Gibt's doch nicht! Die Fata Morgana singt mit! Ja, woher kennt die denn den Text?

Und jetzt... No creo lo que ben mis ojos – ich traue meinen Augen nicht! Jetzt kommt sie langsam auf mich zugeschlendert. Genauso schlenderig, wie Javi geht. Schiebt sich vorsichtig durch die Menge und bleibt am Rande der Tanzenden stehen. Was mache ich denn jetzt?

Der Fata-Morgana-Typ guckt mir direkt in die Augen.

Ist – das – wirklich – Javi? Hier? In Deutschland? Auf meiner Party?

Aber warum ... wieso hat er seine Meinung geändert? *Hat* er seine Meinung geändert? Und ist das ganz sicher keine optische Täuschung?

Ein Blick zu Dodo rüber macht mir klar, dass Javi wirklich Javier ist. Sie hat den Mund sperrangelweit aufgeklappt.

Jetzt heißt es cool bleiben, Tessa!, feuere ich mich im Kopf an. Keine falschen Schritte! Keine übereilten – und möglicherweise peinlichen – Taten! Schööööön gleichmäßig weitersingen! Keine hastigen Bewegungen!

Ich lasse das Mikro auf die Bretter knallen, stürze von der Bühne, rase ohne Rücksicht auf Verluste oder herumfliegende Punschgläser quer durch die Leute auf ihn zu und fliege ihm an die Brust.

Javi lacht, aber er hält mich fest, oh, so fest. »Mi amor ...!«

Das Leben ist verrückt. Aber in dieser Sekunde voll Glück.

Was morgen ist, weiß ich nicht. Wir werden reden. Doch heute feiern wir.

Ich renne zurück zur Bühne, wo die Jungs gekonnt

meine kleine Pause mit einem Gitarrensolo von Jasper überbrückt haben, und greife wieder zum Mikro.

»We can ride to the staaaars,
say hello to Venus and Mars,
slide along the Milky Way,
pop into a space café,
no limits, no bars.«

Ja, das können wir doch, Javi, oder? No limits, no bars, ohne Grenzen, ohne Hindernisse?

Javi hält meine Hand und drückt sie. »Si, mi amor, todos podemos – wirrr können alles, was wirrr wollen!«

Noch spät in der Nacht stehen überall Leute im Garten und lachen und quatschen, während über uns die Sterne funkeln. Und ich bin sicher, zwei besonders helle da oben sind Venus und Mars. Oder heißen sie Tessa und Javier?

Livi

Das war die beste Party ever! Gregory und ich haben getanzt, bis wir uns vor Erschöpfung betrunken gefühlt haben. Kann man vor Glück betrunken werden? Ich fühle mich stark und, ja, auch hübsch und … fast unverletzlich. Ich will alles mit Gregory teilen und keine Sekunde vergeuden. Natürlich bin ich nicht blind. Die Welt um uns herum ist noch genauso elend und voller Probleme. Doch es ist erstaunlich, wie viel mehr man in Sachen Umwelt und auch sonst leisten kann, wenn man selbst innen drin so richtig bis zum Rand gefüllt mit Freude ist. Das wünsche ich jedem auf der Welt!

Kenny

Unser Geheimclub hat jetzt ein echtes Geheimnis. Das ist voll toll. Das Doofe mit Geheimnissen ist nur, dass man sie niemandem verraten kann. Das ist nicht so toll. Und macht nur halb so viel Spaß. Aber immerhin können Bentje und Romy und ich jetzt in den Pausen tuscheln und über unser dickes Hilde-Flieder-Prinzen-Geheimnis reden. Und meine Schwestern wissen nichts!

Malea

Ich hab noch mal drüber nachgedacht, ob meine Notlüge richtig war und ob auch Carlas Notlüge richtig war oder ob wir die kalte Wahrheit hätten sagen sollen. Carla haben unsere kleinen Lügen geholfen, weil Tanja und ihre Tussen sie seitdem endlich in Ruhe lassen. Und Tatsache ist auch, IRGENDWO muss Carlas Vater ja sein. Wahrscheinlich wohnt er nicht in Australien. Und vermutlich heißt er nicht Jan Brandt. Aber macht das einen großen Unterschied?

Und über noch was denke ich nach. Meine mega-weltenrettertolle Idee war der Knaller! Genauso wie ich es mir vorgestellt hatte. Oder wie Frau Heinzig sagen würde: Da hab ich aus zwei Minuszeichen ein dickes Plus gemacht. Nehmt einen traurigen Hund aus dem Heim und alte, einsame Menschen, die nicht mehr rausgehen wollen! Tut beides zusammen und schon hat man ein wellenbrecherstarkes Plus. Alle sind glücklich. Okay, Aurora war auch eine gute Idee. Vielleicht kann man auch mit Hühnern einsame Menschen glücklich machen. Denn einige Senioren haben vor Hunden Angst, vor Hühnern aber nicht. Hihi, ich glaube, James Bond wäre stolz auf mich!

Rema

Ich stehe zu meiner Entscheidung: Manchmal muss eine Frau eben tun, was eine Frau tun muss. Und übrigens fand mein Walter das auf der fantastischen Party erstaunlicherweise plötzlich auch ganz wunderbar richtig.

Jessa

Ich hab gestern eine SMS von Melanie bekommen. Sie hat sich entschieden, den Rest der Schulzeit bei ihrer Patentante zu wohnen. Mit ihrem Vater hat sie sich zum Glück wieder ausgesöhnt, aber sie schreibt, sie fühlt sich in der Familie ihrer Tante trotzdem wohler. Vor allem, weil sie dort zwei Cousinen hat, mit denen sie viel lacht und gut reden kann. Ich hab ihr sofort zurückgeschrieben, wie sehr ich mich für sie freue, und sie eingeladen, uns mit ihren Cousinen in den Sommerferien mal besuchen zu kommen!

Was ich sonst noch über das Leben gelernt habe? Es kann verdammt dunkel sein. Und unbequem und matschig. Und verrückt und unberechenbar. Aber dann auch immer wieder wunderschön. Javi und ich haben viel geredet nach meinem Geburtstag, und wir haben uns geschworen, dass wir nie, nie wieder im Streit auseinandergehen wollen. Was auch immer passiert. Er hat genauso schrecklich gelitten wie ich, wollte das aber nicht zugeben, weil er wirklich dachte, ich hätte was mit Henry gehabt. Das haben wir jetzt aufgeklärt. Ob wir für immer zusammen bleiben, kann keiner wissen. Ich weiß, dass ich auch ohne Javi überleben kann. Aber ich weiß auch, dass ich das – im Moment auf jeden Fall – nicht will. Und ich habe noch was begriffen: Es geht in Beziehungen überhaupt nicht darum, wer Schuld an irgendwas hat. Es geht darum, sich gegenseitig verstehen zu wollen. Und das wollen Javier und ich. Was auch immer passiert.

© Philip Price / Random House

Dagmar H. Mueller studierte Germanistik und Sportwissenschaften in Hamburg. Vor ein paar Jahren zog es sie mit ihrer Familie nach Gloucestershire in England. Mit Iris, der gestressten Mutter der vier Chaosschwestern, kann sie sich nicht im Mindesten identifizieren, da sie erstens eine ganz ausgezeichnete Köchin ist und zweitens Bügeln und Aufräumen als echte Hobbys betrachtet. Seit über zehn Jahren schreibt sie hauptberuflich Kinder- und Jugendbücher, die schon in viele Sprachen übersetzt wurden.

www.dagmar-h-mueller.de

Mehr von den Chaosschwestern in:

Die Chaosschwestern legen los! (Band 1)
Die Chaosschwestern sind unschlagbar! (Band 2)
Die Chaosschwestern starten durch! (Band 3)
Die Chaosschwestern voll im Einsatz! (Band 4)
Die Chaosschwestern sind die Größten (Band 5)
Die Chaosschwestern gegen den Rest der Welt (Band 6)
Die Chaosschwestern leben wild! (Band 7)

Dagmar H. Mueller

Allerliebste Geisterfreundin – Bei dir spukt's wohl?

256 Seiten, ISBN 978-3-570-15780-0

Nina zieht mit ihren Eltern in das alte Haus ihrer Großmutter. Und plötzlich ist Ninas neues Leben so turbulent wie sie es sich niemals hätte erträumen können. Denn in dem neuen alten Haus wohnt Tori – ein Geistermädchen! Tori ist zwar eine totale Nervensäge, aber sie hat ein Geheimnis, das auch Ninas Leben verändern könnte. In der Vergangenheit hat Tori nämlich so einiges verbockt und wer könnte ihr besser helfen, die Peinlichkeiten von Gestern wieder geradezurücken als ihre neue Freundin Nina?

Dagmar H. Mueller

Die Chaosschwestern

Die Chaosschwestern legen los!
Band1, 256 Seiten, ISBN 978-3-570-22224-9

Die Chaosschwestern sind unschlagbar!
Band 2, 256 Seiten, ISBN 978-3-570-22231-7

Die Chaosschwestern starten durch!
Band 3, 240 Seiten, ISBN 978-3-570-22357-4

Die Chaosschwestern voll im Einsatz!
Band 4, 240 Seiten, ISBN 978-3-570-22463-2

Die Chaosschwestern sind die Größten
Band 5, 240 Seiten, ISBN 978-3-570-15431-1

Die Chaosschwestern gegen den Rest der Welt
Band 6, 240 Seiten, ISBN 978-3-570-15614-8

Die Chaosschwestern leben wild!
Band 7, 240 Seiten, ISBN 978-3-570-15615-5

Die Chaosschwestern ganz geheim!
Band 8, ca. 256 Seiten, ISBN 978-3-570-15720-6

10170_8

cbj

www.cbj-verlag.de

Bruce Coville

Roddy & ich – Chaos währt am längsten

ca. 240 Seiten, ISBN 978-3-570-17201-8

Roddy kann es nicht fassen: Jahrhundertelang gehörte er als Hauself zu einer ehrwürdigen schottischen Familie. Doch nach dem Tod seiner letzten Herrin muss Roddy zu ihren Nachkommen umziehen, und zwar nach – oh Schreck – New York! Schlimmer noch: Roddys neue Herrin Alex ist das unordentlichste Mädchen, dem er je begegnet ist. Als ein Familien-Fluch sich auf unerfreuliche Weise bemerkbar macht, müssen die beiden sich allerdings zusammenraufen und gemeinsam darum kämpfen, die Fesseln der Vergangenheit zu lösen. Ob das wohl gutgeht?

10341

cbj

www.cbj-verlag.de

Carola Wimmer

Hope –
Sprung ins Glück

ca. 160 Seiten, ISBN 978-3-570-22628-5

Als Leonie sich den Knöchel bricht, bedeutet das nicht nur das Aus für ihre Karriere als Eiskunstläuferin. Sie muss auch das Sportinternat verlassen und zurück in ihre Heimatstadt, wo ihr die neuen Mitschüler einen Neuanfang schwer machen. Der Zufall führt sie auf den benachbarten Pferdehof, wo sie auf Hope trifft. Sie spürt sofort, dass sie und das Pferd eine besondere Verbindung haben, doch die Besitzer verbieten ihr den Umgang mit dem Tier ...

40334

www.cbj-verlag.de